劍　舞　輪　迴

Sword Chronicle

Vol. 4

Setsuna　著

CONTENTS

第十五迴 – Fünfzehn –

再會 – REUNION –

1

「可惡……那個小女孩……」

一手掩著傷口，一手抓著身邊的樹幹，千鶴一拐一拐地在樹林狼狽地前進。從腹腔傷口所流出的鮮血早已染滿其外衣的下擺，被夏絲妲的藤鞭刺穿的左腳白襪也是血紅一片。每走一步路，身體的疼痛都好像會要了她的命，但她依然咬緊牙關，堅持走下去。

「居然敢毀我容顏，我下次一定會給你好看！」

千鶴的臉色蒼白如紙，滿頭都是冷汗，本來整齊的頭髮變得一片蓬亂，束起的頭髮都垂了下來，凌亂得像潑婦。不久之前還掛在臉上的優雅笑容，此刻已被猙獰的眼神和嘴上的詛咒取代，愛美如命的優雅舞女形象已完全消失。

她的容顏看上去比不久之前老了近二十歲，皮膚失去本來的光澤，連眼角也跑出了一條又一條的皺紋。這不只是因為她猙獰的面容，也是因為傷重而無法控制一直在自己身上所施展的凍結身體年齡術式。

為了活命，千鶴逼不得已使用治療術式替自己止血。血是止住了，但一來，她對治療術式領悟不高，止血已是極限，沒法為自己作更進一步的治療，必須依靠外人協助；二來，治療術式和那條保持身體年齡的術式是類別相沖，會互相排斥，因此一旦使用治療術式，她勢必會回復一部分的真實容顏。

這算不了甚麼！千鶴心裡滿是對夏絲妲的恨，她踏出的每一步，口中呼出的每一口氣，都是由心裡對夏絲妲的憎恨支撐起來的。她從來未受過如此的痛，如此的恥辱。她一直以為夏絲妲和自己是同類，沒想到她居然斗膽以高冷的目光侮蔑自己的一切，還要耍帥般不取她的命。從來只有她奪走他人的美，怎輪到她把自己的美貶得一文不值？

只要走出這處樹林，療傷過後，容貌、美麗將會再次回復。千鶴心裡發誓，到時候我會找到那女人，以最美的方式毀了她。療傷回復等的代價，我誓必要她還來！

「孤高的玫瑰是吧？那我就把你折斷，裝飾在無人的荒林裡！」

「呵呵，剛剛的提議可真不錯。」

千鶴對著無人的樹林櫝下毒誓後，居然有一把優雅的聲音回應了她。

「是誰？」

她張望四周，才發現自己不知從何時開始踏進一片白霧裡。濃霧白如雪，很快便把四周變成白茫茫一片，分不清方向。千鶴心知不妙，立刻握著本來隱形並飄浮在身旁的「璃霞」本體，停下了腳步。

未幾，她的眼前緩緩地出現了一個黑影。

「甚麼啊，這不是被他人中途攔截摧殘了嗎？弄得我興致失去大半，不過沒關係，現在這個狀態也有別的樂趣啊。」

黑影沒有繼續靠近，只是輕聲細喃一些千鶴完全聽不明白的說話。

「來者何人？」千鶴緊張地追問。除了從聲音判斷出那身影應該是女性外，她再找不出更多的線索。

「霧中飛翔之鶴嗎？美麗的名字，但鶴是要飛到天上才有意義。」

見黑影又再靠近，千鶴正想回應，突然她感到右邊一涼，轉頭一看，發現自己的整條右臂掉到地上，痛覺還未湧現，左臂和雙腳便像零件鬆脫似的，以極其自然又詭異的方式從她的身體逐一脫落。她失去支撐，向後跌去，躺在枯葉上沒法動彈，只能眼睜睜看著黑影越靠越近。此刻支配她全身的皆是恐懼——感覺的強烈程度，是她整輩子都未曾感受過的。

很快的，黑影來到千鶴面前，跪下並輕撫她的臉頰。她手勢輕柔，彷彿在撫摸一件珍貴的藝術品一樣。

「沉睡吧，你將會成為世上最美的紅玫瑰。」

本來千鶴雙目狠狠瞪著「她」，滿是恐懼之色，但那人的話語如同唱給嬰兒聽的搖籃曲，在其引導下，千鶴的眼皮越來越重，眼神也漸漸變得渙散。

在她失去意識前的最後一瞬間，其眼角餘光所看到的，是一片閃亮的黑。

2

「舞者千鶴的屍體在樹林被發現，屍體的四肢都被俐落切斷，並被砌成玫瑰開花的形狀……我記得數年前好像有同類的案件發生過？」

在皇宮的書房裡，亞洛西斯拿著剛收到，關於在雪森郡森林發現千鶴屍體的報告，托著頭，一臉疑惑。

這些報告理應不需要上傳到一國之君的他手上，但因為死者是舞者，而且亞洛西斯早就下令，所有關於舞者的報告都要第一時間送到他手上，因此千鶴的屍體昨天才被發現，今早報告就已經送到皇宮來。

「是的，幾年前確實有一位行兇手法類似的連環殺人犯出現過，那人喜好把人活生生分屍，並砌成不同華麗的形狀，看起來像是藝術品一樣。但那人在連續犯案數次後便消聲匿跡，一直都沒有人抓到他。」為了解答亞洛西斯的疑問，有事沒事都待在他房間的安德烈便言簡意賅地講述「幾年前同類案件」的詳細。越是說，他便越覺得兩者似是同一人所為，但這又引申出他心裡的另一個疑惑：為甚麼現在又突然現身？

「確實很像呢……難道是模仿犯？還是跟幾年前的那個殺人犯是同一人？但為甚麼他要殺害舞者？」亞洛西斯跟安德烈抱有同一疑惑。想了一會，他突然得出一個不太肯定的猜測：「如果這次的犯人跟幾年前的是同一人，難道犯人是舞者之一？」

他說完，再拿起報告看了看，發現上面寫著在屍體的附近找到一些紅玫瑰花瓣，以及在附近的土壤找到有條狀物體在地上地下竄進竄出的痕跡。

紅玫瑰……舞者……

「難道是『薔薇姬』做的？」亞洛西斯問。

他說完後想起，幾年前那些連環殺人案發生時，曾經有人提出犯人的真身會否是「薔薇姬」。有著玫瑰形象的殺人通緝犯，不難讓人覺得她會喜歡華麗的東西，以及喜歡用殘忍的方法殺害人類。他個人直覺不覺得是她做的，但又覺得那些推測傳言並非沒有道理。

「不，絕對不會是她。」安德烈立刻斬釘截鐵地否定。

「但報告裡有證供，指當天有人看到夏絲妲和霧繪小姐曾經先後進到森林裡去，為甚麼不會是她？」說時，亞洛西斯翻到報告的附錄頁，把那份證供遞給安德烈看。

安德烈只是微微搖頭，表示不需要看，並解釋他的見解：「她是不會留下這麼明顯的線索的。若然兇手真的是她，我們不會在霧繪小姐死後一週後便找到屍體，最少需要半個月才能找到。」

可能還有些屍體相隔多年，到現在還未找到也不出奇，安德烈在心裡對自己說。

「你很熟識她呢。」聽見安德烈如此肯定而不動搖的語氣，亞洛西斯突然起了興趣。他緩緩放下報告，雙手十指交叉，若有所思地微笑著問：「以前我就一直好奇，為甚麼你對她瞭若指掌？」

「只是以前的一些孽緣而已，不值得一提。」與他共事已久，又是最親近的親信之一，安德烈立刻聽出亞洛西斯又想套取他的口風。不過，他不打算讓這位主子知道自己不堪的過去，因此打算跟平時一樣，隨便蒙混過去。

「但每次你都可以準確地預測到她在哪裡，以及她的行動模式。抱有如此執著，真的是『不值一提』嗎？」可是亞洛西斯這次卻不打算就此放棄，他尖銳地以一句逼使安德烈回答。

他不會忘記在這些年來，一旦在樞密院會議提起還未抓到夏絲妲一事，安德烈都能立刻說出她的最新行蹤：兩個月前正當他在煩惱如何把夏絲妲被神選中成為舞者一事，傳達給行蹤不定的她時，也是安德烈跳出來說他可以辦到。每次亞洛西斯在安德烈面前提到她，安德烈都一定會立刻板起臉孔，一副恨她至死的模樣，但同時又能仔細地分析她的習慣，對她的事一清二楚。抱有如此巨大的執著，沒可能只發生過「不值一提」的事。

「以前她曾經奪去我最重要的東西，因此直到我復仇成功前，都一定不會放過她。」安德烈不得不回答皇帝的問題，卻又不想洩漏太多，思索一會後，便用一個折衷的方式回應。

亞洛西斯沒有回話，而是陷入沉思。多年間他只從安德烈口中得知夏絲妲是北方人，但現在聽來，二人除了出生地，還有更多複雜的交集。

他肯定二人一定認識了很久，甚至有可能一起生活過，不然怎麼會那麼清楚她的行動習慣；但要有怎樣的關係，才能令一個平民女子奪去貴族少年最重要的東西？

說到安德烈視之為最重要的事物，十分熟悉他的亞洛西斯頓時想起一個人，但頓時覺得自己的猜想太異想天開，沒有可能發生的。

亞洛西斯在沉思時一直盯著安德烈不說話，後者心感尷尬，但不知道該說些甚麼來打破這異樣的寧靜。就在這時，大門傳來兩聲敲門，一位僕人走進來，把一封小信件交給亞洛西斯。亞洛西斯起初因為思緒被打斷而露出不耐煩之色，但把信翻轉，在信封上看到一個手寫的「H」字母後，雙眼立刻一亮，急忙取出開信刀把信打開。

「敢問陛下，信的內容是甚麼？」能讓一向冷靜的亞洛西斯如此雀躍，那一定是十分重要的內容。安德烈略為試探地問，不清楚他會否向自己透露。

「沒有，只是一份來自冬鈴郡的報告而已。我看看……已經定居，每天定時處理公文以及練劍，沒有甚麼特別舉動……路易那小子，人家剛到達不久便走去求戰，結果又被打到落花流水，是沒學到教訓嗎？」亞洛西斯簡略地回應完，便忍不住自言自語地把信的內容一一讀出。看到路易斯前來要求對決一事時，還忍不住輕笑了兩聲。

「這、這難道是冬鈴勳爵的……」安德烈聽完，得出一個自己不敢置信的推論。

「是的，正是冬鈴勳爵，是我請他的管家定期向我報告的。」亞洛西斯直認不諱，承認信件是休斯寫給他，關於愛德華近況的報告。答完後，他立刻轉頭投入到信的內容去，靜心仔細閱讀一字一句，不遺漏任何細節。良久，他終於放下信件，感嘆地嘆了一口氣：「果然是一個謹小慎微的人，不輕易暴露能夠成為弱點的情報呢。」

至此，安德烈對亞洛西斯所打的算盤恍然大悟。約一個月前，亞洛西斯突然派人聯絡曾經為前冬鈴伯爵服務的管家休斯，並親自召見本人。那時安德烈一直想不明白，有甚麼事要亞洛西斯紆尊降貴，接見這平凡的老頭子，怎知原來一切都是為愛德華成為冬鈴伯爵的事而鋪的路啊！再次佩服於亞洛西斯的處事細微和遠大目光的同時，安德烈心裡的一道疑惑仍未得到解釋：「臣子一直想不明白，為何陛下要幫助他到這個地步？」

「就連他也猜得出這是個考驗，而不是純粹的幫助，留在我身邊這麼久的你居然看不出嗎？」一聽，亞洛西斯頓時流露失望的神色，微微搖頭。

「相信很多人都能看得出這是拉攏的手段，但在陛下身邊長久的我卻看到此考驗另有私心。正因如此，我才不明白為何要協助這麼一個黃毛小子。」安德烈立刻澄清自己不是看不出，只是不明白而已。

「只是想看看他的決心而已。」亞洛西斯回答得坦然。

「甚麼？」安德烈一驚。

「上次見面時他曾經對我說，自己的願望是想成為最強，但那願望是否真的那麼理想，只求輸贏，不求其他？」亞洛西斯沒有對安德烈的反應感到出奇，相反，他滿意地一笑，並說出心裡那份沒有對他人展露過的想法：「這種出身於貴族之家，本來大有前途，但突然家道中落的人，渴求的通常都是金錢和權力——因為想取回理應屬於自己的一切，以及要向那些嘲笑過自己的人證明自己。他是否只有這種能耐？還是真的有想完成的事？我只是想知道而已。」

而愛德華確實有屬於自己的目標，不是一個被權力拘限的人。自己的確沒有看錯人，亞洛西斯很是滿意。

「但知道了又如何？」可是安德烈聽完後，卻是一臉疑惑。

亞洛西斯有點不明所以：「正如我剛才所說的，知道了便足夠。」

「那有甚麼意義？」安德烈問。

「不是所有事都一定要有實際結果才能稱得上有意義的，安德烈。正如你的兄長那樣。」亞洛西斯明白甚麼似的，嘆了一口氣。

安德烈知道亞洛西斯與艾溫認識，以前二人也曾經談及過關於艾溫的話題。但一聽到「兄長」二字，他還是心裡一震，過了一會才回復平靜，冷冷地說：「不一樣，那小子跟兄長並不一樣。」

「我並沒有拿冬鈴勳爵和你的兄長作比較的打算，只是想說在目標不一定需要有實際意義這一點上，也許你的兄長會懂得一二，這個意思而已。」面對安德烈的會錯意，亞洛西斯饒有趣味地一笑。剛才安德烈的動搖也被他看在眼內。「你如此仰慕你的兄長，我還以為你會明白呢。」

「我的確仰慕兄長，卻總是不能理解他的行動和背後意圖。」

安德烈確實仰慕艾溫，但從來都沒法理解兄長那份向著目標一心一意進發，視世事如浮雲的想法。他本是私生子，生來不受待見，為了生存，必須盡一切努力爬上去。因此他所做的每一個決定都一定要對自己有利，做的每一件事都一定要有實際意義，才是划算，不喜歡花時間在虛無縹緲的事情上。

他要活，而活下去就要掙扎，沒有多餘的精力再追求別的事情。

「是嗎，」亞洛西斯的語氣透出失望之色，但他心裡早就預想到這一切。相識至少七年，難道他不知道安德烈是個怎樣的人嗎？見再沒有談下去的意義，亞洛西斯便重新專注在工作上。「那就等休斯先生繼續報告了。」

放下休斯的信後，亞洛西斯的視線飄到千鶴的報告。他拿起來再細閱一次後，吩咐道：「安德烈，派一個可信的人繼續收集關於霧繪小姐死亡事件的相關資料，但緊記要暗中收集，別打擾到霍夫曼公爵。」

「明白。」安德烈的思路也隨著亞洛西斯的話瞬間回到工作模式上。他明白亞洛西斯的用意，現在未有中央集權，各郡的管理權主要仍是由領主負責，皇帝沒有直接管理各地調查官的能力，因此要獲得案件資料，就只能請調查官分享資訊，或者自行搜集。

要私下調查，大概是不想管理雪森郡的霍夫曼公爵得知他正積極監察祭典的進展吧，安德烈猜想。他立刻想到一位可信的人選，便向亞洛西斯請示離開，打算現在立刻前去找這位下屬。但才剛走了兩步，便被亞洛西斯叫住。

「對了，現在既然我們得知了夏絲妲的行蹤，你覺得她之後會去哪裡？」亞洛西斯問，明顯出於好奇。

安德烈納悶：「找下一位舞者決鬥吧，她哪會做別的事。」

3

在休斯的信件送達亞洛西斯手上的同一天，遠在冬鈴城堡，愛德華正一如以往地坐在桌前，安靜地處理著公文。

他身上的傷大多都在對決後不久便被諾娃治好了，只是因為在對決期間流了太多血，治癒術式沒法補回失去的血量，因此昏迷了足足一天，昨午才醒來。人是醒來了，但身體仍然虛弱，因此他直到今早才能勉強離開床，重返工作。

愛德華全身都沒有留下傷疤，唯獨左肩仍然綁著繃帶，整隻手不能動。那是他故意的——他特意請諾娃不要完全治好左肩的刀傷，讓它自己復元。他不想自己太依賴治療術式，也不希望因此而漸漸忘記對決會受傷、一不小心便會失去生命的事。而且，他想藉這個遺留下來的傷口，提醒自己思考一些事。

從遠處看過去，他正聚精會神審視公文上的一字一句；但他其實眼神疲倦，心不在焉。貧血使他感到頭疼，而對決時的發現也讓他一直情緒低落。他本是想藉批改公文把自己的生活拉回正軌，但卻發現完全不行。有一瞬間，他質問自己為何仍在批改公文，仍在當領主，難道覺得這樣做就可以令自己看起來有權有勢嗎？

他憤怒得差點想扔下手上的羽毛筆，但在手舉起時又止住了動作。

心裡的怒氣終究都是源於對自己的憤怒和不滿，扔走一枝筆並不能改變甚麼。他的理性制止了感性的衝動，但也是這份理性，令他陷入更深的低落。

「叩、叩。」此時不遠處的大門傳來清脆的敲門聲，愛德華一聽聲音，憑敲門的力道和速度便立刻辨認到來者是休斯。他沒有反應，等到休斯走到桌前，才微微抬頭。

「抱歉打擾，剛才有一位自稱是少爺的表姐，名叫雪妮・懷絲拉比的小姐來訪，所以來報告一聲。」愛德華一抬頭，休斯便立刻報告。

「懷絲拉比？確實是這個姓氏沒錯嗎？」愛德華一聽，蒼白的臉上頓時露出驚訝神色。懷絲拉比一族是雷文家的遠親，本來是安納黎北方一小鎮的貴族，與雷文家在過往有過數次的聯姻關係，但他們在多年前就已經舉家搬到東邊的利亞諾斯帝國去，再沒有回來安納黎，怎麼今天突然有家族的人前來拜訪，還懂得來冬鈴郡找他，而不是到希蕾妮亞郡找父親，並自稱是他的表姐？

他沒有聽說過雪妮・懷絲拉比這個名字，但雪妮一名頓時讓他想起夏絲姐。

沒可能吧？他立刻在腦海裡拋走這個想法。別想太多了，她是不會來的。

「休斯，請先帶懷絲拉比小姐到地下的圖書室去，我很快便會過去。煩請你通知米勒過來，我需要更衣。」無論如何，既然人來了，出於身為領主的禮貌，是必需要與這位雪妮小姐見面的。愛德華臉上退去低落的神色，換上一副認真的模樣吩咐休斯，並請他把貼身男僕找來，協助他準備。

花一段時間整理儀容並更衣後，愛德華用手杖支撐，一拐一拐地從睡房走到圖書室。他從一樓進入圖書室，步下樓梯時，坐在沙發上的雪妮已經聞聲站起來，有禮地向愛德華點頭。

「您好，冬鈴勳爵，初次見面，我是雪妮・娜塔莉亞・懷絲拉比，是您的遠親。也許您不記得我，但在您出生時的祝願儀式，我有前來參加的。」她有禮地自我介紹。

愛德華停下腳步，從上方仔細打量眼前這位素未謀面的女士。她看起來約有二十餘歲，身材高挑，而且線條優美，一把亮麗的黑長髮被束成兩個麻花髮髻，綁在頭後兩邊，剩餘的頭髮則束成麻花辮，自由散落在頸後。一襲深藍色長裙雖然沒有複雜的刺繡作點綴，但也足以令她顯得優雅。她雖然笑得柔美，但仍然能夠隱約地從她身上感覺到一種凜然不可侵犯的氣息。愛德華正想說在哪裡見過類似的女子，這時他留意到她那雙顏色罕見的紫瞳，再回想起那把熟悉的成熟聲線，頓時明白了一切。

「你……」愛德華不敢相信自己所猜想的。他的心裡有著驚喜之情，但此刻更多的，是憤怒。見愛德華愣著，沒甚麼反應，雪妮踏前幾步，見他的肩上綁著繃帶，立刻關心地問：「冬鈴勳爵，你肩上的傷還好——」

「你為甚麼要來？」愛德華這時卻冷冷地打斷她的話，並質問其來意。

「我剛來到安納黎，不太熟悉一切，所以打算先來投靠一下表弟——」

「我是問，你為甚麼要來？」愛德華再次打斷她，他再沒有耐性陪著她裝下去了，也顧不上有沒有人在看，只是想快點得到答案。他唯一還能忍耐沒做的，就只剩下把她的真實名字說出來而已。

見愛德華不打算陪玩，雪妮，不，夏絲妲換上一副溫柔的笑容，回應：「我只是想來實行一個約定而已。」

夏絲妲沒有補充，但愛德華大概猜到，她說的應該是二人當天在酒館時所下的，合作的約定。

他沒想到夏絲妲居然還把這件事放在心上，並為此特意弄了個假身分來找他；但他當然也沒有忘記當天在酒館發生了甚麼事，還清楚記得自己決定離開木屋，並輾轉來到冬鈴城堡的起因是甚麼。

愛德華以為自己早就放下對夏絲妲的感情，不在意了，但直到現在感受到心裡那股油然而生的怒火，才醒覺原來自己仍然對她有所不滿。

「我不是說過了，你要從夢境中醒來嗎。」他的冷酷，是要把夏絲妲從心裡分隔開去。少年害怕她要再次利用自己，他可不想再受第二次傷。

「已經醒來了，所以現在是在現實尋求目的。」怎知，夏絲妲卻回以一句愛德華意想不到的話。他再次把視線聚到夏絲妲身上，這才看見她的眼神堅定，看起來不像是說謊。

「但那些事已經過去了，不再有意義。」愛德華別過頭去，低聲拒絕，他的心裡仍然害怕。

「過去已成既往，但未來還有機會，不是嗎？」但夏絲妲不知怎的，仍然努力嘗試讓愛德華改變主意。她的語氣柔和了些，愛德華甚至有種錯覺，從她的語氣裡聽出些歉意來。

二人的話語就此打住，異樣的寧靜在整個圖書室瀰漫著，曾經的劍術師徒都站在自己的位置一步不移，雙眼互視，彷彿在等待對方先作出回應。過了不知多久，寧靜總算被一陣徐徐接近的急促腳步聲打破。

「愛德華，我聽說有客人來了，所以來看看……咦，這不是夏——」來者是諾娃。她從女僕口中得知宅第有愛德華的遠親到訪，便急忙趕來看看。一看見雪妮，她藉眼瞳立刻辨認出她是夏絲妲，並有點吃驚。

愛德華立刻搖頭，打住諾娃的話。諾娃這才看到愛德華那雙憤怒的眼睛，有點驚恐地說不出話。就在這時，一位女僕進到圖書室，要為夏絲妲送上熱茶，休斯也隨即進來看看有甚麼可以幫忙。

「我只會暫住一陣子，不會打擾太久的，不知道表弟能幫我這個忙嗎？」趁外人進來，夏絲妲藉機打破沉默，再次擺出遠親表姐的模樣，詢問愛德華的意欲。

「隨便你吧。」休斯和女僕都在看著他，叫他怎樣狠狠地在不暴露她真實身分的情況下把「遠親」趕出去？愛德華沒能選擇，只能答應。

「休斯，為懷絲拉比小姐準備主樓右翼的房間作為她的起居處，就這樣。」

吩咐完後，未等任何人給予反應，他便獨自拂袖而去。

⚔

下午，愛德華一個人獨自在庭園裡散步。

他知道以自己現在的身體狀況，並不適合走太長的路，應該要留在房間好好休息才是，但他依然堅持要出來散心，就算走了半小時後開始感到頭痛，也絲毫不打算回去。

他要讓冬天的刺骨寒風吹走心裡的煩躁，至少幫忙緩和一點心情。

自從早上夏絲妲在城堡出現後，愛德華的腦海裡想的全都是關於她的事。無論他多麼不願想起她，甚至多次利用其他工作轉移注意力，但都沒法阻止腦海浮現出她的樣子。一個月前住在木屋時的種種回憶，她說過的每一句話，都不停地在少年的腦中重播。美好的回憶令他不禁嘴角上揚，但在蘭弗利經歷過的種種卻為他帶來心傷和憤怒。

為甚麼？我花了不少時日平復心情，好不容易開始忘記，為甚麼你要在這個時候出現？又要利用我了嗎？又想藉著我去證明些甚麼嗎？

心情煩躁，愛德華忍不住拿起手杖，把它當作劍般揮舞。他在外出散步前就有考慮過利用練劍來改善心情，但他知道諾娃一定不會把「虛空」交給傷勢未癒的他，更可能會阻止他去散步，所以現在身旁才會甚麼武器都沒有。

他專心地揮舞手杖，從一下又一下狠狠劃破空氣的聲音，能夠聽得出其心裡的怒氣。縱使手杖沒有「虛空」那麼堅硬，揮動時的手感也不同，但現在的愛德華已經顧不上那麼多，他只是想藉此轉移注意力，不再去想夏絲妲的事。

漸漸地，他的心從揮杖的風聲中獲得一絲平靜，手杖劃破空氣的聲音也慢慢從狠絕變得柔和。把手杖橫揮又反手往上揮後，正當愛德華再大力往前一揮時，他的頭突然感到天旋地轉，全身四肢像是瞬間被抽走力氣似地軟倒。他甚麼都沒法做，只能眼睜睜看著自己要撞到地上——

「沒事吧？傷還沒好，就別那麼勉強吧。」

一把熟悉的聲音在身後響起。愛德華回過神來，發現自己在撞上地面前的一刻被一隻手抱起。二話不說，他立刻用盡全身僅餘的力氣掙脫，冷冷地回望那個算是救了他的人，不滿地問：「你為甚麼會在這裡？」

見愛德華無情地掙脫自己的幫忙，還回以一句冷酷的質問，聲音的主人——夏絲妲只是注視剛才那隻抱起愛德華的手。手略為呆愣地動了動，她好像明白了甚麼似的，轉頭微笑地回答：「只是出來散步而已。」

愛德華的反應在她的意料之中，倒不如說，他的這個反應反而令她安心，不然她要擔心這少年是否天真過頭。

愛德華見狀立刻轉過頭去，避開她的視線：「是嗎，那麼我不阻你了，再見。」

「難得這裡沒有其他人，不如坐下來談談吧？」見愛德華要邁步離去，夏絲妲立刻拋出一個提議，打住了少年的腳步。她明白是自己以前的所作所為令愛德華如此抗拒她，也正因為如此，才更需要找個時機坐下來，把心裡積聚的想法都說出來。

愛德華懷疑地回頭，看見掛在夏絲妲臉上的是一副罕見的誠懇笑容，心裡有點驚訝。仍然用著黑髮偽裝的她輕輕笑著，且一步不移，看得出是認真的。他從未在高傲又我行我素的她身上看過她懇求別人的樣子，他想了想，心裡不忍就這樣殘忍地離去，便一語不發，逕自走到不遠處的一張長椅上坐下，但完全沒有對夏絲妲作出任何表示。

夏絲妲先是一呆，待愛德華坐下，並看似沒有離開的意思後，她才緩緩跟上，坐下時還特意與他拉開一點距離。

「你肩上的傷，是和誰對決了嗎？」見愛德華一直托著腮不說話，夏絲妲決定用一個比較輕鬆的話題打破沉默。

「明明知道，還問？」愛德華只是冷冷回應，毫不領情。

「只是在前來的路上聽說有齊格飛家的人來過，但詳細就不清楚了。」但夏絲妲卻絲毫不介意他的無禮，只是心平氣靜地解釋，自己真的不是明知故問。

聽畢，愛德華心裡有點不好意思。他本來是想揶揄一下夏絲妲總是裝不知道的壞性格，怎知她這次真的是誠心詢問的。他感到有點抱歉，但心裡仍然倔強，說不出補救的話來。

就這樣，二人之間迎來了一陣沉默。夏絲妲沒有再發問，只是看著風景等待，而愛德華也望向四周，似乎沒有要說話的意思。良久，愛德華似是想到甚麼，低下頭，仍然不願意看著夏絲妲，壓低聲線問：「為甚麼來了？」

夏絲妲先是愣著，過了一會才回過神來，意識到愛德華有意對她說話了。

「不喜歡見到我嗎？」她嘗試用比較接近平日自己的反應回答，想試探一下他能否接受。

「我只是想知道你到底在想些甚麼，又要來利用我了嗎？」沒想到，愛德華居然無視夏絲妲的挑逗，直截了當地問出心中所想。

對此質問，夏絲妲早就料到，只是猜不到愛德華會問得那麼直接。她先是輕輕嘆氣，思索了一會，之後鼓起勇氣，說出心裡那句準備了一段時間的話：「如果我說是為了彌補以前的錯誤而來，你會信嗎？」

「甚麼？」她如此一反常態的一句話令愛德華十分吃驚，嚇得他頓時把冷酷面具拋走，終於願意轉頭望向夏絲妲。

「有些事我已經想通了，因此明白了更多。以前的事，也許我沒有那個意思，但還是犯了，所以是我的錯。」看見愛德華吃驚的樣子，夏絲妲只是略為釋然地輕輕一笑，再繼續說下去。

她避開不談重要內容，話裡雖然似是等於甚麼都沒說過一樣，但愛德華卻依然能夠聽出她的心思。相識又同住了近一個月，時間雖短，但已經足夠讓他理解眼前人的思考和行動模式。她看起來甚麼都談，但每當碰到敏感的話題時，都會立刻蒙混過去；現在她雖則仍然沒有直接說出是想通了甚麼事，但卻居然坦誠地說出一個「錯」字，這是愛德華完全想像不到的。

一向高傲又我行我素的她願意在愛德華面前放下姿態，她的心意令少年的怒氣開始變淡。

「所以你來，就只是為了道歉？」愛德華思索了一會後，霎時想到。

不會吧？雖然嘴上這樣問，但愛德華心裡是懷疑的。

花那麼多心血為自己製造一個假身分前來，就為了說一句道歉？

「還有實踐合作的約定。」夏絲妲輕輕搖頭。她說得真誠，一字一句，沒有故弄玄虛。

「我也說了，那已是過去……」

「也許感情是錯，但我當時的話是認真的。」未等愛德華說完，夏絲妲便打斷她。她沒有再補充，但憑其下沉了的聲線，以及堅持不移的眼神，一切都不需要言傳了。

「但為甚麼要來這裡？在這裡你不能以本名、本來的身分生活，只會有束縛……」愛德華嘆氣。要是夏絲妲在冬鈴城堡住下，她就只能繼續使用雪妮・娜塔莉亞・懷絲拉比的身分，不得暴露作為「薔薇姬」的自己。她的一舉一動都會被別人看著，不能再像以前一樣自由自在地當自己。這些麻煩的束縛，天性不羈的她能受得住嗎？

「一時心血來潮，想嘗試以前沒試過的活法，不也很好嗎？」夏絲妲卻一臉輕鬆，完全不在意的樣子：「我從來都是為自己而活，以前如是，現在也是。」

「不覺得這樣很自私嗎？」夏絲妲的一句勾起愛德華的心結，他的語氣頓時沉了下去。曾經，他崇拜過夏絲妲為自己而活的人生信條，但當發現她的「一切都為自己」也包括利用他後，就開始覺得那信條只是自私。他問，不只是對夏絲妲決定作為雪妮留下提出質問，更是對她一直以來的信條提出質疑。

「我不否認，但人不都是這樣的嗎？」夏絲妲只是笑了笑，並望向愛德華。

二人雙目對視，愛德華先是一怔，爾後忍不住笑了出來。

沒錯，她就是這樣的一個人啊。

總是以自己為先，可能是自私，但這也是她的獨特魅力所在啊。

見愛德華總算笑得開懷一點，像以前認識他的模樣，夏絲妲的心總算放鬆下來。也許愛德華仍未能完全原諒她——她本來就不求原諒，但起碼他看起來接受了自己的道歉，這對她來說已經很足夠了。

她微笑地回應：「以前的事就當作了一場夢，現在集中在祭典上吧。」

「說起祭典，我今天聽說霧繪小姐被打倒了。」夏絲妲一提起祭典，愛德華立刻想起昨天收到關於千鶴被殺的消息。

「啊，那個人，」夏絲妲一想起千鶴那為了追求美而擺出的笑容，立刻露出不屑的表情。

「你和她對決了吧？」愛德華直接問。他只聽說過千鶴的屍體附近有玫瑰花瓣，以及附近的樹林有鞭類物體滑行過的痕跡二事，聽到的當時他就已經覺得，夏絲妲一定有和她打過一場。「但你沒有殺她。」

愛德華也聽說了千鶴的死狀，但深信那不是夏絲妲下的手。親身在夏絲妲劍下感受過瀕臨死亡的恐懼，以及在練劍時的多次交手，他清楚知道這人下手的風格俐落得很，才不會特意留下標記，讓全世界看到她的作為。

「哼，根本不值一提，你的話應該可以很快打倒她。」夏絲妲完全不想再提起千鶴似的。

「那麼看得起我？」愛德華心頭一震。

「是你太看不起自己吧？」夏絲妲反問。她可不是說笑的，是真的覺得憑藉「虛空」的能力，加上愛德華的才智和劍術，那個不擅長近戰和只著重事情表面觀感的千鶴只會敗得很快。

怎知愛德華被夏絲妲的話刺激到，想起了甚麼，突然沒了自信，低頭嘆氣：「你以前說得對的，我不過是軟弱的一個人。」
「是遇上甚麼事了吧？」夏絲妲立刻察覺到有異樣，語氣柔和地引導愛德華把心事說出。
愛德華再嘆了口氣，把自己前幾天和路易斯再次對決，以及仍是沒法對他下殺手的事和盤托出。
「到頭來，我還是沒有改變過。」愛德華的頭垂下，樣子十分沮喪。
一直自以為事地認為自己比路易斯好很多，也天真地認為在這一個月間自己已經有所改變，但其實他一直都在原地踏步。以為自己已經走了很遠的路，但其實只是繞了一個大圈回到起點。
「不，『察覺到』已經是第一個改變。」愛德華正在等待夏絲妲的冷言冷語，像她以前質問自己不對路易斯下殺手的原因一樣，怎知她卻說出安慰的話。「今天察覺到自己的弱點，明天去努力，在這一點上你已經很強。」
說完，夏絲妲心裡忍不住笑了，這不是同時在說她自己嗎？
愛德華總算願意抬頭，但眼神仍然充滿疑惑和消極。見他一直不作聲，夏絲妲補上一句：「相信自己吧。要相信那個曾經差點打敗『薔薇姬』的自己。」
說的同時，夏絲妲想伸手摸他的頭作安撫，但一舉手便立刻剎停自己。手停在半空一會後，才改為輕輕拍打他的肩膀，給予一絲鼓勵。
過去的事已成過往，保留空間，保持擁有一段距離的關係便可。在決定起程前來冬鈴城堡時，夏絲妲早就決定好了。
得到夏絲妲的肯定和激勵，愛德華開始慢慢振作。他站起來，收起臉上那副頹喪表情，換上一副不屑的眼神俯視著夏絲妲，挑釁地說：「對自己那麼有信心嗎？哼，我得先說明，那天要是我沒有受傷，可是有機會贏你的啊！」

「是嗎？那麼我倒是想看看你怎樣贏啊？在練習時沒法獲得全勝的小子！」既然愛德華能夠開玩笑，也就等於他釋懷了。夏絲妲立刻回嗆一句，更站起來，作狀表示可以就在這裡打一場，證明一下他的實力。

「不了不了，改天再打吧，我得回去處理公文了。」愛德華搖了搖頭婉拒。他當然想打，但現在要先把更重要的事情完成，才能自由地做想做的事。

「嘻嘻，加油啊，愛德華表弟。」見愛德華成熟地分清事情輕重，夏絲妲忍不住故意捉弄他。

愛德華立刻回以一雙不屑的側目。這時，他突然想起一件事：「說起來，為甚麼你會自稱是我的表姐？」

「還有甚麼可以選，」說到一半，夏絲妲露出略為奸詐的表情，用一副古怪的語氣問：「難道你想我自稱你的親姐？」

「才不是！」愛德華立刻高聲否認。

4

正當愛德華在庭園和夏絲妲談天，諾娃一個人坐在房間的書桌前抱著頭，心情複雜得如同糾纏在一起的針線，這令她十分痛苦。

夏絲妲的到來，她理應感到高興；但此刻的她，心裡卻感到五味雜陳。

從早上在圖書室看到夏絲妲和愛德華的對談，留意到二人眼神和言語間的情感流動，到剛才自己在庭園散步時無意中聽到二人的對話，那些內容令她心裡萌生出一種從未有過的焦躁。

她明明早就猜到二人之間有友情以上的愛慕，也一直覺得沒有問題，但不知怎樣的，今天看到二人之間的關係親密，卻有種想把他們分開的衝動。

這個感情是錯的，自己到底發生甚麼事了？心裡多種情感互相衝擊，一時有種噁心的感覺湧上喉嚨，她受不了，於是飛奔回房間，坐在桌前，試圖令情感冷靜下來，只是不太成功。

這是妒忌嗎，坐在桌上苦思許久，諾娃的心裡突然冒出一個對她來說很是陌生的單詞。單詞一從心裡冒出，她便明瞭了它的意思，但也是單詞的意義，令她更為混亂。

她在妒忌愛德華和夏絲妲相處親近，又互相明白對方嗎？一邊是她喜歡的人，另一邊是她敬佩的人，以前三個人住在一起時還相處得很好的，怎麼現在自己的心裡卻多了一份嫉妒？

這是不可以的，她對自己說。為甚麼自己會變得越來越奇怪？

諾娃抱著頭，痛苦地想要壓抑心裡的千百把聲音。她沒法理解自己現時心裡的感情，而不同感情的衝突正為她帶來痛苦。

「回來，來到我身邊吧。」

這時，一把聲音在諾娃的耳邊纏繞。她對這把聲音沒有印象，卻意外地覺得熟悉。少女的心仍然在掙扎，但這把聲音給她一種安心的感覺，令其開始慢慢冷靜下來。

你是誰？諾娃以為這把聲音來自她心裡，因此欲在心中尋找答案。

「回來吧，那你將不受一切困擾。」

聲音沒有回答，只是繼續說話。從聲線和語調裡無法辨識說話者的性別，話語不停重複，就像是母親的搖籃曲，並帶點催眠的效果。在話語的引導下，諾娃的心神漸漸進入一個到半夢半實的世界。

我要回去哪裡？在半醒半睡中，諾娃在心裡問。

「少女，答案在心中。遵循心意，自會回到我的懷抱。」

「跟隨我的腳步回來吧。終於找到你了，你再也沒法逃掉。」

最後的一句令諾娃從半睡中驚醒。她立刻睜眼，一臉驚嚇地站起來，四處張望，以為會看到莫諾黑瓏的身影，怎知卻發現房內一人都沒有，而自己正被幾隻黑狼包圍。

牠們都瞪著她，安靜守候。諾娃看著黑狼們，一時間想不出在哪裡見過，但當她看到牠們那雙碧綠眼睛時，頓時想起來了。

這些都是她被解除封印後，一直追殺她的黑狼。

「回來吧，少女，你是屬於我的。」其中一隻黑狼對她說，諾娃這時終於發覺，剛才那把在身邊環繞的聲音不是來自自己內心，而是這些黑狼。黑狼們慢慢靠近，諾娃也縮著身子一步一步退後，當她退到牆邊，再沒有退路時，黑狼們看準時機，一同撲向她——

「『Wagensis』（水劍）！」

要被攻擊之際，諾娃閉上雙眼，下意識地揮手，並唸出水劍的術式。她立刻睜眼，發現幾隻黑狼都被攔腰斬傷，倒在地上一動不動，傷口鮮血淋漓。

諾娃驚訝地看著自己的手。夏絲妲並沒有教她那個術式，那麼看來是記憶回復，她開始記起以前懂得的術式了？

在她思索的同時，黑狼們的屍體突然化成黑煙，再重新變回黑狼的樣子，毫髮無損地站在諾娃面前，而且數量多了一倍。

「你居然懂得術式……我絕對不能讓你逃！」黑狼們兇猛地張開血盆大口，再次向諾娃撲去，一副要把反抗的她撕碎的樣子。

「不要！『Labrise』（護盾）！」諾娃不管了，把腦海裡頓時浮現的術式立刻唸出。一道無形的盾把跳到半空們的黑狼全部彈開，她便趁著這個時機逃出房間。

到底……到底為甚麼，牠們會再次出現？遇上愛德華的那天，他不是全數把牠們解決了的嗎？

諾娃一邊全力在走廊上奔跑，一邊嘗試理清發生甚麼事。她隱約認得那把聲音，卻說不出其身分。她記得夏絲妲以前說過，黑狼應該是某位術士的使魔，或者術式，而這位術士有可能就是解除她封印的人。難道是他找上門了？但為甚麼是現在？

走廊的盡頭傳來猛獸的奔跑聲，諾娃急忙加快速度，同時往後看，確認黑狼的位置。就在這時，她一個不小心迎面撞上一個身影，被撞的身影一時失衡，結果二人雙雙跌到地上。

「愛德華？」諾娃低頭一看，發現被自己撞倒的居然是愛德華。她驚呼：「你怎會在這裡？」

「很痛……諾娃你搞甚麼，發生了甚麼事嗎？」被諾娃坐著的愛德華先是輕撫一下因撞到地板而隱隱作痛的後腦，再吃痛地用手杖支撐自己站起來。他剛從庭園回來，正打算到諾娃的房間找她，卻在途中被她撞倒。

「我……」未等諾娃開口，黑狼們便已經出現在二人的視線範圍內，正繼續從走廊追來。愛德華一眼認出牠們是約兩個月前在安納黎街上追殺諾娃和自己的神祕黑狼。感知到危機的他立刻把諾娃護在身後，小心翼翼地後退。

「牠們是怎樣進來的？」愛德華問。

「我不知道，一回過神來，牠們就出現在我的房間。」諾娃立刻簡潔地回答，語氣裡帶著驚慌。

這時，黑狼們跑到二人所在的位置，把他們重重包圍。愛德華心裡有很多個想法，諸如為何牠們能夠輕易進來城堡，或者休斯是否知情，但他清楚知道現在一切都不重要，最優先的是要把牠們解決掉。

「把劍給我，諾娃。」他果斷地把手杖放到一旁，再轉身看著諾娃。二人四目相投，他吻下去，並純熟地把她體內的劍取出。

「你這個小偷！解開『虛空』封印的是我，把她還來！」一看見愛德華取劍的情景，黑狼們立刻激動地怒罵。聲音聽上去很奇怪，似是幾把不同音高的人聲重疊在一起，愛德華沒法從中猜出說話者的年齡。

「原來是那天襲擊我們的人嗎。使魔的主人，你來這裡，有何貴幹？」愛德華再次把諾娃護在身後，並質問之。二人的左邊是通往愛德華起居處的路，右邊和後方都是牆壁，可供逃走的空間並不多。

「把她交給我，那是我的！」使魔的主人沒有回答愛德華的問題，只是再次要求愛德華把「虛空」交出來。說完，站在最前的黑狼撲向愛德華那還綁著繃帶的左手，但後者從下往上一劃，頃刻劃破了牠的頸項。黑狼重重跌到地上，沒了氣息，頃刻化為黑煙完全消失，沒有重生。

「快走！」再用兩刀解決兩隻黑狼後，趁其餘的黑狼未反應過來，愛德華立刻拉著諾娃往自己房間的方向跑去。他跑到下一所房間後，便立刻把門關上，阻止他們追上。怎知，當他打算靠著門休息一會時，卻發現黑煙正從門縫偷偷地潛進來。愛德華大吃一驚，立刻退後。果然，黑煙成功進來後，立刻再次化為黑狼，向他咬去。

「『Elensequse』（塵矛）！」

就在千鈞一髮之際，一道無形的長矛刺中其中一隻黑狼，令其化為塵埃消失，解救了愛德華一時的危機。愛德華聽見術式是諾娃使出的，但他沒有可以驚訝的時間，因為更多的黑狼要前來取他的性命。

兩隻黑狼同時撲來，愛德華要抽劍割喉時卻被牠們緊緊咬著劍身。在他和這兩隻黑狼們較力時，又有另一隻狼要從左邊咬來——

「『Saquas』（藤蔓）！」諾娃手一揮，一條藤蔓立刻從下而上刺穿那隻狼的身體，保護了愛德華。愛德華這時也奮力一拉，把劍從黑狼們的嘴拔出，並立刻還以兩下斬刺，讓牠們再不能搶劍。

空間實在太狹窄，不利愛德華攻擊。二人不停地往後退，為求盡快走到一個比較空曠的地方去。接連使出數個高級術式，諾娃的身體開始有點疲倦，連連喘氣。

「回到我的懷抱吧，少女，如此你必不再疲累。」見此，使魔主人立刻換上一把溫柔的聲音，在諾娃的耳邊細語，試圖催眠她回到自己身邊。

「『Elens』（消散）！」但「他」的說話卻只得到諾娃一句「消散」術式作為回應。她把聲音源頭——圍繞在其身邊的黑煙消滅，阻止「他」繼續催眠自己。

「為甚麼……為甚麼你要拒絕我，是因為這個小偷的影響嗎？」見自己被諾娃狠狠拒絕，使魔主人把一切都歸咎於愛德華，似是認為一定是愛德華做了甚麼，才令理應屬於「他」的諾娃背棄自己。「他」驅使黑狼們從四周一起攻向愛德華，後者俐落地踏步揮劍，悉數把牠們一劍穿心，或是劃破喉嚨、刺穿腸肚。當他站正時，突然一個暈眩，身子不受控制地往前跌，一隻狼看準時機咬住他的腳，而在前方，另一隻狼助跑起跳，向他的頭顱張開血盆大口——

「愛德華，避開！」

一把聲音從右方不遠處傳來，愛德華下意識地向後仰，回過神來時發現一個狼頭而被一把銀劍在距離自己眼前只有十公分的地方插穿。未等他開口，劍的主人已經上前把劍從牆壁上拔出，果斷地把咬住愛德華右腳的黑狼一劍刺穿，讓它化為黑煙。

「原來這就是你說的黑狼啊，有實體的術式，果然不尋常。」來自不是別人，正是夏絲妲。她的外表還是雪妮的模樣，但手上拿著的卻是「荒野薔薇」。

「你怎麼來了？」愛德華問。這時諾娃已經用治癒術式為他處理好傷口，他看了看「荒野薔薇」，疑惑地問：「不要緊嗎？」

「現在不是管這件事的時候，快，把牠們都引出庭園！」夏絲妲猜到愛德華想問的是她怕不怕在此使用「荒野薔薇」會暴露身分，但現在哪有時間理會這件事？被她刺穿的黑狼又再重生了，這次黑煙變成四隻小黑狼，連同剩餘未解決的，還有十隻黑狼。

夏絲妲一拔足，諾娃便立刻使出比「護盾」效果範圍更大的「空牆」術式把黑狼彈開，隨後和愛德華一同逃離。三人一邊防範著後方，一邊跑到不遠處的樓梯口，身手敏捷的夏絲妲坐在扶手上滑下去，而愛德華和諾娃也三步併兩步地不停往下跑。到達地下後，夏絲妲立刻打開通往庭園的玻璃門，當三人在庭園站穩腳步後，黑狼們便從後出現了。

「荒野薔薇」的藤鞭從地下冒出，刺穿戴頭黑狼的身體的同時，又綁著後方四隻小黑狼的四肢。但那隻被刺穿的黑狼很快又重生為小黑狼，而四隻小黑狼又化為黑煙掙脫捆綁，再變回狼的樣子撲向愛德華。

「真的是死纏爛打，沒完沒了的！」迎面割破兩隻黑狼喉嚨的同時，愛德華忍不住抱怨。

「不，不一樣……」戰鬥空間變大，諾娃觀察了一會，留意到事情有異，立刻說出自己的發現：「被『虛空』殺死的黑狼沒有重生！應該是『虛空』的中和能力完全破壞了術式！」

「甚麼？」愛德華一聽，立刻提起了精神，衝前再斬殺多兩隻黑狼。

「而且術士看來開始累了，」夏絲妲補上一句。確認只有「虛空」才能有效地殺死黑狼後，她便退居防守，站到諾娃身邊保護她，讓愛德華一人去解決剩下的黑狼。「長期使用術式，會消耗很多精神力，黑煙變成小黑狼就是『他』開始疲倦的證明！」

「可惡！」被說中自己的狀況，使魔主人立刻怒吼。而剩餘的六隻大小黑狼在同一時間攻向愛德華——

「『Elensequse』（塵矛）！」其中四隻黑狼被諾娃用塵散長矛術式在同一時間刺穿身體，化為黑煙消失。而愛德華也在斬開一隻黑狼的身體後，刺住最後一隻狼的頸項。他沒有一下子取命，而是把牠刺到附近的樹幹上。

「你到底是誰，快說！」他憤怒地追問使魔主人。

「哼，今天是你贏了，」明明已經輸掉，但使魔主人沒有要回答愛德華問題的意思。他的語氣裡有著落敗的憤怒，卻不知為何依然有自信：「但別神氣，我們短期內會再見的，到時候一定會把『虛空』帶走。」

說完，未等愛德華回應，黑狼已經化為煙消失在空中，再沒有蹤影。

愛德華未有從樹幹中拔出「虛空」，只是凝視著樹幹，喃喃自語：「黑狼的主人……會是奈特嗎？」

對「虛空」和諾娃有異常執著，而且會知道他行蹤的，愛德華只想到奈特一人。

「不清楚，」夏絲妲走上前。她不太覺得奈特是黑狼們的主人，若果真的是奈特，那麼上次在樹林裡，為甚麼他不使役黑狼襲擊愛德華和諾娃，而要親自現身？但她也不敢確定自己的猜測是否準確。「但我覺得使役者可能是舞者。」

「我也這樣覺得，不過這些之後再想吧。」愛德華嘆了口氣。「說起來，你為甚麼會突然出現？」

「你剛剛離開後不久，我見天色轉暗，便決定回屋內。在走上樓梯時我聽到你和術士的對話，想也沒想便跑回房間取劍了。」夏絲妲解釋。「你的傷還未好，就不要勉強自己吧。」

一聽到「傷」字，愛德華立刻想起諾娃。他拔出「虛空」，轉身走向她，急忙問：「諾娃，你有沒有……！」

才走了幾步，愛德華突然感到天旋地轉，雙腿忽然軟倒，待他回過神來，便發現自己倒在諾娃的肩上。他全身無力，四肢都好像失去了知覺似的。從戰鬥的繃緊中放鬆，他這才發覺原來自己幾乎耗盡了所有體力。

「剛才黑狼們沒有傷到你吧？」明明自己的狀況更加糟糕，但愛德華卻先去關心諾娃。

「我沒事，反而是你還好嗎？」剛才為了保護愛德華，而陪他一起跌坐在地的諾娃說時嘗試坐正，好方便愛德華容易一點站起來。「不如我們回去吧？」

「嗯……」嘴上答應了，但愛德華卻沒有要站起來的意思。他的頭仍然躺在諾娃的肩膀上，整個人一動也不動。

「愛德華？」諾娃頓時擔憂起來。

「沒事的，一時沒力氣而已，讓我休息一會便好……」愛德華嘗試動起來，但身體就是不聽勸，絲毫不動。頭痛欲裂，全身無力，他的眼皮越來越重，聲線越來越小。

「你這個小鬼，在這裡睡會著涼的，來，回去吧。」就在愛德華要合上雙眼時，夏絲妲對他伸出手，笑著看著他。

愛德華呆滯地緩緩睜開眼，凝視著夏絲妲的手，愣了一會才慢慢地伸手握著。他的手一疊在夏絲妲的手上時，她便立刻把他拉起來。

諾娃看著這一切發生時，心裡閃過一絲不悅，但當她見到夏絲妲在扶起愛德華後鬆開了手，而愛德華在被扶起後也沒有就此離開，而是伸手想扶自己起來時，那股不爽便煙消雲散。

為甚麼自己要想那麼多呢？無論是她自己，還是夏絲妲，都是想為愛德華好，而留在他身邊的。

無論如何，現在三人可以再次聚在一起，那麼就可以像以前一樣，一起面對更多的難關。

諾娃的腦海再次響起剛才使魔主人說她逃不掉的聲音，但她只是一笑，再沒有懼怕。

5

路易斯抬頭仰望天空，天色灰暗，滿是灰雲，跟他的心境一模一樣。

從冬鈴郡回家已有一個星期，他全身的傷已經好得七七八八，行走沒有問題，只需等待一些比較深的傷口慢慢癒合。彼得森說，可能那個諾娃所施的術式有激活傷口治療速度的效果，因此才會好得那麼快，但路易斯卻毫無心情理會這件事。

每年的這個時候，他的心情都會低落，而今年則更甚。

路易斯正獨自一人站在位於威芬娜海姆城堡山腳的家族墳墓前，背著「神龍王焰」，手持一束向日葵。他把向日葵安靜放在身前的墓碑上，墓碑上刻著的名字是路德維希・歌蘭・馬太・齊格飛，那是他大哥的名字。路易斯的大哥，就是長眠在此。

「五年了，路德大哥，」他對著墓碑說，眼神盡是憂傷：「今天是你的生辰，我又來看你了。」

梅月十日，是路德維希的生日。自從他五年前因病去世後，路易斯每一年都會準時在大哥的生忌當天來到墓地掃墓。他每次都會把路德維希生前最愛的向日葵帶來送給他，並對他說些話。而今天，他想來向自己最尊敬的大哥問些問題。

「路德大哥，你可以告訴我，我真的那麼一事無成嗎？」路易斯低著頭問，似是想利用頭髮遮掩著他的表情。「在大家眼中，我……我到底是甚麼？」

第二次敗給愛德華後，路易斯感覺自己終於醒過來了。第一次落敗時他還能騙自己，但正如愛德華在上一次對決時所說的，他是個天真愚蠢的小子。被這個一生最討厭的人親口指出自己最不願面對的真實後，他覺得整個世界看他的目光都不一樣了。

街上的民眾看他，大概心裡都笑話著這個因敵人憐憫才能活下來的無能領主；城堡裡的僕人向他投來的尊敬目光，當中可能隱藏著對這個無能公爵的憐憫；常常對他苦口婆心的彼得森，心裡都可能隱隱覺得這人沒救了。就連父親、甚至布倫希爾德、史卡蕾亞、諾凡蘭卡，路易斯覺得他們眼中的自己，大概是一個不知天高地厚，依靠家族榮光才有今天的蠢小孩。

他已經很努力改變，嘗試接受公爵的義務，每天改公文，又努力練劍，開始學習如何跟人談判和套情報，但到頭來自己依然沒變，還是那個無知的小孩嗎？他很想相信自己是有能的，但現實卻狠狠地打醒了他，沒有家族背景，他就只是個平平無奇的小子而已。

自從察覺了這個事實後，每逢別人把目光投向他，路易斯心裡都會壓力倍增。他想改變自己，卻沒有人告知他該怎樣做。因此他只能來到路德維希的墓前，請求自己最尊敬，也最疼愛他的大哥給予自己一點啟發。

四周只有呼嘯風聲，沒有人給予他回答。路易斯盯著墳墓，思考著要是路德維希仍然在生，他會給自己怎樣的答案時，他不自覺地回想起和兩位哥哥生活成長的過往——那些他最珍重的回憶。

路易斯一共有兩位兄長，長兄路德維希比路易斯大十歲，二兄羅倫斯則比他大六歲。路德維希留有一頭作為齊格飛家標誌的淡金髮，又有齊格飛家祖傳的碧眼，長相眉清目秀，加上身材高瘦，凡見過他的，都一定會稱他為美男子。而二兄羅倫斯的外表則比較特別，他雖然也遺傳了齊格飛家族必有的捲髮和碧眼，但其髮色不是金色，而是如同漆夜般的黑。其五官深邃，身材高大而健碩，如果說路德維希是美的代表，那麼羅倫斯就是帥氣的代表。

在路易斯眼中，路德維希是全世界最好的兄長，是如陽光一樣耀眼又堅強的存在。他知識淵博，上至天文下至地理無一不識；他溫柔體貼，從不責備路易斯，而且性格樂天，彷彿世間一切在他眼中都是好的。路德維希就像是天賜之子，他好像沒有缺陷，除了一點——其身體上的疾病。

路德維希有先天的心臟缺憾，他從小與病痛相鄰，不能做任何劇烈運動，經常因病臥床，發熱感冒是家常便飯，也曾經數次心臟病發，差點因此踏進鬼門關。無論是醫生，或是家族眾人，無一認為他能活到成年，更不會覺得他能繼承家族，只有歌蘭一人一直認定身為長子的路德維希是齊格飛家的未來繼承人，直到路德維希去世後依然覺得如此。

至於二哥羅倫斯，路易斯對他的印象不算很好。自他懂事以來，他就覺得羅倫斯好像不太喜歡自己似的，事事都總要和自己吵架。從食物、知識、行事，到誰可以探望臥床的路德維希、誰才是路德維希最親的弟弟，羅倫斯在任何小事上都可以跟路易斯吵上一整天，而且每一次都要贏才安心。羅倫斯在劍術上頗有心得，而且對世間萬物都有自己獨特的理解。照道理他應該是齊格飛家的真正繼承人，但歌蘭卻好像無視了自己有這個兒子一樣，從來不當他存在。

路易斯小時候不明白為何父親總是無視羅倫斯，又經常批評他是失敗品，但直到某天他無意中聽到父親和羅倫斯之間的爭吵，終於明白了——歌蘭一直覺得羅倫斯是血統不純正的私生子。

流有齊格飛家族血液的人，其外貌都是金髮碧眼，這是他們的特徵。歌蘭是個很注重血統純正的人，因此他認為留有黑髮的羅倫斯是其妻子和別人所生的私生子。他為此曾經嘗試尋找妻子和別人私通的證據，但一無所獲，而這個思想已經深深植在他的腦袋裡，拔不走了。由於沒有證據，以及為了保存面子，歌蘭沒有公開宣布羅倫斯是私生子，但私底下卻一直當這個次子不存在，甚麼都不給他，要他自生自滅，更恨不得他快點消失。

其實羅倫斯的生母，也是路德維希的母親的伊奇維娜是一位黑髮女性，羅倫斯大概是繼承了她的特徵，但歌蘭就是不信。歌蘭用計和伊奇維娜離婚，另娶第二任妻子伊凡琳，而路易斯就是歌蘭在其第二段婚姻裡得到的唯一血脈。

任誰都想到歌蘭另娶妻子就是為了想要一個合適的齊格飛繼承人候補，路易斯也是在偷聽到父親和羅倫斯之間的爭吵時才明白為何羅倫斯總是看他不順眼——他的存在就是羅倫斯不會得到繼承權的最確實證明。但有趣的是，無論是羅倫斯，還是路德維希，他們從來都不曾當這個同父異母的弟弟是外人。也許羅倫斯和路易斯常常吵架，但前者從來沒想過要把後者殺害，好奪取繼承權，又或洩憤。他們三人就像親生兄弟一樣，一起生活，一起長大。對路易斯來說，他自幼喪母，父親又長年不在家，比起兄弟，兩位兄長更像是他的父母，給予他無微不至的照顧，令他不至於孤獨。

以前，是路德維希教路易斯讀書識字，是羅倫斯教他劍術。要是路德維希身體狀況許可，他會盡力陪伴這位淘氣天真但可愛的小弟弟玩耍。路易斯從小就覺得自己比不上大哥，他以路德維希為目標，希望想成為像他一樣聰明又強大的人，認為只有路德維希才有資格繼承整個家族，自己甚麼都不是，但路德維希每一次聽見路易斯的沮喪話後都會輕輕摸他的頭，溫柔地對他微笑，說他的資質很好，鼓勵路易斯要相信自己，要給自己多點信心。路德維希總是說，別忙著跟別人比較，先嘗試看看自己手裡握著甚麼吧。

從小就被認為沒法活過二十歲的路德維希居然成功從無數個鬼門關活著回來，長大成人。正當大家都以為他可能有機會繼承家族之際，一次嚴重的心臟病發作，引發了心肺衰竭，最後路德維希以二十五歲之齡離開了這世界。

那一段記憶，路易斯至今仍歷歷在目。那天早上，他還在花園和路德維希大哥輕鬆暢談未來的夢想，怎知道下午大哥突然病發昏迷，兩天後便撒手人寰。一切都來得太快，路易斯反應不過來，直到葬禮後他才明白，自己永遠失去了一輩子最溫柔的保護傘。

在路德維希離去前，路易斯曾經見過他一面。當時路德維希躺在床上，面無血色，說話有氣無力，但他還是緊緊握著這個最愛的小弟弟的手，用盡全身的力氣從口中吐出字來，留給路易斯一句話——

「小路易，你要記住，無論發生甚麼事，都一定要相信自己。只要你相信是對的，就一定要堅持下去，絕對不能失去自我。」

從回憶回到現實，再次記起路德維希大哥留給他的說話，路易斯心裡既有感傷，也有感慨，但更多的是疑惑。他把「神龍王焰」從肩上取下，托在手上，看起來是想展示給路德維希看這把名劍，實則上是想求個答案。

大哥你總是說，我能成事的，只需要相信自己多一點便可，但這是真的嗎？

我相信了自己，卻敗得一塌糊塗。

路易斯在心裡質問，此刻他非常想路德維希站在他面前，那麼他就可以像以前一樣，從似是全知的哥哥身上得到答案。

到底甚麼才算是「對」的事？我要如何判斷自己所決定的是否正確？

他低頭望向手上的長劍、鮮紅的劍鞘和上面的寶石，劍鞘和寶石所散發出的光芒，此刻顯得很諷刺。

這把劍，我適合拿著嗎？到底我……是否真的適合繼承家族？

他滿腦子的問題，只換來呼嘯風聲的回應。就在這時，路易斯聽到身後不遠處傳來腳踏草地的聲音，聲音越來越接近。

「是誰？」他立刻轉身，並握緊「神龍王焰」的劍柄，警戒起來。

「你這小子，居然還活著嗎？」面對他的質問，聲音的主人回以一句嗆話。未幾，他從墓地後的樹叢中慢慢現身，路易斯一見來者是誰，先是驚訝，但臉上的表情很快便換成不悅。

「甚麼啊，居然是你嗎，羅倫斯二哥。」

來者不是別人，正是自從五年前路德維希去世後便一直失蹤的，路易斯的二哥，羅倫斯・馬太・德伯特・齊格飛。

五年不見，羅倫斯的一頭捲髮仍是路易斯所熟悉的模樣，只是年月過去，他頭髮長了些許，要用橡皮筋束起一條小辮。二十五歲的羅倫斯留起了鬚根，皮膚曬黑了，樣貌從離家前的暴戾稚氣，變得成熟而沉穩。其身上穿著一件厚重且有不少污積的斗篷，裡面是一件牛皮外衣，背上背著一把劍，而腳上的老舊長靴則黏滿泥濘，整副裝束是旅行者的模樣，只憑外表完全看不出他的貴族身分。

羅倫斯只比路易斯高出少許，他走到弟弟面前，低頭打量一下路易斯，心裡感嘆當年那個小弟弟已經長得那麼高了。但當他一看到路易斯手上的「神龍王焰」後，表情頓時轉為不悅，嘲諷地問：「五年不見，這就當上了公爵嗎？」

「對啊，我現在是家主了！更是舞者！」明明前一刻還在自我懷疑，羅倫斯一頂撞，路易斯便立刻拿自己的身分地位出來炫耀。他清楚知道，羅倫斯最討厭、最不喜歡他的是甚麼——就是羅倫斯絕對不會得到的家族繼承權。

「哼，家主？公爵？舞者？就憑你？這是甚麼笑話嗎？」羅倫斯一聽，立刻冷笑，抬頭用眼角斜睨路易斯，並嘲諷一番。「那個劍術一般，學習成績也一般的你居然可以當公爵？你是騙我吧？」

「你夠了！到底回來是為了甚麼的！」路易斯開始怒了。許久不見，一來便不停嘲笑自己，二哥到底是想怎樣？

「你覺得呢？」羅倫斯反問，並不客氣地說出自己故意在此時回家的原因：「就是要你把公爵的頭銜還來！」

「你、你說甚麼？」路易斯登時嚇了一跳。他剛才取笑羅倫斯時不是認真的，沒想到後者居然來真的。好不容易穩住心中的驚慌後，路易斯強裝鎮定地問：「繼承儀式已經進行，也得到阿洛哥的認證了，一切已經塵埃落定，你要怎樣搶？」

「不是放著一個更簡單的方法嗎，殺死你便可以了。」羅倫斯毫不猶疑地冷冷說出一句。他的眼神十分認真，不像是說笑：「你死了，繼承人一位便會從缺，歌蘭年事已高，那麼終有一日一定要把位子傳給我吧。」

「你是認真的嗎？」路易斯好不容易才從驚嚇回過神來，他搞不清楚該如何反應。直到現在，他才明白羅倫斯是帶著殺意回來的，他不敢相信，仍然希望這個只是玩笑。

「無比認真，難道你忘了嗎？小時候我說過多少次想將你置之死地，你以為我是說笑的嗎？」羅倫斯依舊冷酷，他無論從表情到眼神都絲毫不變，看來說話是認真的。經他一說，路易斯終於記起在他小時候，羅倫斯不時會在欺負自己的時候說過十分討厭他，不想看到自己活著。那時候他怕過，但見二哥沒有行動，也就以為是哥哥欺負弟弟的玩笑話，沒想到二哥直到現在仍然抱有這個想法，而且表示是真心的。

「那……你想怎樣？」路易斯心裡懼怕，他想像不到原來羅倫斯一直都希望他不存在。眼前的人是他從來都沒有贏過的二哥，他要在這裡丟命了嗎？他握緊「神龍王焰」，準備好隨時拔劍，但同時仍在期待二哥期待一切都只是玩笑。

「拿起你的劍，就在這裡打，」但羅倫斯的回應卻不如路易斯的預期。他拔出背在身後的長劍——一把雙手長劍，並架劍在身前。羅倫斯自幼便開始用雙手劍練習劍術，顯然是為了準備繼承「神龍王焰」而作的選擇。「不想死的話，就用那把火劍勝過我吧。」

「這裡是路德大哥的墳前，在這裡對打會打擾到他！」路易斯仍然不願出手，他看了看路德維希的墓碑，想出了一個可以阻止羅倫斯的理由。他知道羅倫斯很尊敬路德維希，所以認為他聽到這句後應該會卻步。

「沒關係，就請大哥從旁見證，讓他看看誰才更適合當威芬娜海姆公爵吧，」怎知這個理由沒法制止羅倫斯，路易斯頓時感覺二哥變了很多。「拋出那麼多的理由推卻，難道是怕了嗎？怕的話就好好站著，乖乖把公爵之位交出來！」

「我才沒有怕！要打就來吧！」既然沒法避免，那就唯有打吧！一聽到「怕了嗎」三字，路易斯登時一怒，立刻拔出「神龍王焰」，把劍鞘隨便拋到一旁，架好陣式。

二人對峙了好一陣子，正當路易斯打算進攻時，羅倫斯也在同一時間踏前進攻。羅倫斯的動作比路易斯快一丁點，成功搶得先機，本來打算前斬的路易斯只得改為防禦，硬接下羅倫斯的前斬。

二人力道不分上下，路易斯用力嘗試把羅倫斯的劍往右撥，怎知羅倫斯突然往上抽劍，迅速向左斜方一踏，畢直從上斬向路易斯的頭——

路易斯在退後的同時急忙向左揮劍，格開羅倫斯的銀劍。羅倫斯沒有動搖，立刻調整姿勢，劍尖朝下，從下而上再次斬向路易斯——

羅倫斯的攻擊被路易斯正面擋下，一邊是反手橫架，一邊是直斬，在交纏上處於不利之位。羅倫斯把劍一側並往上推，在解除交纏的同時往右後踏，趁路易斯往前傾時刺向他的左耳。路易斯急忙側頭避開，但臉頰還是被劃傷了。

「哼，以為有神劍便會很厲害，怎知還是不怎麼樣啊。」二人拉開距離後，羅倫斯嘲諷道。「看來是劍選錯主人的問題呢。」

「你……！只是劃傷了些，這不算甚麼！」再次被小看，路易斯立刻反駁。

「真正的齊格飛繼承人不會輕易受傷！更何況是在對決一開始的時候！」羅倫斯卻用一句令路易

斯無言以對。「你以為自己真的很厲害嗎？從小就在眾人的寵愛中長大，但你難道以為那些稱讚是真話嗎？他們都只是想巴結未來齊格飛家的繼承人而已！」

說完，羅倫斯立刻從上斬向路易斯——

「你說甚麼？」路易斯在急忙舉劍擋下攻擊的同時激動地反駁。

「人人都知道，堂堂神龍之後，齊格飛家的人居然在『八劍之祭』開始後不久便敗給一個沒落貴族家的人，而且對決是你主動提出的！齊格飛家可沒有一個這麼丟架的人，你根本不符合這個身分！」羅倫斯立刻向後抽劍，一轉劍路，反手旋斬向路易斯的腰。

「你難道覺得自己就很合資格了嗎？」路易斯登時察覺羅倫斯的意圖，他也以旋斬對抗。兩劍在劍身前端相碰，乘著怒氣，路易斯畢直往羅倫斯的大腰插去：「五年前一聲不發離開了家，一點消息也沒有，今天卻突然回來。想來就來，想走就走，說到底就是沒有膽量面對一切！」

「你懂我的甚麼理由！」路易斯的話刺中了羅倫斯的痛處，他一怒，立刻一改劍尖方向，從上方壓著「神龍王焔」，不讓路易斯刺到自己。

「那你也懂甚麼？」但路易斯機智地抽劍，在羅倫斯打算刺向他之際解除交纏。「口口聲聲說要繼承家族，但根本就是你自己放棄了這件事！所有人都可以鄙視我，但唯獨是你這個沒有責任心的人就絕對不可以！」

路易斯的怒氣已經到達頂點。往頭部的刺擊被避開後，他飛快地轉身，大力架開羅倫斯的左右斬擊，並趁其中門大開的時機從上而下斬去——

劍在羅倫斯的臉前五公分停下。「神龍王焔」頓著不動，而羅倫斯也只是憤怒地瞪著橙紅劍身，動作完全僵住。二人一直對峙，怎知過了一會，羅倫斯卻突然露出笑容。

「不錯呢，小路易，五年不見，你進步了不少。」他滿意地微笑著。

溫柔的語氣與剛才那個嚷著要取自己性命的人判若兩人，路易斯登時愣住，跟不上發展。見路易斯搞不清情況，羅倫斯緩緩離開「神龍王焰」的攻擊線，並把手上的銀劍收起。

「甚麼？」二哥不是要為了奪取公爵之位而要殺我嗎？為甚麼突然停手了？路易斯疑惑地看著羅倫斯，仍然未清楚發生甚麼事。

「剛才我只是為了測試你的實力而特意激怒你的。現在的威芬娜海姆公爵是你，這個位置是你應得的，我沒有打算要搶。」羅倫斯解釋，他身上已經沒了戾氣，無論是動作和表情都輕鬆許多。

「從一開始便是？」路易斯一邊把劍收起，一邊疑惑地問。

「對，從我決定回來的那一刻，便已經決定好要給你一個測試。」說完，羅倫斯上前，輕輕揉了揉路易斯的頭髮，像他以前對少年所做的一樣，並感慨地說：「長大了呢，小路易。」

路易斯看著羅倫斯，感覺眼前的二哥既熟悉又陌生。他的性格好像變了個人似的，但那雙手和其觸感依然是那麼的熟悉。

是的，他的其中一位至親回來了。至此，路易斯終於坦誠地接受眼前一切都不是夢。他的哥哥，終於回來了。

揉完路易斯的頭後，羅倫斯走到墳前，看著上面刻著的大哥名字，心裡既是愧疚，又是感傷。

「不經不覺便五年了。」他感慨道。

路易斯站到羅倫斯身邊，輕輕點頭。

「我不在的這些日子，你每年都有來探望他呢。」看了看墓碑上放著，以及長在墓碑旁邊的數棵向日葵，羅倫斯直覺猜到這些都是路易斯特意為路德維希準備的，心裡很是感激。他一直在外，沒能為大哥盡些心意，幸好有路易斯在，不然路德維希應該會感到孤獨吧。

「謝謝你。」

路易斯一愣，他所認識的羅倫斯不是個會輕易說出感謝的人。

「直到現在我還是沒法接受。那些三人一起生活的日子彷彿仍是昨天的事，一切都來得太快，太急了。」羅倫斯的腦海裡回想起那些三兄弟一起玩樂的回憶，那些他和路德維希談天說地的過去。他無時無刻都掛念這些日子，在這五年間也一點都沒有忘記。

「羅倫斯二哥，為甚麼你當年在路德大哥去世後突然離家？」羅倫斯的「急」字勾起路易斯心裡一條一直沒法得到問題的答案。他還很記得，當年路德維希的葬禮剛辦完，羅倫斯便失去了蹤影。事前羅倫斯沒有對路易斯表示要離家，後者花了一段時間才接受到自己被二哥「拋棄」，變得孤單的事實。

「我要去實現大哥的願望。」羅倫斯回答。

「甚麼願望？」路易斯追問。

「你大哥——」

正當羅倫斯打算告知路易斯關於路德維希的遺言時，不遠處有一個熟悉的身影走近。羅倫斯一看，立刻停止不說話，狠狠地瞪著來者。

「你終於肯回來了嗎？」來者——歌蘭的雄亮聲線一如以往，他手上拿著一束花，從墓園的大門走來，看來也是來探望路德維希的。他看到羅倫斯的身影時，一臉不屑，連兒子的名字也不叫，只以「你」稱呼。

羅倫斯心裡一笑，這傢伙果真一直沒變啊。

「對啊，就是要來看看那麼多年過去，你的嘴臉有沒有變，父親大人。」他故意提高聲線，挑釁地回應道。

6

中午，拜祭過後，父子三人便一同回到城堡。回家途中，路易斯一直感覺很不自然。早上出門時只有自己一個人，回來時卻變成了三個人，縱使後來趕到的彼得森告訴他，歌蘭是在自己出門不久後剛回到家的，但他心裡總覺得別扭。

歌蘭每年只有一天一定會回家——就是路德維希的生忌，其他的日子都是看他心情決定。路易斯不知怎的，想起年末時父親沒有回家共渡新年，而對上一次回來就是為了教訓他。

父親幾乎沒有特意為了他的生辰而回家一趟，有好幾次甚至記錯了他的生日，但路德大哥的生日卻從來都沒有記錯。歌蘭心裡最愛的是路德大哥，這個事實自路易斯三歲時便已經知道了。他早就習慣，只是每次親眼看見那些差別待遇時，心裡仍會難受。

路易斯已經繼承了公爵之位，依照父親的話盡力有所作為，但他的成果好像沒被看到似的；但另一方面，即使路德大哥已經離開了五年，但父親依然深深記掛著他。路易斯沒有為此恨過路德維希，也沒有對歌蘭感有恨意，他只是有點失落。

而另外一個令他感到別扭的原因，就是歌蘭和羅倫斯之間的氣氛。

剛才羅倫斯在墓園回嗆歌蘭一句後，二人就再沒有說過話。之後歌蘭離開墓園時，也只有叫路易斯跟上，完全無視了羅倫斯。羅倫斯隨後自行跟了上來，但全程一言不發。歌蘭沒有明言趕走他，整段路程的氣氛寧靜又可怕，路易斯不敢想像之後會發生甚麼事。

三人回到城堡後，歌蘭立刻吩咐僕人們準備午餐。同樣的，他沒有指明是否要連羅倫斯的份也要準備，但僕人們都不敢多問甚麼，所以最後端出來的是三人份的午餐。父子三人坐在大廳裡一同進餐，歌蘭坐在大桌盡頭的主賓席，而路易斯和羅倫斯則坐在他的兩邊。一般來說，主賓席理應是給身為家主的路易斯坐的，但三人之中歌蘭的輩分最大，他要坐，沒有人能阻到他。

午餐的菜單十分簡單，只有一碟雜菌燴飯。根據歌蘭數年前訂下的規矩，路德維希生忌當天的膳食一定要以清淡為主，而且菜單上的食物都要是長子生前最愛的，所以今天就只有一碟燴飯，連甜點也沒有。吃著路德大哥生前吃得津津有味的飯菜，路易斯的心裡又開始懷緬起他。羅倫斯也是，二人四目交投，正要開口說些甚麼時，歌蘭那張緊繃的臉映入他們的視線中。二人立刻低頭，繼續一言不發地吃飯，連內心的情感也不敢在臉上表達出來。

「你這五年去了哪裡？」吃完整碟燴飯，優雅地抹好嘴後，沒有理會到兒子們仍在進餐，歌蘭逕自開口，直接拋出問題。

「你的權力到不了的地方。」縱使歌蘭沒有在問題說出稱呼，但任誰都知道他在問羅倫斯。羅倫斯本來想賭氣不回應這個無禮的父親，但想了想，還是決定回應，順便回嗆一下。

「那你回來幹甚麼？」歌蘭問得一點也不客氣，完全不像是跟兒子說話。

「見大哥，有問題嗎？」當然，羅倫斯也不會客氣地回應。既然他的父親從來沒有把他當兒子看，那麼他也不會把那人當父親看。

「現在才回來？」歌蘭看來也不介意羅倫斯的態度。他們之間的對話從以前到現在都一樣——是靠對罵和對抗建立起來的。

「想回來時便回來了。這裡是我的家，你管得著？」羅倫斯沒有回答，只是藉機再次刺激歌蘭。

「既然墓已經掃完了，那就快給我走。」歌蘭沒有正面回應羅倫斯的反問，而是下逐客令。一直在旁邊聽著的路易斯心裡一嚇，他一直想，五年不見，也許二人心裡會對對方多了些情份，沒想到父親居然如此直接要趕羅倫斯二哥走，毫不留情。

「不，我暫時會住下來。」羅倫斯的回應令歌蘭和路易斯嚇了一跳。

羅倫斯二哥要留下來？路易斯不是沒有想過他會住下的可能性，但以為只會住幾天而已，沒想到二哥真的打算留下來。

「甚麼？」歌蘭驚訝得不得了，整個人都站了起來。

「有甚麼好驚訝的，反正都回來了，當然要住一段日子啊。只要我的名字一天仍然掛住齊格飛的姓氏，就可以回到這裡。」羅倫斯倒是回應得氣定神閒，他笑了笑，不客氣地反擊：「怎樣，好不容易樂得清閒，但現在竟要再次每天都見到最討厭的兒子，覺得怎麼樣？父親大人？」

「你！」歌蘭氣得說不出話來，因為羅倫斯所說的都對，這兒子很明顯是跟他對著幹的。他怒火中燒，忍不住指責：「害死了路德維希，還好意思說是我的兒子？」

「那只是你的臆想，連醫生都說了大哥是因為心臟病發所引致的器官衰竭而死，憑甚麼說是我害死大哥！」已經五年了，這老傢伙仍然如此相信著嗎？羅倫斯氣得忍不住站起來為自己辯護。

五年前，路德維希心臟病發的時候，歌蘭並不在家，而羅倫斯是第一個發現大哥倒下，也是兩天後看著他嚥下最後一口氣的人。歌蘭事後一直遷怒羅倫斯，一心認為他是因為妒忌路德維希的長子地位，而趁機讓他失救致死，又說定是他的不純正血統為路德維希帶來詛咒。但事實是，路德維希在生命的最後幾年身體已經不太好，大小病頻生，經常需要臥床休養，那次心臟病發只是契機，引來早就預見到的結局。

路德維希心臟病發當天，羅倫斯發現大哥倒在花園後，已經立刻把醫生叫來搶救。羅倫斯常常感到愧疚，心想如果能夠早一點發現路德維希病發，也許大哥就不會離去。但他又知道，這是早晚都會發生的事。路德維希一直活得有多痛苦，他是知道的。死亡，對這位總是與死相鄰的大哥來說，比起懲罰，更可能是種解脫。

他可以接受別人指責為何自己沒有早一點發現路德維希病發，但他絕對不會容忍有人指他害死自己最尊敬的兄長。其他指責他可以忍，唯獨這件事不可以，尤其當指責的人是那個總是把自己當私生子看待，並將一切莫須有的罪名都怪到自己頭上的親生父親，他更加不會忍下這道氣。

「你當天一定是對路德維希做了些甚麼，他才會突然離去的！」羅倫斯的「臆想」二字激起歌蘭更大的火氣。他憤怒地指著羅倫斯指罵：「你這個污辱齊格飛血統的人！」

「但這個人可是你的兒子，你不該問問會否自己才是污辱家族血統的那個人？」面對如此重大的指責，羅倫斯倒是很鎮定——類似的說話他聽過太多次了。他機智地利用血緣關係反咬歌蘭一口，並再次重申自己沒有害死路德維希：「大哥走的時候很安詳，你不懂就不要亂說！」

「羅倫斯！」歌蘭被反駁得說不出話來，他氣到臉都紅了，大力拍桌，說出心中話：「你這個外人！」

「只要名字上有齊格飛一詞，我就是齊格飛家的人！不容你說！」但羅倫斯依然不為所動。他不想再跟這個蠻不講理的父親爭論下去，便再次說一次帶起這些對罵的最初內容：「總之我從今開始會回來居住，你不再是家主，沒有權利阻我！」

「哼，隨你便吧！」歌蘭也不想爭吵下去了。他望向路易斯，把決定拋給他：「路易斯喜歡便好。」

一直坐在一旁看著兩位吵架的路易斯這才反應過來，二人的怒氣要燒到自己身上了。

「小路易，總而言之，我會留下了，沒有問題吧？」羅倫斯立刻收起怒火，用比較柔和的方式詢問路易斯。眼見自己和父親之間的問題要影響到不關事的弟弟，羅倫斯心裡很是不好意思：「辛苦你了，抱歉。」

路易斯連忙搖頭，說：「沒問題，你的房間仍在，打掃一下便行。」

他其實想說「當然沒問題」，但恐怕會招來歌蘭的不滿，才改以拘謹的態度回應。

「路易斯，訂婚典禮在幾天後舉辦對吧？準備如何？」見歌蘭和羅倫斯終於願意坐下，路易斯以為不會再有甚麼事發生，怎知歌蘭居然問他問題了。他一驚，原來父親記得自己的訂婚典禮日子是在哪一天。

難道父親在這個時候回家，不只是為了路德大哥的生忌，也特意為了參加自己的訂婚典禮嗎？路易斯心裡登時生出一絲期盼。

「賓客已經邀請好，場地、食物飲品、住宿等也已經準備就緒。父親有時間的話，待會可以一起檢查。」因著心裡那份期盼，路易斯立刻打起精神，簡潔又仔細地匯報進度。將會用作舉辦訂婚典禮儀式的莎法利曼大教堂已經裝飾妥當，而在訂婚典禮後舉行舞會時所用的米絲汎亞大舞廳也在今天會完成打掃和布置，至於客人房間，以至典禮女主角——布倫希爾德的客房早就已經完成準備。他心裡戰戰兢兢，預想歌蘭定會捉出每一項細節逐一批評他。

「不用了，相信一切已經準備妥當，我相信你。」怎知歌蘭居然一句批評的話都沒有說，他的回應出乎路易斯的意料之外。喝了一口茶後，歌蘭繼續問：「那麼公文方面呢？一切還習慣嗎？我沒有太多時間可以教你，要靠你自己摸索了。」

「呃，嗯，起初花了些時間摸索，但現在已經慢慢上手了。」歌蘭從未試過這樣仔細關心路易斯，後者有點反應不來，不知道該如何應對。

「那麼劍術呢？我聽使者說了，你每天都會練一個早上的劍。」關心完作為公爵的他後，歌蘭把問題轉到作為舞者的他了。

路易斯心裡一縮，心想：難不成父親知道他去了找愛德華對決的事，要準備要罵自己了？

「經過一個月多的練習，我已經習慣了用『神龍王焰』。托父親的福，一切都進展順利。」路易斯強裝沒事，嘗試試探一下父親的反應，看看他是否知道對決的事。

「是嗎，那就好，」歌蘭一反常態，居然不責罵，還滿意似的點了點頭，稱讚起路易斯來。他把杯裡的茶喝完，優雅地放回碟上並擺好後，便站起來準備離開，但在轉身前，他望向路易斯，留下了一句吩咐。

「路易斯，待會到書房找我，為父有事要跟你說。」

⚔

午飯後，歌蘭坐在書房裡，正在凝視身前的一大堆手稿和書籍。

這些手稿和書籍都是他不久以前從城堡的圖書館裡取出來的，上面分別記載了神龍莎法利曼的傳說、一些關於龍族的記載，以及齊格飛家的歷史，其中有一本酒紅色的古籍特別顯眼。那是《伯寧頓記事》，是從神龍莎法利曼得到龍血的第一任齊格飛家家主伯寧頓・齊格飛所留下的記事本，上面寫了不少伯寧頓當年侍奉莎法利曼時的點滴，當時多加貢尼曼王國的衰落實況，莎法利曼沉睡前交代伯寧頓的話，以及伯寧頓當上第一任齊格飛家家主，一統多加貢王國後發生的事。

歌蘭翻開這本記事，很快便揭到其中一頁。那頁寫滿了密密麻麻的古代文字，並畫了一個圖騰。這一頁的內容歌蘭在這些年間看過很多遍，幾乎可以倒背如流，那是記載著伯寧頓生前調查到的，可以喚醒莎法利曼的方法。

喚醒神龍莎法利曼，復活龍族，重奪昔日多加貢尼曼王國的榮耀，是齊格飛家多年來的夙願。他們在這幾百年間參加「八劍之祭」，無非就是藉助神的力量達成這個願望。歌蘭自小便對完成家族夙願一事非常執著，他認為這是擔當齊格飛家家主之人的首要任務，而他自身的最大願望是在生涯裡見證神龍的復活。為此，他一直等待機會，拿下齊格飛家家主的位置，勤奮鍛鍊，這些都是為了讓自己能夠被選中為舞者的準備。他要代表齊格飛家參加「八劍之祭」，在劍與血的舞台上勝出，並完成無人能達成的家族夙願。

歌蘭等了數十年，沒想到神最後選中的舞者不是他，而是他的兒子。

既然自己不行，那麼就把願望託付在兒子身上，讓他完成大事吧？歌蘭怎都沒有料到，路易斯居然不受他的控制，先是擅自與精靈女王訂婚，緊接在整場祭典的第一場對決上落敗，之後居然走去跟來歷不明的人結盟，簡直丟盡齊格飛家的臉。一而再，再而三的失敗，令歌蘭對路易斯能夠勝出一事再沒有期望。輸掉「八劍之祭」也就算了，但輸掉也就意味著自己死前沒法見證莎法利曼再臨，他可不能接受……

就在這時，門外傳來敲門聲，把歌蘭的思緒喚回現實。

唉，再給他一次機會吧，現在毋需太急。

歌蘭喚了門外的人進來，那人不是他人，正是路易斯。他戰戰兢兢地走進房裡，動作都不敢太大，歌蘭別過頭去，當作沒看見。

「坐下吧，路易斯，」路易斯進來後，歌蘭立刻把房門關上，並請他坐下。路易斯有些驚訝，因為歌蘭一向有不關上書房大門的習慣，而他很少會主動叫路易斯坐下，通常都是後者一直站著被訓話。路易斯猜到，父親一定是有一些不能被別人聽到的話要對自己說。

「為父還有很多事要做，所以單刀直入地問了。之前你對我說過，訂婚是為了接近那個精靈女王，並找機會將之除去，這是真話嗎？」一坐下，歌蘭立刻問。

「是……是的。」沒想到居然是問關於布倫希爾德的事，路易斯一頓。

「你剛才說訂婚典禮已經準備好，那麼有否準備除去精靈的方法？」歌蘭見兒子確定了想除去精靈的意願，便繼續問下去。

「這……有考慮過的，但訂婚典禮的人流太多，要靜悄悄除去精靈並不容易，而且父親先前說過訂婚典禮可以照原定的計畫舉辦，因此兒子認為可以等典禮過後再實施計畫。」路易斯急中生智，臨時編了個理由解釋。

他仍未能狠下決心作出決定。在安凡琳，他被布倫希爾德的弄得差點丟命是事實，但正如彼得森所說，她擔憂自己的安危也應該不是裝出來的。他搞不清布倫希爾德的心思，正打算利用訂婚典禮的機會再一次問她，但在未得到答案之前，他都不敢下任何決定。

「的確不容易，但可以跟精靈面對面相處的時機不多，更何況這次牠們稀有地會離開自己的領地，如此珍貴的機會不可浪費。」歌蘭點了點頭，同意了路易斯的說法。此舉令路易斯不禁打了個冷顫，他心裡越來越害怕，怕聽到父親之後打算說些甚麼。

「父親的意思是？」路易斯懷著懼怕的心情試探歌蘭的想法。

「為父有重要的東西要交給你，」說完，歌蘭俯身打開書桌最下排的抽屜，取出一小枝玻璃瓶，放在路易斯身前。

「這個是甚麼？」路易斯小心翼翼拿起眼前這個像是香水瓶的器皿，仔細打量。在陽光下，透明瓶子裡的暗紅液體散發出如同紅寶石般的耀眼光芒。液體看起來像是價值連城的陳年紅酒，但再仔細看，它好像比紅酒多了分動力，似是有甚麼能量在內流動似的。

「這不是一般的酒，而是混合了齊格飛家龍火的古酒，」歌蘭解釋。「它是根據多年前先祖留下的處方製作出來，味道跟一般紅酒無異，但只有流有齊格飛家血液的人才能承受其中的力量。一般人喝下的話會感到身體宛如火燒，而它對那些精靈來說更是劇毒。」

路易斯大吃一驚，他頓時猜到歌蘭想要他做些甚麼。

「父親，難道你……」他立刻放下瓶子，驚訝得說不出完整的話。

「沒錯，」但歌蘭只是理所當然地，一臉嚴肅地點頭。他指著玻璃瓶命令：「你要在訂婚典禮上，讓那個精靈女王喝下混有這些古酒的紅酒。」

「甚……」

「這次，一定要取她的性命。」歌蘭補上一句。

第十六迴－Sechszehn－

結合－ENGAGEMENT－

1

布倫希爾德靠在馬車的窗框上，凝視著外面的風景，心情很是複雜。

她所乘坐的馬車剛離開了安凡琳，正於精靈之森行駛，不久便會離開精靈之國的國境，進入威芬娜海姆郡。她這次起行，原因不為其他，正是為了參加在威芬娜海姆城堡舉辦的訂婚典禮。

從紫堇月被求婚開始，歷時接近兩個月，經歷兩次的見面和多次的書信來往，她終於要在梅月十三日步入禮堂，與路易斯建立更進一步的關係。

從安凡琳到威芬娜海姆需時約兩天，到埗後又需要時間安頓，因此布倫希爾德須在訂婚典禮的三天前出發，趕在訂婚典禮的前一天到達威芬娜海姆城堡。

布倫希爾德以外，隨行的就只有莉諾蕾婭一人。希格德莉法因為有要事要辦，所以決定留在安凡琳，不到威芬娜海姆觀禮。而布倫希爾德希望這次出行儘量簡便，不想太多人陪同，因此她只帶了關係最親的莉諾蕾婭一人隨行，把另一位貼身女僕卡莉雅納莎留在了安凡琳。

歷代安凡琳女公爵，又或精靈女王，都只會在進入人類之境時才會乘坐馬車。在精靈國境，女王的坐騎是一匹純潔的獨角白馬，但在人類面前出現時，為了迎合人類的習俗，以及不願讓下等的人類有機會見到精靈女王的全部榮光，她們都會以馬車作為交通工具，並用血統最純正高貴的馬匹牽車，以人類能夠理解的方式彰顯精靈的權力和地位。

布倫希爾德的馬車是她的先代留下的，已有幾百年歷史，但狀態仍然十分良好。馬車以溫蒂娜領地獨有的霽霜木製成，如同雪後穹蒼的淡藍木材顏色顯赫地彰顯馬車主人的身分。車上的窗框和門柄都有閃亮的百花藤葉金箔雕飾，百花藤葉的作工十分精緻，看起來像是有生命似的。在雕飾上添加在人類世界作為財富象徵的金箔，非但沒有令整體設計淪為俗套，反而透出一種簡潔又高貴的氣息。當陽光灑到雕飾上，會看到雕飾四周都飄浮著一些微粒。微粒的光芒彷似蝴蝶，又或仙子的鱗粉，夢幻而又美麗絕倫。

坐在如同藝術品一般的馬車裡的布倫希爾德，其裝扮也是美若天仙。她身上穿的是一條雪藍色長裙，長裙剪裁貼身，裙上滿是雪花刺繡，兩邊袖口和裙擺邊都縫有絨毛，看起來十分暖和。她的大部分頭髮都束成兩條麻花辮，以髮髻的形式綁在頭的兩邊，剩餘的頭髮則隨意散落到肩後。而她也戴上了不少飾物，例如頸項上的藍寶石項鍊、耳垂上的藍寶石耳環，以及髮髻上的鑽石髮針，這些都是溫蒂娜家的家傳寶石。布倫希爾德本來已具清純優雅的氣質，在華衣美服的襯托下，又多了一重不可輕易靠近的高冷和威嚴。

但在這些外表下，隱藏的卻是一副疲倦的身體、疑惑的心和矛盾的心境。

靠在窗框上的布倫希爾德神色疲憊，她把日記本放在膝上，用雙手緊緊握著。她的眼神沒有神彩，只是一味看著窗外的景色發呆。

她將要離開精靈之國，往外面的世界去了。在她的記憶裡，這是自己第一次離開精靈之國，但無論是路易斯，又或希格德莉法，都說是她忘記了這件事。他們都說，她在兩個月前到過阿娜理，路易斯更說，她在多年前曾經私自偷走到威芬娜海姆，但這些都不存在於她的記憶裡，她對精靈以外世界的認知，只停留在片面的文字記載和其他精靈的傳言。

外面的世界是怎樣的？是跟精靈之森一樣綠樹環繞的世界，還是如先代留下來的筆記所說，醜陋又險惡的世界？即將面對未知，她心裡懼怕，一怕，便立刻打開手上的筆記本，翻到寫了有關於路易斯的記事。

密密麻麻的文字裡仔細記下她和路易斯兩次約會的往事，內容極盡仔細，從二人到過的地方風景，每一句談話的內容，到路易斯每一刻的表情變化，都一一記錄下來。文字裡沒有主觀的感情，與其說是一介少女的日記，更像是化為文字的記憶。讀著內容，文字裡的畫面生動得彷彿像是即時重現在眼前，然後被布倫希爾德回載到腦中，與現在的記憶融為一體。

讀到路易斯和她在森林裡的對話時，布倫希爾德的心裡暖暖的，但當她再次重溫自己把路易斯拋在森林裡，想置他於死地的往事，以及尋回路易斯後，他那些略有戒心的反應後，心裡頓時感到不安。

那次路易斯離開後，希格德莉法一反常態，沒有因為布倫希爾德沒有成功殺死他而懲處之，但她卻下了命令，要布倫希爾德一定要在訂婚典禮期間找到機會除去路易斯，不然回來後就有嚴重的懲罰等著她，包括再次進行「儀式」。

布倫希爾德知道希格德莉法的意思是甚麼。自己的身體狀況不算太好，再進行儀式，恐怕會更虛弱，而且見到自己一而再，再而三地失敗，希格德莉法下的手恐怕會更重。要活下去，就只能照她的意思做，但為了這件事而用路易斯的命去換，她卻猶疑不決。

在她心中，路易斯如同光明，只有他一人會給予她關懷和理解。她不想親手抹殺這道光，但她還未有為了他而跟希格德莉法作對的心理準備。

她看著自己瘦弱的手腕，內疚於自己的軟弱，又因自卑而開始懷疑。

上次我這樣子害他，他回來後的反應又有些閃縮，也許經此一事，不會再像以前那樣親切對我了吧？

越是想下去，她的心情就越是矛盾。

這時，窗戶透進一道明媚的白光，布倫希爾德一醒，發覺馬車不經不覺離開了茂密的森林，走到蒂莉絲莎河上的大橋。她遠眺大橋另一邊的雪林，下意識地捏緊了裙擺。

終於來到了，人類的世界。

⚔

在訂婚典禮當天早上，路易斯站在自己的睡房窗戶，愣著似地看著外面的景色。

他已經打扮完畢，頭髮早已梳理整齊，一頭金髮閃亮如晨曦之光。他身上依舊穿著代表齊格飛家的鮮紅軍服，但跟他在起始儀式上所穿的不同，這件鮮紅軍服胸前有密密麻麻的金鈕扣，領口和兩袖邊亦有金絲線縫成的刺繡，就連軍服的黑長褲兩側都紋有複雜的刺繡，其華麗程度可以說是有過之而無不及。不只如此，他的腰帶上還繫著兩束金紅流蘇穗子，左肩上還披著一件同樣繡滿金絲線的披肩外套，兩者都為衣裝的華麗錦上添花。如果說起始儀式上路易斯的裝扮令身為少年的他看起來像個貴族家主，那麼今天的這身打扮就完美襯托出一位公爵應有的成熟，和不得輕易侵犯的威嚴。

他的窗戶面向著城堡的正門，清楚看到來自全國各地的貴族賓客正陸續乘著馬車抵達，也看到他的僕人們正忙著招呼這些貴族，打點他們的馬匹，以及引領他們到訂婚典禮的舉辦場所——莎法利曼大教堂。

在安納黎接納求婚的那一刻起，其實路易斯和布倫希爾德已經是訂了婚，而訂婚典禮通常是男女雙方為了與親朋好友分享訂婚的消息而設立的儀式，或者兩大家族為了將結合之事公告全國而進行的儀式。若問路易斯的個人意願，他其實並不想那麼多的人來參加自己和布倫希爾德的訂婚典禮，只想邀請熟悉的親屬見證，但奈何這次是兩大公爵家之間的聯姻，是溫蒂娜家首次與人類結合，更是「八劍之祭」的兩位舞者結合，就算只是訂婚，也是全國上下都會關心的重要大事，因此必須做得像結婚典禮一樣，邀請全國所有貴族，以至皇帝參與，在眾人的面前見證二人正式成為未婚夫妻。

路易斯起初是希望直接舉行結婚典禮，越過訂婚典禮的，但不論是歌蘭，還是布倫希爾德，都希望先舉行訂婚典禮，才有現在的安排。他當時不明所以，以為父親是因為討厭精靈才用訂婚典禮把事情拖著，後來才慢慢明白背後的謀略。

他轉頭望向不遠處的茶几，那裡甚麼都沒有，只放著歌蘭幾天前給他的毒酒。當天，他懷著忐忑心情把酒收下後，便把它放到睡房的茶几上，無論在起床、更衣、進房、睡前都必定會看到它。他想藉著這個方法逼自己思考並決定毒酒的用法，但思前想後了幾天，還是沒能得出答案。

歌蘭的命令是絕對的，路易斯不敢違抗，也不想違抗。縱使他曾經為了奈特和布倫希爾德的事跟父親作對，但對他來說，那只是勇敢說服父親改變心意，並不是違抗命令；而他私自跟布倫希爾德訂婚確實是些小的反抗，但當父親斥責時，他還是會怕。

他向父親承諾了要取布倫希爾德的性命，而父親今天就要他把自己說過的話兌現。要是失敗了，或是放棄了，想必他在父親眼中的形象定會由「還算有用的兒子」回落到以前那個一事無成的黃毛小子，更可能會一落千丈，從此不再看他一眼。每次一想到這裡，路易斯都會怕。他這輩子最不想失去的是父親的關照，只要是能夠獲得父親讚許的事，他都會做。

但，就因為這樣，便要殺死布倫希爾德嗎？

他滿臉愁容，甚至愁得令身上的金絲線彷彿都顯得不再閃亮。

他要等到見到布倫希爾德，得到她的回應，才能決定毒酒的用途。

「小路易，還在吧？」這時，一把低沉又有磁性的聲音逕自闖進了寧靜的睡房。聲音一來便是嘲諷：「甚麼啊，果然是人靠衣裝呢。穿上之後我完全認不出是那個幼稚的小路易，哼。」

「我已經十九歲了，可否不要再叫我『小路易』？還有，人靠衣裝是甚麼意思？」路易斯頓時蹙眉，不屑地望向門口反駁。從那裡走進來的是羅倫斯，他身穿一套簡便的襯衫長褲，單手叉腰，神氣地看著路易斯。

「就是字面的意思啊，不穿成這樣，你覺得別人會認得出你是齊格飛家的家主嗎？」慢慢走到弟弟的身旁，羅倫斯指著路易斯身上的華衣嘲笑他。

「這句話我原封不動地還給你，我看你就算穿成我這個樣子，也不一定有人能認出你是齊格飛家的人吧？」路易斯一聽，立刻抓住羅倫斯的弱點，不客氣地回嘲。

「五年不見，小鬼狂妄自大了呢。以為我不敢試嗎？」羅倫斯果然開始怒了，還作勢想上前把路易斯的披肩脫下的樣子。

「夠了，你進來就是為了吵架的？不用換衣服嗎？」路易斯頓時退後一步，揮開羅倫斯的手，終於忍不住詢問二哥的來意。

「見你愁眉苦臉的，想逗你玩而已，」羅倫斯一笑，路易斯這才明白原來二哥剛才只是像以前一樣在捉弄他。收起手後，羅倫斯道明了來意：「我進來是想來告訴你，抱歉，今天的典禮我不會去。」

「為……為甚麼？」路易斯有點吃驚。是因為不認同這門親事，看不慣精靈，或是討厭我，所以不想去嗎？少年的心裡頓時生出許多猜測。

路易斯也許跟羅倫斯關係不算好，但沒有討厭他，仍然把二哥視為親人，因此希望他能夠親眼見證自己訂婚的一刻。

「別胡思亂想，」羅倫斯見路易斯眼神閃縮，便猜到這個弟弟定在胡亂猜測。他欲跟平時一樣揉搓路易斯的頭安慰他，但想到他的髮型已經整理好，不好弄亂，便改為拍拍他的肩膀，著他冷靜。「父親大概不會想我出現在會場的，而且我出現的話，貴族們便會知道我回來了，我不想這樣。」

「為甚麼不告訴他們？」路易斯感到疑惑。

「到時候焦點便會落在我身上，但今天的主角是你，不是我。」羅倫斯回答。

換著是以前，羅倫斯一定會想盡辦法從他人身上搶走焦點，聚到自己身上。路易斯再次體會到，二哥真的變了很多。

羅倫斯踏前一步，雙手捉住路易斯的右手，說出準備了一番的心底話：「從今天開始，你將會是別人的未婚夫。我只想說，我相信小路易找回來的幸福，你要緊緊抓住，還有記住，一定要依自己的想法行動，別被他人左右。」

說完，羅倫斯看了看茶几上的酒瓶，頓時皺了皺眉。

「二哥你不反對我跟精靈成婚嗎？」路易斯問。

「精靈和人對我來說都沒甚麼差別，只要是小路易真心喜歡的，我都不反對。」羅倫斯說完，換上一副凝重的面孔，再次叮囑路易斯：「總之記住，一切都要由自己決定。」

路易斯聽得出，羅倫斯似乎知道了歌蘭的命令，或是猜到父親會下甚麼命令，才特意在典禮前親自到來，並一而再，再而三地提醒自己。

「我會的。」嘴上是這樣說，但他的心裡仍在動搖。

「路易斯大人，是時候了。」正當羅倫斯要繼續說下去，彼得森在這時進來提醒路易斯是時候到教堂去，打斷了二人的對話。「羅倫斯大人，日安，抱歉，我不知道你也在這裡。」

「明白了，我現在就去。」羅倫斯搖了搖頭表示不介意，而路易斯也收拾好心情，在鏡子前確實打扮沒問題後，便往門口走去。

「放鬆點！」見路易斯神情緊張，一同離開房間的羅倫斯立刻拍了一下弟弟的背。

「自豪一點，從今天起，你將會是第一位人類之身的安凡琳準公爵。」

2

在莎法利曼大教堂，安納黎的眾貴族都聚集於此，等待訂婚儀式的開始。

貴為威芬娜海姆郡內的最大，被冠以神龍「莎法利曼」名字的大教堂，它無論從建築規模、設計風格、用料，無一不宏偉而震懾人心，凡看者皆能充分從大教堂體會到齊格飛家的權勢和財力之大。

大教堂主要以花崗岩建造，顏色灰白，材料來自威芬娜海姆境內的火山。它佔地近萬平方米，是全國第二大教堂，僅次於位處首都阿娜理的大聖教堂。它最初在五百年前興建，歷經數次維修擴建，最後在三百年前修葺成現在的模樣。教堂呈十字型，坐南向北，外表的最大特色是兩大高聳入雲的尖塔，支撐著外牆的大量扶壁、飛券，以及大門上方的鏤空窗格。而在教堂內部，拱頂全數用幼長的肋架券支撐，其纖細精巧的外形帶出威嚴高崇的感覺，而每條拱柱上都刻有龍頭裝飾，龍頭們全都塗上了金色，令拱柱在莊嚴之上添了一絲富華。不只龍頭裝飾，就連窗戶全都是以價值不菲的花窗玻璃作裝飾，顏色七彩皆有，當中又以代表龍的紅和代表莎法利曼的金為主要顏色。這種玻璃在全國早已流行，但在幾百年前只能從外國進口，就連工匠也需要特意從別國請來，在當時能夠把這技術引入，並將之在自家教堂運用得淋漓盡致的齊格飛家，其財富之多毋庸置疑。

教堂分為幾個部分，大門後的是中殿，東西各有耳堂，北方是祭壇的位置，而四者的相交點則是中央塔樓。所有會眾都坐在中殿的木長椅上，被走廊分開左右兩邊，而合唱團成員們則站在閣樓上。這些安排與安納黎的其他教堂差不多，只差一點——在祭壇上方吊著的是一個巨型的莎法利曼龍骨頭。

安納黎的教堂們是用來敬拜守護這個國家的神，但莎法利曼大教堂從一開始便是用來紀念並敬拜龍族類近神的存在——莎法利曼，即使齊格飛家早已納入安納黎，但在宗教上，他們仍然有自己的堅持。

坐在第一排的亞洛西斯看著莎法利曼那兇悍又嚇人的骨頭，想到齊格飛家仍未完全歸順一事，不禁皺了一下眉頭。

作為一國之君，亞洛西斯當然要坐在會眾的最前排，他旁邊分別坐著霍夫曼公爵和安德烈——繼皇帝後爵位最大的其中二人，而其他貴族則依照爵位大小，依次從第二排開始坐，當中包括了彼得森的父親烏艾法伯爵。彼得森利用烏艾法長子的身分，因而得以參加典禮，而愛德華的父親基斯杜化也有到場。

貴族們雖然坐著，但都沒閒著。不少婦人正忙於與座位附近的相識們竊竊私語，而男士們也趁此機會向周圍的領主貴族打招呼，寒暄一下，也順勢打聽各自領地的最近情況。某些不喜歡與人交流，或是想安靜一下的貴族不是在閱讀進堂時得到的詩歌集，就是看著教堂華麗耀目的裝潢發呆。當表示典禮開始的銅鐘一響，大家都立刻安靜下來，收拾好心情，準備迎接安納黎近年來最盛大聯姻儀式的開始。

合唱團唱出宛如天籟的美妙頌歌，打開典禮的序幕。頌歌以古語寫成，第一段先是男女合唱，然後第二段則轉為男聲獨唱。在歌聲陪同下，路易斯由歌蘭帶領，從東耳堂的大門進入，穿過多層鏟型拱頂，走進教堂，在中央塔樓下方停下。少年公爵俊俏的模樣和華麗的衣裝令眾人驚嘆，但他沒有理會，只是一臉認真地站在父親旁邊，等待布倫希爾德的到來。

待男聲頌唱完後，便到女聲們接力頌唱第三段歌詞。頌唱的同時，布倫希爾德獨自一人，從西耳堂大門進入教堂，穿過跟東耳堂一樣的鏟型拱頂，在眾人面前展露身姿。她身穿一襲雪白長裙，長裙分為三層，底層是半透明的薄紗，中間是冰藍絲綢，而上面則鋪上一層繡有百花的白色蕾絲，看起來就像冬日雪花落在其身上，閃閃生輝。裙子圓潤的領口被反起來，蓋著頸項一半，顯得其頸項修長；兩袖為泡泡袖，胸前有一串閃亮的銀鈕扣，而腰部則有封帶，凸顯出其身材線條。她頭上戴著象徵精靈女王身分的百花花冠，頸項上戴有一條設計簡潔的藍寶石項鍊，而耳垂上也戴有合襯的藍寶石耳環。其如同泉水一般的長髮全都束成麻花辮，並綁成髮髻，以鑽石頭飾作為點綴。

雖然在座貴族很多已經在起始儀式上見過布倫希爾德，但一見她那美若天仙、清淨高雅的模樣，還是禁不住在心裡嘩然。

在安納黎的傳統裡，訂婚典禮一般需要由男女方的親人把結合雙方帶到祭壇前面。男方的話，一般是由其兄弟帶領，但因為羅倫斯不參加典禮，因此責任便落在他唯一的親人，父親歌蘭手上。而女方傳統上會由其父親帶領，並交到男方手上，但因為布倫希爾德父母皆亡，加上唯一親人希格德莉法不出席，因此她只能獨自走到塔樓下，自己把自己交付路易斯。

二人在塔樓下相遇，四目交投，二人禮貌地向對方投以微笑後，布倫希爾德便輕輕把手疊在路易斯伸出的手。完成任務的歌蘭緩緩退到會眾席上，而訂婚二人則手牽手走到祭壇，在梯級前停下。

「今天在神面前，見證二人有意結合。」

站在祭壇上負責主禮的神官——一位年過六十但聲如洪鐘的老人，向全體會眾宣講這次典禮的用意。他是威芬娜海姆郡的最高神官，信奉著安納黎的神，但其實他是齊格飛家多年前親自欽定作最高神官的。在龍族之地上，被龍族後人欽定作神官之人，其信仰有多少是真實，有多少是逢場作戲，令人不禁深思。

「首先，我必須詢問在庭是否有人反對二人的結合。」

全場靜默，沒有人提出反對，也就等於全部同意。

「二人誓言是在各自之神之下，也在守護此國之神之下立約，必為神聖，不得違背，兩位是否明白？」見沒有人反對，神官低頭望向路易斯和布倫希爾德，詢問二人是否明白這次訂婚的意義之大。

二人早有心理準備，異口同聲地點頭表示明白。

「路易斯・基巴特・喬佛里・齊格飛，你是否願意承認接納布倫希爾德・漢娜・瑪格麗特・溫蒂娜作為你的未婚妻子？你是否願意敬愛她，照顧她，保護她，並發誓一生對她忠誠？」接著，依照訂婚典禮的程序，神官望向路易斯，詢問他是否願意承認布倫希爾德是他的未婚妻。

路易斯心裡百感交集，他以前每天每夜都期待著這一刻的到來，不時幻想著在眾人面前發誓要照顧布倫希爾德的情景，但現在，他再一次深深明白到自己有多愚蠢。所有的一切都是計謀，當中不一定有愛，而最唏噓的是現在自己要讓這個齒輪滾下去，他已經成為這一連串謀劃的執行者之一，成為了虛偽的存在。

「我願意。」回答時，他故意無視心裡的感受。

接著，神官轉頭望向有禮地低著頭的布倫希爾德，確認她的意願：「布倫希爾德・漢娜・瑪格麗特・溫蒂娜，你是否願意承認接納路易斯・基巴特・喬佛里・齊格飛作為你的未婚丈夫？你是否願意敬愛他，照顧他，保護他，並發誓一生對他忠誠？」

希格德莉法在布倫希爾德起行前多次提醒她，在神官面前立的誓言都只是逢場作戲，不需要想太多，順勢回答便是。她在心中默念，這一切都是被安排好的，依照吩咐做就好，但當她用眼角偷瞄路易斯時，又會不其然地覺得心裡溫暖，並反思起誓言的真實。

「我願意。」她心裡內疚，內疚於所說之話並非完全真實。

「現在我邀請你們牽手，在神面前立下誓言。」在神官面前宣誓過後，他請二人面對面站立，雙手牽著對方的手，立下一生的誓言。

「我，路易斯・基巴特・喬佛里・齊格飛，現願意接納你，布倫希爾德・漢娜・瑪格麗特・溫蒂娜，為我的未婚妻。從今以後，無論貧富，都願意愛護、尊敬、保護你，至死不渝。」路易斯首先起誓。他緊緊握著布倫希爾德的手，認真地注視著她的雙眼，朗讀起準備了三天，能夠倒背如流的誓詞。

「我，布倫希爾德・漢娜・瑪格麗特・溫蒂娜，現願意接納你，路易斯・基巴特・喬佛里・齊格飛，為我的未婚夫。從今以後，無論貧富，都願意愛護、尊敬、保護你，至死不渝。」而布倫希爾德也順暢地背出一樣的誓詞，向未婚夫宣誓愛意。

互相宣誓過後，路易斯從神官手上的古書接過家族祖傳的祖母綠訂婚戒指，套在布倫希爾德左手中指時，同時說道：「我將此戒指交予你，作為二人訂婚之證。在至高神龍的見證下，以我的愛，及我所有的一切，都尊敬你。」

本來在此時，應該說「在至高神的見證下」，但路易斯選擇跟隨家族傳統，以神龍起誓，不提安納黎的神。

「我也將此戒指交予你，作為二人訂婚之證。在大地之母的見證下，以我的愛，及我所有的一切，尊敬你，直到永遠。」路易斯說完後，布倫希爾德從神官手上接過溫蒂娜家祖傳，稀有的星光藍寶石戒指，小心翼翼地戴在路易斯左手的中指上。她也沒有在誓言裡提及安納黎的神，而是以精靈界最崇高的大地之母取代之。

輕輕兩句交換戒指的誓詞，便展露了兩大家族根源上的差異，也隱約地向會眾傳達，這兩大家族有足夠權勢在國教以外選擇自己的精神效忠之源。

交換戒指後，訂婚儀式也就完成。「現在二人已在眾人及神面前締結誓約，我宣布訂婚儀式完成，願一切平安歸於你們！」

神官話音一落，教堂銅鐘再次響起，洪亮鐘聲響徹教堂內外，表示禮成。所有會眾紛紛站立，目送訂婚二人手牽手往教堂大門走去。在眾人眼中，二人臉上掛著的是幸運的微笑，但在歌蘭和彼得森眼中，看到的是別的事。

歌蘭不發一語，心裡想的是毒酒的事；彼得森看得出主子臉上的並不是真誠的笑容，想起歌蘭吩咐主子所做的事，心裡盡是擔憂。

而在教堂最後一排的牆邊，愛德華看著路易斯和布倫希爾德步出教堂，心裡暗暗覺得晚上的慶祝舞會裡，定會有事發生。

3

訂婚典禮過後，先是舉行了一場宴會，而在晚上，就是慶祝舞會的時間。

眾多在日間參加了訂婚典禮的貴族都獲邀出席舞會。亞洛西斯因政事繁忙已先行啟程返回阿娜理，霍夫曼老公爵因為身體理由表示要早點休息，婉拒參加，除此以外，大部分貴族都在打扮整理好後，紛紛來到威芬娜海姆城堡的米絲汎亞大舞廳，參加這個罕有的舞會。

這次舞會並非假面舞會，參加者毋需戴上面具，都需要以真面目示人。因為能夠直接得知對方身分，所以比起享受舞蹈，不少人會更想藉此機會認識不同貴族，或是拉攏關係，或是藉機為家族成員建立姻緣，又或趁機跟平時不太有機會見到的貴人交談。換言之，它是一場巨型的社交聚會。

這類型的舞會在安納黎常常可見，但像今天這種全國上下貴族齊集，就連總是深居，久久不露面的安凡琳女公爵也出席的舞會是絕無僅有的。很多貴族前來這次慶祝舞會的目的，都是為了一睹剛剛訂婚的精靈女王在舞會上的一舉一動。要是連亞洛西斯也參加的話，相信會引起更大的哄動。

米絲汎亞大舞廳呈長方型，以數百年前的建築風格建造而成，其名字源自威芬娜海姆郡裡，繼威芬娜海姆第二重要的城市，也是多拉貢王國時期的副都米絲汎亞。舞廳以乳白大理石建成，兩邊都有一整排整齊的厚重拱柱，柱上都有粉刷得閃亮的龍頭裝飾，嘴裡吊著貌似火球的火燈；而天花板上則吊著大大小小製作精緻、價值連城的水晶大燈。仔細觀察的話，最大的幾顆水晶燈上，其水晶都運用了特別的切割法切出多個刻面，既像藝術品一樣漂亮，又像鑽石一樣折射出耀眼的光芒。水晶的光芒配合乳白石材，兩者相輔相成，不但令舞廳更為光亮，更令它包圍在白與金之中，給人簡潔而又高貴的感覺。

舉目所見，舞廳人山人海，盛裝打扮的貴族們都各有娛樂。不少人正於舞廳中央跟隨音樂起舞，而其他的不是站在柱後等待邀請，就是與相熟之人談天說地。而在其中一角，路易斯正四處張望，像是正在尋找誰似的，神色看來有些焦急。

「不會不來吧……」以路易斯高挑的身材，沒幾個人能擋著其視線，但他還是忍不住不停探頭，老是朝著大門看。

「路易斯大人，可能安凡琳女公爵正在預備，還需要點時間而已。大人不是說了，女公爵在今早答應了會出席舞會的？」在他身旁，彼得森嘗試安撫路易斯，令他不那麼焦急。今天他是以烏艾法長子的身分參加舞會，理應不需要服侍路易斯，但忠心的他總是放不下心，一直跟著主子。

「話是這樣說，但她會否反悔的？不、不會是察覺到我想做甚麼吧？」路易斯越想越是焦急，他為了今天花了很多時間準備，自問一切看起來都不可疑，難道是哪裡大意了，令布倫希爾德留意到他的意圖，而決定不前來舞會？

「應該不會的，」彼得森輕輕搖頭，說話說得很小聲，不讓周圍其他人聽見。「可能只是因為久違地參加舞會，需要一點時間準備心情也說不定。我聽她的女僕說的，女公爵似乎不太習慣出席社交場合。而且現在舞會才剛開始了十五分鐘，貴族們都未到齊，大人毋需著急。」

他在下午時碰見莉諾蕾婭，二人有稍微傾談過兩句，就是當時在莉諾蕾婭口中得知布倫希爾德對社交場合有些恐懼。

「呃，也對，」經彼得森一說，路易斯這才想起在訂婚典禮時，他感到布倫希爾德握著他的手有點顫抖，步出禮堂後詢問時得知，她不習慣被眾人注視，覺得很不舒服。他認同彼得森的話，布倫希爾德未必是走了。這時，他想起一件重要的事要確認：「對了，那兩杯酒都準備好了？」

「對，都帶來了。」彼得森微微點頭，並望向舞廳其中一角。

路易斯依循著彼得森的視線望去，明白了他的意思。他吩咐道：「待會我跟安凡琳女公……布倫希爾德小姐跳完舞後，你便立刻請僕人把酒拿過來，左邊是我的，右邊是她的，明白了嗎？」

「明白，我會一直留意著的。」說完，路易斯向彼得森打了個眼色，後者便離開主子，融入貴族圈子，不讓其他人察覺到二人的異樣。

正當路易斯仍在等待布倫希爾德時，另一邊廂，盛裝打扮的愛德華和諾娃正於舞廳的露台上吹著涼風，欣賞夜色。愛德華手上拿著一杯酒，但諾娃卻甚麼都沒有——因為愛德華嚴正厲詞不讓她喝，他可不想在眾目睽睽之下抬走醉倒的她。

「為甚麼你要來參加訂婚典禮？」難得四周沒有人，諾娃問出一條她幾天來問了很多遍，但都未得到回答的問題。

大約幾天前，剛康復的愛德華整理書房時，發現了一封以路易斯名義發出的訂婚典禮邀請函。他起初納悶，為何與他為敵的路易斯居然會邀請自己去訂婚典禮，但仔細一看後發現，邀請函是早在年初的時候寄出，當時愛德華仍未成為冬鈴伯爵。看來是路易斯，或者負責整理寄出名單的人沒留意到當時冬鈴伯爵一位懸空的事，錯誤把邀請函送到冬鈴城堡，而它意外地沒有丟失，經過一輪輾轉，最後來到愛德華手上。

諾娃以為愛德華會直接把信燒掉，或者裝作沒事發生。愛德華在看到信的當下的確憤怒地表示過不會前往的，但過了一晚，他卻不知為何改變主意，帶上諾娃和兩位僕人，臨時決定前往威芬娜海姆。路途上，諾娃不時詢問他改變主意的原因，但愛德華一概含糊帶過。

「作為伯爵，作為新上任的領主，一定得出席些社交場合，沒法避免的。」愛德華喝了一口杯裡的氣泡酒後，沒有直視諾娃，而是看著夜空回答。

「你說謊，」這句話也許能夠騙倒休斯，能夠騙到其他貴族，但絕對沒法騙得過諾娃。她毫不客氣地追問：「依照這個邏輯，那麼當你受封為伯爵時，也應該要出席些社交場合，讓人認識你，不是嗎？是甚麼改變了不喜歡出席社交場合的你，還特意老遠走到死對頭的路易斯家來？之前你不是說短期內不想再見到他嗎？」

「……我也不太清楚。」愛德華沉默了一會，答得猶疑不決。

「甚麼意思？」諾娃疑惑。

「可能是想來看看那傢伙在那次決鬥之後過得怎麼樣吧。我也不知道自己到底是怎樣了，明明不想見到他，但還是忍不住來了。」愛德華說畢，長長地嘆了一口氣。從決定前來的一刻，到坐上馬車，到達威芬娜海姆城堡，在教堂見證路易斯和布倫希爾德訂婚，他內心都是百味雜陳的。

可能是因為終於察覺到自己和他的相似之處，把心裡積聚多年的話說出來後，再見到本人時，厭惡感比以前少了。

「那麼既然來到，應該要向身為此地主人的他打個招呼吧？」望著愛德華的表情，諾娃感覺得到他心裡的掙扎。她嘗試試探，看看愛德華現時的接受程度能到多高。

「不，絕對不會。」一聽，愛德華立刻回頭，扳起臉，很是認真。「死也不要。」

諾娃忍不住一笑。果然二人的不和不是幾天便能化解的事啊。

此時舞廳傳來一陣驚呼，二人循聲音方向望去，發現原來是布倫希爾德來到舞廳了。她身穿一襲水藍長裙，長裙長至她的胸上方，露出其白皙的香肩；閃亮的藍寶石項鍊垂在她的鎖骨上，看起來很是誘人。她把一部分長髮束成麻花髮髻，束到頭頂上，而剩餘的頭髮則隨意散落到肩後，其頭上戴有一個藍寶石冠飾，髮髻也插著金色的百花髮飾，整體透出一種不能輕易接近的高貴，瞬間令眾人明白精靈女王實非凡人所能想像的存在。

「她果真的來了……看來一定有所謀略。」在遠處看著的愛德華目不轉睛地看著布倫希爾德，不是因為被她的美色吸引，而是想要仔細地觀察她的一舉一動。

「她操縱元素的實力，可不是說笑的。」諾娃也定睛看著布倫希爾德，但她所留意的跟愛德華的不一樣。

「你是看到甚麼嗎？」這不是諾娃第一次看見布倫希爾德，但居然能說出這樣的話，看來是記憶恢復後記起了甚麼吧。愛德華如此猜想，並問。

「沒有看到甚麼，只是直覺感覺到這人操縱元素的能力不是一般人，甚至一般精靈能夠比擬的。」諾娃答。

「那當然，她是精靈女王啊。」愛德華心裡些微納悶，心想：這不是當然的嗎？

「就算是精靈女王，在操縱元素能力上也有高低之分的。」諾娃連忙解釋。「而且他們也不是依照能力高低而選出王者的。」

「這樣說來，你以前見過精靈嗎？」見諾娃對精靈如此熟悉，愛德華突然好奇。

諾娃猶疑了一會才點頭：「可能吧，隱約有進入精靈之森執行任務的記憶。」

「那麼如果我們對上精靈女王，會有勝算嗎？」愛德華認真地問。

「有『虛空』在手，或許會有些微勝算吧。但她擁有能夠號令一切精靈的神劍『精靈髓液』，就算是能夠中和一切的『虛空』恐怕也挺不了多久。在通曉一切的他們面前，一切都是脆弱的。」諾娃不加思索，將真實赤裸裸地說出——對上了，就只有死路一條。

聽到諾娃這樣說，愛德華不禁倒抽一口涼氣。同時，路易斯已經走到布倫希爾德面前，輕輕親吻她的手，歡迎她的到來。

「布倫希爾德小姐……」

布倫希爾德輕輕打住路易斯：「現在我們已是訂婚關係，不再需要尊稱，直接叫我的名字吧。」

「布倫希爾德，」第一次直呼布倫希爾德的名字，路易斯心裡有些激動，但他努力勸自己要冷靜下來。他放開握著她的手後，讚嘆道：「我只是想說……你今天的裝扮很美。」

「你過獎了，」聽見路易斯的稱讚，布倫希爾德有點不好意思地別過頭去。

「容我向你介紹，這裡是米絲汎亞大舞廳，是我家最大的舞廳。」路易斯伸出手，指向舞廳。

「米絲汎亞……跟米絲汎亞伯爵有甚麼關係嗎？」刺眼的光芒，以及人山人海的大舞廳，這一切對布倫希爾德來說都是新鮮的。眾人的目光都在她身上，她有點害怕，但仍然顯得——或者該說是裝得很鎮定。

「啊……只是剛巧都用同一個地方命名而已。」聽見路德維希生前的爵位被提起，路易斯頓時怔住，但很快忍住那被掀起的傷，平靜地回答。

在完成今晚的計畫之前，情緒不能有絲毫動搖，路易斯無時無刻都在提醒自己。

這時，舞池的音樂剛好完結。路易斯靈機一觸：是時候了。

「雖然可能有點倉卒，但不知道能否有幸與你共舞呢？」他對布倫希爾德伸出手，微微鞠躬，有禮地邀請她。「就像我們在起始儀式舞會上結緣時一樣，一起共舞。」

布倫希爾德有點猶疑。她依然找不到路易斯所說，曾經在起始儀式舞會上共舞的記憶；但此刻路易斯邀舞的情景卻令她感到一絲熟悉。她想問過究竟，但知道現在可不是合適的時候；而且，她也有要事要辦。

她輕輕一笑，把手疊在路易斯的手上。邀請成功的路易斯登時滿足一笑，緩緩帶領她步入舞廳中央，準備起舞。

另一邊廂，不久前，隔著窗戶看著貴族們一雙一對在舞池中跳舞，愛德華想了想，輕聲問：「諾娃，你跳過舞嗎？」

「沒有。」諾娃搖頭。

「那不如……跳一次吧？」提議時，愛德華忍不住害羞地別過頭去。

「你不是說過討厭跳舞的嗎？」諾娃十分驚訝，不敢相信自己聽見了甚麼。

「我哪裡說過討厭跳舞了？」愛德華立刻反駁，糾正諾娃的話：「我那天只是說自己討厭去這種社交場合而已！」

「但現在不正是那些社交場合嗎？」諾娃很快便反問。

「千里迢迢來到，一直站在一旁感覺挺奇怪的，而且一想，我好像未跟你跳過舞……如果你不想便算了。」越說，愛德華越是後悔自己說出這樣的提議。他也不知道自己為何會作出這樣的提議，只是看著別人一雙一對，有點羨慕，心血來潮，便衝口而出了。

「不，」諾娃搖頭。她頓時明白了，那是這位總是把感情藏起來的少年難得展露的心思心意。她心裡感到甜滋滋的，滿足地一笑：「我們去吧。」

話音剛落，舞池的音樂完結了。

「那麼諾娃小姐，我能有幸與你共舞一曲嗎？」

愛德華輕輕鞠躬，伸出手，像個紳士般邀請諾娃。諾娃右手輕輕遮掩臉上害羞的微笑，左手則放到愛德華的右手上，輕輕點頭。

愛德華輕輕握著她的手，並在手背上輕輕一吻。

在路易斯領著布倫希爾德進舞池的同時，愛德華也牽著諾娃的手，緩緩步入舞廳。

一段輕快的鋼琴聲緩緩奏起，揭開舞曲的序幕。舞池眾人以數對為一組，圍成一小圈，跳起快活的踏步舞步。這種舞蹈名叫「馬卡祖」，源起自東方一帶，近年成為安納黎上流社會的流行舞蹈。幾對男女舞者首先手牽手圍成一個圓圈，依照輕快的三節拍一同轉圈，先是順時針，之後又逆時針再轉一圈。第一段旋律過後，男女舞者暫時鬆開手，男舞者往順時針方向，而女舞者則是向逆時針方向跳出三步，迎面遇上同組的異性舞者時會輕輕握一下手，再繼續同樣的舞步。經過數次循環，重遇本來的舞伴後，男女舞者互相牽著對方，一同轉著圈，跳出合拍的舞步。

路易斯和布倫希爾德跟幾位同在舞池中央的貴族組成一組，而愛德華和諾娃則在露台附近的舞池一角與幾對貴族組成一組，愛德華知道路易斯在哪裡，但後者卻完全不知道前者的存在。轉圈過後，眾人都停下腳步，等待每一對舞者輪流獨自在圓圈裡跳舞。諾娃把手疊在愛德華的右手臂上，而愛德華的手則放在諾娃的腰上，二人一同往圓圈中心踏去，爾後諾娃把右手交到愛德華左手上，讓他帶領自己轉出一圈又一圈。

愛德華純熟地帶領對馬卡祖完全不懂的諾娃轉出一個又一個美麗優雅的圓，不久後他放手，讓諾娃優雅地自轉，自轉後便抓準時機接著她的手，再次一同往前跳出跳躍舞步。二人四目交投，動作合拍，彷彿心靈相通，旁人完全看不出這是一個未曾共舞過的組合。

「你以前跳過舞嗎？感覺不是第一次跳舞的。」在領著諾娃往前輕輕一跳的同時，愛德華輕聲問。諾娃明明不認識馬卡祖，但她每一步的重心轉換都很穩定，看得出對跳舞應該是有經驗的。她的舞步很優雅，當中有一份柔和，與她的性格十分相像。

「有點模糊的感覺，但沒有太大印象。」圍著半跪在地上的愛德華轉了一圈後，諾娃回答。今天之前，她一直都沒有對跳舞的記憶，但剛才跳著跳著，感受到身體自然的擺動，腦海裡開始浮現了一些模糊的碎片，似是以前的自己與他人在大街廣場上共舞的回憶。

「天才女神官沒有被邀請過參加舞會嗎？」諾娃轉圈後，愛德華便站起來。他趁著二人一同抱腰攜手往前起舞的時機，悄悄靠近她的耳邊，小聲地問。

沒想到愛德華會靠得那麼近，其動聽的嗓音還在耳邊響起，諾娃登時臉紅，怔了一會才回過神來，回答：「神官都是平民，沒有資格踏進貴族的舞會的。」

就算是多麼出色的神官，在貴族眼中都只是下等人而已，以前如是，現在也如是。而且清高的神職人員怎能隨便參加凡俗的舞會呢？登時，諾娃的腦海中冒出過往跟隨祭司長到皇宮的回憶——貴族們都在看著她，議論其身分，但那些眼神是看著低自己一等的人才會有的。

諾娃輕微搖頭，略為無奈地一笑。

「也是。」愛德華想了想，察覺自己問了條蠢問題，不好意思地別過頭去。

「倒是你，原來你跳舞那麼好的？」諾娃把頭靠近愛德華，問。愛德華的舞步雖不至豪放瀟灑，但快慢有至，整齊有序而不亂套，矜持中又帶點力量，完全是他性格的顯現。這樣擺盪的他很美——諾娃從剛才開始就已經這樣覺得。剛才注視著他漆黑的雙瞳，她彷彿看到內裡有一片星空。現在再次想起他剛才的舞姿，心裡又有點小鹿亂撞。

「舞蹈是一名貴族必需要懂得的技能之一，無論如何都要學至能夠示人的程度，我的舞技只是普通而已。」愛德華先是謙虛地推卻諾娃的稱讚，但說完後，他卻有點吞吐，一臉不好意思：「不過……謝謝你。」

「你以前有跳過嗎？」諾娃好奇地問。「在公開場合裡。」

「呃……算是有吧。」愛德華不知怎的，頓時想起和夏絲妲在蘭弗利共舞的往事，登時有點心虛。他立刻用別的回答蓋過剛才愣住的反應：「學院裡有舞蹈課，也曾被學院安排參加數次舞會，前後跳過幾次左右吧。」

「我猜，那麼認真的你，在舞蹈課的成績一定名列前茅吧？」諾娃留意到愛德華的反應變化，但沒有追問。她一想到凡事認真，但性格如此內向的他，努力在舞蹈課上精進舞蹈的模樣，就忍不住想笑。

「不是，只是一般而已。」但愛德華簡單的一句中止了諾娃的幻想。

她立刻驚訝地轉過頭去，問：「不會吧？」

「反正不是喜歡的事，只要獲取一個合理的成績便可以了。」愛德華嘆了口氣，看來不是說謊。說完，他把頭轉向一邊，眺望路易斯所在的方向，帶點不滿地揶揄道：「而且在那個討人厭的第一名面前，任誰都只是一般而已吧。」

而在不遠處，路易斯正牽著布倫希爾德的手，在清脆輕快的鋼琴聲帶領下，優雅地在圓圈中心轉出一個又一個美麗的圓。奏出的輕快旋律令人覺得彷彿置身於秋日田野中，無憂無慮地起舞。路易斯的舞步一如以往，瀟灑而有力，而布倫希爾德的舞姿高貴典雅，俐落而穩重。她身上的鈴蘭香氣隨著一次又一次的擺盪，傳到路易斯的鼻裡。聞著這股香氣，路易斯彷彿覺得自己回到起始儀式舞會，回到第一次與布倫希爾德共舞的時光。

「不禁令人想起上次我們共舞時的回憶呢，沒想到一眨眼，就是一個月多了。」回到本來站著的位置後，一同轉圈的同時，路易斯掛著微笑地說。他看似放鬆，但其實正仔細留意著布倫希爾德的每一個細微反應。

轉圈過後，布倫希爾德轉到路易斯的身旁，她一手踏在路易斯左肩上，另一隻手放在身後，緊握路易斯溫暖的手，二人一同三步又三步地轉圈。她看著路易斯，輕輕一笑，微微點頭。

「上次我們都帶著面具，看不清你的容貌，今次和你面對面相視共舞，感覺很特別。」路易斯繼續說。一樣的四目交投，但這次不需要隔著面具便可以直視對方，這令他感到有點新鮮。一直沒有機會仔細觀看，現在近距離注視，他覺得布倫希爾德的海藍雙瞳彷若在陽光下閃閃生光的大海，清澈、深邃而又閃亮，又像是在夜光下閃耀的藍寶石，看得他很是入迷。他回想當初，在起始儀式舞會，未知道她的身分前，自己就已經被這雙眼睛吸引住。

「脫下了偽裝，能夠看見一個人的更多。」回應的同時，布倫希爾德與路易斯轉完圈後，停下了腳步。主旋律再次奏起，眾人再次牽著自己的舞伴，圍著圓圈跳起舞步。明明不太記得上次共舞的事，但身體裡彷彿殘留著記憶，令她能夠感應到路易斯的下一步動作，並合拍地配合。她緊緊看著路易斯的雙眼不放，彷彿在他的水藍雙眼裡看到閃亮的日光。這麼近距離看著他還是第一次，她心裡雖是欣喜，但也不忘要提醒自己要冷靜，還有正事要辦。

「這些日子以來的相處，令我看見你與以往不同的面相，一切都很真實，又很虛幻。」路易斯說出口的一字一句都經過深思熟慮，他說的都是真話，但為了達成目的，不得不更改一些用字，以作引導。他討厭這個做法，但為了試探布倫希爾德的真心，他不得不逼自己這樣做。

「我也一樣，一切都彷若夢境，但從今以後，都將是現實了。」布倫希爾德真誠地回應，但也故意地不直接回話。

「撥開了迷霧後，我想知道，我在你心中是怎麼樣的存在？」路易斯想了想，不再拐彎抹角，依照自己的直率形象順勢而上，直接探知布倫希爾德的心意。

「甚麼？」面對突如其來的意外問題，布倫希爾德有點驚訝。

就在這時，同組的兩對舞伴一同到圓圈中央，繞著手呈一字型地轉一圈，然後他們穿過其餘兩對舞伴，先是往圓圈的兩邊踏去，之後再回到中央。二人的對話就此被打斷，直到兩對舞伴回到圓圈中央，手牽手圍成一個圓圈轉動，才得以重聚。

「雖然現在問起來有點晚，但我想知道，身為精靈女王的你，為何會選擇身為龍之後人的我？」看著他人跳舞的同時，路易斯嘗試問得更詳細。他轉頭望向布倫希爾德，問：「我好像一直都未聽說過你的理由。」

「為了同盟，但同時也許如你曾經說過的，與你相遇後，就感到自己也是被愛的吧。」利用剛才對話被打斷的時間，布倫希爾德趁機想出一個帶有距離感，又能夠說服人的答案。

若是請她剖白真心，她會答出別的答案。但她清楚知道，現在不行。

「有點愚蠢，是吧？」見路易斯沒甚麼反應，布倫希爾德補上一句，緩和氣氛。路易斯回以感激一笑，似是相信了她的話。這時到二人和對面的舞伴像先前兩對舞伴一樣，到圓圈中央繞手轉圈。對話再次被打斷，直到四人到中央手牽手轉動後，分別與舞伴牽手回到本來的位置去，才再獲得一些單獨對話的時間。

「今天的誓詞，我可以相信對吧？」轉著圈回到本來位置時，路易斯以認真的口吻問。

「在精靈界裡，承諾被看得很重，是一生的諾言，不能輕易違背。」布倫希爾德立刻以精靈的習慣給予肯定。

「我願意將自己的性命交給你，也希望你能夠把自己的性命交給我。」二人鬆開手，互相圍著對方轉圈，再次牽起手時，路易斯對布倫希爾德說出自己的期盼。

「這是當然的。」以為這是少年愛的希冀，布倫希爾德一邊跟隨著路易斯的腳步往中心踏去，一邊微笑地點頭同意。

「所以從今以後，讓我們一起同行吧，但請別再把我遺留在森林裡獨自一人了。」怎知，快要回到本來位置時，路易斯卻拋出一句意味深遠的請求。

布倫希爾德心裡驚愕，他果然知道了自己那天把他丟在精靈之森的目的了嗎？她想詢問更多，但又怕說錯話，就在這時，音樂到達尾聲，最後的音符奏出後，眾人都望向身邊的舞伴，有禮地點頭鞠躬。路易斯溫柔地對她笑了笑，她也勉強擠出笑容回應，但心裡卻在盤算該如何回答。

正當舞池眾人以為下一首舞曲也是馬卡祖時，突然一段充滿氣勢的小提琴旋律響起，把輕快的氛圍一下子轉換成華麗魅惑。不少人都驚訝於曲目的安排，唯獨路易斯毫不驚訝，他主動牽起布倫希爾德的手，搭著她的肩膀，帶領她在三拍子的旋律下在原地踏出三步又三步。

這首曲目他再熟悉不已，它是在起始儀式舞會上，他和布倫希爾德共舞的第三首舞曲，也是驅使他決定向她求婚的重要助力。他早就安排好，與布倫希爾德共舞一曲馬卡祖後，便插入這首風格獨特的圓舞曲，想藉由再次共舞同一曲目，確認心中的一些猜測。

大廳的燈光頓時變暗，安排與起始儀式舞會時一模一樣。在一連串震撼鮮明的四分音奏出後，緊接著第一和第二小提琴交錯的上升音階，二人乘著旋律，從原地併換步轉為優美的右轉步。美麗的一圈又一圈，看似是因著華麗的旋律而自然地翩翩起舞，但其實一切都是依照記憶的重現。上次共舞的記憶，深深烙在路易斯的身心上，每一下舞步他都清楚記得，而今天，他將要藉著重現舞步，解開心裡的謎題。

他的舞步瀟灑而有活力，而布倫希爾德的踏步雖有爾雅之色，但在轉圈時的步法卻華麗而輕快。在不停上落的八分音階後，迎來高昂的二分音，二人不約而同地先是往右旋轉，再回轉到左邊，並在音階下降時適時跳出原地轉步，呼應旋律的轉變。之後低沉而有魅力的第二主題奏出，二人心有靈犀，蜿蜒似浪的迂迴步、爽快的右轉步、高速的旋轉步，像流水一樣連綿不斷，一絲不亂。可能因為跳過一次，又或因為多了這一個多月來的認識，路易斯感覺二人間的默契好了，不單覺得舞步比上次更為流暢，還開始感覺到她在舞步間流露的感情改變。

上一次，他感覺自己彷彿是被她拉著跳；但這一次，他充分感覺到二人間沒有主次之分，他帶領著她，而她也引領著他，原因不再是因為誰想取得誰注意，或是誰想吸引誰，而是理解對方的關係。樂曲隨著旋律的推進，越發激昂，他們的舞步也更為奔放，彷彿看不到身旁其他貴族的視線，已經全然投入到這個如同萬花筒一樣奇幻魅惑的世界，眼中只有對方。

剛起舞的時候，布倫希爾德一直記掛著路易斯所說的話。路易斯那句「請別再把我遺留在森林裡獨自一人」，令她頓時記起他在安凡琳城堡與她道別時那一反常態，閃縮的態度。把這段記憶與那句話連接起來後，她的心立刻一沉。

她表面上正跟隨著路易斯的腳步翩翩起舞，但心裡卻正被不安而弄得亂作一團。

雖然早就猜想到，但聽見路易斯親口表明知道自己當天的意圖時，她心裡仍然感到震驚。她開始擔心，要是希格德莉法得知路易斯識穿了計畫，日後的部署有機會全部作廢，她會怎樣懲罰自己？而她更憂心的是，路易斯到底會如何看待自己？

她今天必需要下手，取路易斯的性命，這樣自己才能活下去。現在他識穿了自己並非對他一往情深，那麼她還會有下手的機會嗎？

但，我真的能夠殺死他嗎？這是我希望的嗎？

少女舞動著，擺盪著，動作看起來是那麼的華麗，視線一直定在路易斯雙眼上，但腦內正努力地壓抑著情緒，進行艱辛的推算和決定。

而路易斯，在共舞第二首舞曲期間，心裡也有不少的想法。

他作出如此特別的安排，為的是經由舞蹈測試布倫希爾德，她是否真的忘記了在起始儀式舞會上發生的事。她的舞蹈華麗、輕快，但少了那種自己曾經為之著迷的不羈，那種「黑」之美，取而代之的是如同深海般深邃又穩重的海藍。他解釋不到為何會有這種差別，可能是對她有更多認識後，不再被黑髮形象所帶來的誤解影響。鈴蘭的香氣一直在他身邊圍繞，不停地勾起他的回憶，但布倫希爾德的眼神卻一次又一次的把他從記憶中喚醒。

剛才路易斯說出那句暗示自己知道她有意把他丟在精靈之森的話後，她的動搖，他都一一看在眼內。雖然只有一瞬間，但這讓他確信了，那是事實。史卡蕾亞和諾凡蘭卡的話是對的，她那天真的是想取自己性命。

那麼為甚麼又要來救我？把我丟在森林幾天不管，讓我死在那裡不就成功了嗎？

縱使布倫希爾德看著他的眼神沒有變改，但他從她的手上隱約感應到，她的心正處於不安。他下意識地更為握緊她的手，希望能令她穩定下來，下一瞬間才意識到自己都做了些甚麼。

帶著交錯又複雜的思緒，二人一同穿過艷麗的樂段後，來到緊接而來的輕鬆爽快樂段。二人的舞步隨著旋律的轉變變得活潑，在臨近第一節完結時的一顆短音，不同於上一次，二人互相牽著手，一起往前跳了一下，緊接之後一連串流暢的左轉步，直到第二節的最後一顆短音，路易斯在往左轉的同時，把布倫希爾德高高捧起。

跟上次舞會做出同一動作時的感覺一樣，世界彷彿靜止了。從下仰望她的面容，沒有了面具的遮擋，路易斯清楚看到她那雙因驚訝而微微張大的雙眼，以及那對欲言又止的雙唇。此刻，他從心感到她正在閃耀，而儲藏在回憶中的情感也一湧而上，擦亮他的眼睛。

他的心跳得很快，心裡有股感情快要湧出來，那不只是驚喜、讚嘆，而是更深的愛慕。他回想起小時候第一次邂逅她時，那雙天真無邪的眼神；他又記起在起始儀式上對她打招呼時，那雙優雅但冷淡的雙眼；舞會上那看透一切的成熟眼神、首次在大宅約會時的憂鬱眼神、第二次見面時追問自己的迫切眼神，以及在森林中找到自己時露出的感動眼神，都一一在他的眼前浮現。他不肯定哪些是真，哪些是假，但他敢肯定，這些都是屬於她的一部分。

拋開一切思緒，安靜地注視著她，路易斯終於記起，自己當初愛的到底是甚麼。

她優雅、高貴、美若天仙，但又有自卑、內向的一面。路易斯曾經對自己說過，充滿獨特內涵的才是真正的美麗。這些都是屬於她的獨特，而他就是愛上了這種如同萬花筒一樣，多面又真實的她。他愛的，不是安凡琳女公爵，不是精靈女王，而是布倫希爾德，就只是她而已。

她想加害自己是事實，但焦急地尋找自己的行蹤也是事實。如果她是想裝模作樣地尋回自己，那麼大可以不用自己出手，請其他水精靈尋找不就好了，事後也不用連連道歉。要勞煩到她本人不眠不休地找，理由應該只有一個——她真的關心自己的生死。

路易斯心裡仍有掙扎，但想法漸漸扎實起來了。

至於布倫希爾德，俯視路易斯，她覺得自己看到世界最華美七彩的瞬間。

會場幾乎漆黑一片，只有路易斯的捲髮和雙瞳炫目耀眼。注視少年那雙看自己看得入迷的雙眼，以及那張因驚嘆而無意識地微微張開的口，布倫希爾德頓時記起常常在心中浮現，那道柔和的光。她不想失去它，更不希望親手葬送它。

她還在猶疑之際，小提琴音再次響起，把眾人帶回樂曲的第一主題，也把二人喚回現實。路易斯輕輕放下布倫希爾德後，立刻牽著她往右踏步。縱使他的內心仍然複雜，但其舞步卻越發奔放。二人互相緊緊牽著對方的手，抱著對方的腰，乘著內心豐沛的感情、壯麗堂皇的音樂，轉出一個又一個完美的圓，之後更放開雙手，互相圍著對方身邊旋轉。若說起始儀式上的二人就像一對紅和紫的雙生玫瑰，那麼現在他們更像是太陽與海，相依而生，相互映襯。

二人跳出一連串高速連綿的右轉步和左轉步後，長高音一響，這首奇幻的樂曲也就劃上句號。燈光一亮，眾人清楚看見路易斯和布倫希爾德的動作都定在最後一刻，他們是多麼的合襯，能夠再次欣賞到這道注入靈魂的美麗舞蹈，可以親眼見證精靈女王與眾不同的舞技，貴族們都忍不住大力拍掌，深表感激。掌聲把二人拉回現實，他們立刻收起手，有禮地對周圍的貴族點頭表示謝意。

「不如我們到一邊談兩句吧。」路易斯指向舞廳的一角，邀請布倫希爾德前往。

布倫希爾德點頭同意，路易斯也就在眾人的目光下帶她離開舞池中心。途中他趁機和站在附近的彼得森打了個眼色，並用眼尾偷偷向後瞄了一下，發現歌蘭果然在不遠處看著自己。

找到一個不會被他人輕易打擾或偷聽到的位置後，路易斯鬆開手，微笑地問道：「剛才這樣的安排，有否令你記起起始儀式舞會上所發生的事？」

「嗯，有點熟悉。」布倫希爾德微微低頭，用手掩著紅唇，輕輕笑著。

「能夠再次與你共舞，我很高興。」路易斯一聽，笑得更燦爛了。

「我也是。」布倫希爾德仍然不記得曾經與路易斯共舞一事，甚至不記得自己曾經跳過舞。首次經驗，讓她感到新奇，撇開心裡的憂慮，其實挺高興的。

這時，一位僕人端來兩杯紅酒，兩隻杯的外形都是一樣的，玻璃酒杯，杯邊雕有花紋的金框，今晚所有來賓使用的酒杯都是一樣的款式。紅酒的顏色看起來一樣，只有路易斯知道兩者的分別。

時間到了，他暗暗呼了口氣。

他雙手取過兩杯酒，有毒的在右手上，而無毒的則在左手。

「這杯，給你的。」路易斯遞出右手上的酒，要交給布倫希爾德。但正當布倫希爾德要伸手接過時，他的手卻頓住了。

看著杯中看似無毒的紅酒，路易斯不停問自己，真的要這樣做嗎？

也許他仍未能完全相信布倫希爾德，她應該還有事情瞞著自己，但自己對她的愛意是真的，也至少相信她對自己應該有一份情。

他想到今天早上在教堂立下的誓言，他願意愛她、保護她，這一切都出自內心，他不想淪為謊言。

但父親的吩咐怎麼辦？

他再次用眼尾的餘光一睄，歌蘭正金睛火眼地看著他所在的方向，嚴密地監視著兒子是否有遵從自己的吩咐。路易斯頓時感到喘不過氣，他不敢再看，不知不覺間把杯柄握得更緊。

這次失手的話，歌蘭定會對他完全失望。路易斯十分清楚，要是他這次再完成不到父親的要求，那麼他一輩子就不能再得到他的認同，甚至會被當作棄子看待，再得不到理睬。

父親的認同對他來說是珍重之物，但為了得到他的認同，就值得自己違背誓言，將喜愛之人的性命獻上作交換嗎？

而布倫希爾德看著兩杯酒，心裡也是五味雜陳。

她用那雙能夠看透元素構造的精靈之眼留意到，路易斯遞給她的那杯酒並不是普通的葡萄酒。她沒辦法在一時間完全分析成份，但從路易斯突然打住的動作推測，裡面可能含有對自己極為不利的元素。

如果他想取我性命，那麼我也只能行動吧。

一定要完成夫人的吩咐，對不起，但我要活下去——

她定睛看著路易斯左手上的酒杯，酒看起來沒有改變，但已經被她用精靈之眼悄悄埋下一條元素術式，只要酒進到他的體內，便會凍結其器官，不出一天便會喪命。

路易斯深知再拖下去，只會令布倫希爾德的疑心越來越大。他的心仍在天人交戰，自己的愛意和父親的認同，兩邊都無法捨去。

既然我是齊格飛家的人，發了誓要完成齊格飛的夙願，那麼唯一一個方法就是依照父親的說話行事吧——

但真的要為了他人的期盼，而眼睜睜看著自己所愛的人被奪走性命嗎？

「記住，一定要依自己的想法行動，別被他人左右。」

就在路易斯要屈服於歌蘭的命令時，突然羅倫斯今早對他說的話在耳邊響起，彷彿瞬間讓他得到力量。他回過神來，一口氣把右手酒杯裡的酒一口喝完。

他感覺到彼得森正露出驚訝的神色，也清楚感覺到歌蘭發出的怒氣，但此刻他再沒有迷惑。他依照自己的想法作出了選擇，也準備好迎接後果。

布倫希爾德也怔住了，她沒想到路易斯居然把要給自己的毒酒一口氣喝掉，有點錯愕地看著路易斯。路易斯以為她是被自己突如其來的動作嚇倒，他把左手上的酒杯遞給她，並對她露出燦爛的微笑。

布倫希爾德默默地接下酒杯，不知道該如何作出反應。

「布倫希爾德，就算你不記得，但我對你的愛仍然由始到終，而我相信你。」卸下強行戴上的偽裝後，路易斯用一句簡短的話把自己的決定告知。說話聽起來沒頭沒尾，他覺得布倫希爾德應該會覺得他奇怪吧，但把話說出口後，他的心是滿滿的。

這是他依從自己的心所作出的決定，他無所畏懼。

布倫希爾德聽畢，頓時明白了意思。她心裡內疚，卻又感到感動。她舉起酒杯，解除術式，一口把那杯本來要取路易斯性命的酒喝完。她和路易斯一同把酒杯交回到僕人的托盤上，並相視而笑。

她心裡的那道光選擇了她，而這，就是她的選擇。

⚔

另一邊廂，諾娃一人獨自回到露台，樣子很是疲憊。

剛才她和愛德華連續共舞兩曲，過程雖然沒有路易斯和布倫希爾德那麼搶眼，但合拍的舞姿和二人的身分仍然有引起身邊貴族的一些討論。之後二人離開舞池不久，就有年輕貴族上前邀請諾娃共舞。老實說，諾娃並不想與愛德華以外的陌生人跳舞，但那些人們看起來都盛意拳拳，她不太懂得該如何拒絕，加上她不清楚自己要是明言拒絕的話會否為愛德華帶來不必要的麻煩，所以唯有順著邀請者的意願，又到舞池跳了幾支舞。

在諾娃被邀舞的同時，愛德華也被不同男女貴族搭訕，起初諾娃看到他仍站在舞池旁邊的一條大柱旁，但後來不知道是否被拉到別處說話，或是人太多，她再也找不到他的身影。好不容易結束和那些邀舞的貴族們的對話，諾娃便回到不久前她和愛德華身處的露台，打算在這裡等他回來。

她小心翼翼地從露台的窗框旁探頭窺望大廳，心裡迫切地想盡快找到愛德華的所在位置，又擔心他會否不知道自己已經回到露台，而在大廳裡四處尋找她。

他不會正在和其他女貴族跳舞吧……

注視著舞池裡那些穿得花枝招展、雅麗別緻的女貴族們，諾娃自覺比不上她們，腦海突然閃過一絲憂慮，害怕愛德華會否被美麗的她們吸引住，甚至去了跳舞，而忘了自己。

她想走進大廳查看清楚，但又怕發現真相如同自己所想的一樣，因此一直在露台踱步，心裡躊躇著，渴望愛德華快點在自己面前出現，打消自己心裡那些不該有的疑慮。

「小姐，請問你是在等誰嗎？」

突然，一把低沉的聲音傳出。諾娃一嚇，並回頭，這才發現露台上除了她，居然還有一位灰髮男士。剛剛回到露台時，她明明看不到有別的人在，因此對他的出現嚇了一跳。

「我能夠幫助你嗎？」

諾娃下意識地後退一步，但男士沒有在意她的戒備，和藹地詢問。他擁有一頭深灰曲髮，身穿一套簡樸的深褐西裝。在柔和的月光下，他臉上因歲月留下的皺紋顯而易見，加上鼻樑上的眼鏡和下巴上的鬍鬚，給人一種慈祥又有知性的感覺。

「你是誰？……舞者嗎？」諾娃起初覺得這人陌生，但看了看，慢慢記起自己似乎有見過他。

——在起始儀式開始前，在接待室裡跟愛德華談過幾句話的老人。

「能夠被小姐記住，是我的幸運。沒錯，我是舞者之一，名字是波利亞理斯。」被諾娃認出身分後，波利亞理斯走上前，微微鞠躬，簡單又正式地自我介紹一次。他用手指托了托眼鏡，仔細打量諾娃一陣子後，問：「你很面善呢，好像在起始儀式上見過……是『虛空』小姐，對吧？」

「是的。」波利亞理斯打量諾娃的眼神看起來沒有惡意，但確認了他舞者的身分後，諾娃更加警戒。而另一個令她警覺起來的原因，是她覺得波利亞理斯的聲音有點耳熟。不僅是因為在起始儀式有過一面之緣，而是有種在更早之前就已經聽過的感覺，但她完全沒有相關的記憶，因此危機感頓時從心底湧出。

她身子微微一縮，眼瞥一下後方，心裡想著要找藉口逃進大廳去，同時祈求愛德華快點到來。

「如果沒有甚麼事，請容我……」

「『虛空』小姐為何會來這裡？」正當諾娃要離去的時候，波利亞理斯用問題打住了她的腳步。

「那麼利歐斯勳爵又為何會到這裡來？你也收到邀請函嗎？」波利亞理斯一問，諾娃這才發現一個問題——愛德華是因為找到給冬鈴伯爵的邀請函來前來，那麼沒有領地的波利亞理斯呢？他是怎樣進來的？

她得搞清楚這條問題後才走，要盡可能為愛德華多收集一些這位神祕舞者的情報。

「齊格飛家有把邀請函寄給全國所有貴族，老夫雖然只是一介無名貴族，但還是有收到信件，所以應邀前來了。」波利亞理斯笑著解釋，他笑得有點靦腆，看起來像是學士那種不擅面對人的個性所致，又或是對自己說出「無名貴族」感到不好意思。

「威芬娜海姆公爵托人把信件寄到你手上嗎？他知道你的所在地嗎？」諾娃立刻點出波利亞理斯說辭的問題所在。自祭典開始後，沒有人知道波利亞理斯到哪裡去，前陣子和夏絲姐談起這件事時，她表示已經在情報販子那邊打聽過，但沒法得知確實位置。齊格飛家會那麼神通廣大，知道連情報販子也不知道的，波利亞理斯的所在地嗎？若然他們早就知道，那麼為何不是路易斯先行直接找上門決鬥，而只是派僕人前去送信？

「我也不知道他們是用甚麼方法的，總之信是送來了，我想其他舞者應該也有收到吧。」波利亞理斯的面容一點也沒變，但諾娃知道他在說謊。

要是他說的是真話，那麼夏絲妲一定也會收到信，而事實是她沒有。

「既然『虛空』小姐在此，相信冬鈴勳爵也一定在場吧，」正當諾娃想再次確認波利亞理斯前來的目的，卻被他先行一步打斷。「他沒有到來嗎？」

「愛……冬鈴勳爵在大廳裡，我正要去找他，那麼再會了。」諾娃差點順口地在波利亞理斯面前說出愛德華的名字，但一想到在外人，而且是舞者面前，用有距離感的稱呼會比較好，便立即改口。體內因危機感而生的焦慮已快要達到頂點，諾娃決定趁此機會停止對話，與他道別，先回到大廳躲進人群裡再算。

「哼，那個死不足惜的小偷。」諾娃才剛轉身離開，波利亞理斯口中吐出一句不屑的話，雖然說得很小聲，但她聽得清清楚楚。

「你說甚麼？」諾娃立刻回頭質問，語氣強硬了不少。

「我是說，礙事的人終於不在，可以與你單獨相處了。」波利亞理斯輕輕嘲笑一聲，嘴子微微上揚，樣子變得奸險，剛才那個和藹形象頓時蕩然無存。他質問諾娃：「『虛空』，你為甚麼要離開我？」

「你到底在說甚麼？」諾娃一臉茫然，聽不懂波利亞理斯的話。就在這時，她感到一陣暈眩，眼前的世界頓時天旋地轉，頭腦迷糊，身體還有點作嘔的感覺。

「沒可能的，我明明一口也沒喝……」諾娃托著頭，喃喃自語。愛德華今天一直不讓她碰酒，她從舞會開始後就只喝過茶，不可能會醉的！她想踏出一步，但雙腳突然無力，快要跌到地上——

「『虛空』小姐，你沒事吧？」見諾娃的頭快要撞到地面，波利亞理斯立刻衝上前單手抱起她的腰，阻止跌勢。他換上一副關心的臉孔，溫柔地問：「你是否喝多了？回來，來到我身邊吧。」

「我沒……你！」一聽見波利亞理斯最後一句話，諾娃立刻大力掙脫，左搖右晃地站起來。她驚訝地看著他，腦袋頓時清醒了幾分。「難道你是……解開我封印的人嗎？」

她一直覺得波利亞理斯的聲音有種令人安心的感覺，而剛才他的那句話令她記起來了——上星期在城堡裡，那道黑煙就曾經說過一樣的話。經此刺激，她終於記起，她在封印被解除後聽見的第一道聲音，跟波利亞理斯的嗓音一模一樣。

「你終於記起了嗎，『虛空』。沒錯，是我解開你的封印，只是那個黃毛小偷搶走了我的所有物！」波利亞理斯雙眼發亮，很是感動，肯定了他是兩個多月前把諾娃帶離沉睡的人。他向諾娃伸出手，說道：「既然你記起了真正的主人是誰，那麼回來吧，回到我的懷抱吧。」

「我不會！」諾娃立刻狠狠拒絕。她立刻往大廳方向跑去，但沒跑兩步，突然又再感到暈眩，這次更為嚴重。她身邊的景象都在旋轉，不規則地放大縮小，而明明窗戶距離她只有一步之遙，但卻逐漸離她越來越遠。

「你到底……對我做了甚麼……」她痛苦地望向波利亞理斯，質問道。

「簡單的空間隔絕而已，從你回到露台的那一刻起，便已經進入到我的空間裡。現在你是沒法逃掉的，」波利亞理斯自信一笑，他輕輕一揮手，一道黑煙頓時化為諾娃十分熟悉的綠眼黑狼。

「E……『Elens』……」諾娃立刻集中僅有的精神，欲使出「消散」術式，消除波利亞理斯的術式。

「沒用的，普通的術式不足以破壞這個空間。而且以你現在的狀況，沒可能穩定地發動術式吧。」但波利亞理斯不為所動。他走到諾娃身邊，輕輕抱起她的腰。

「少女，安靜地睡去吧，如今你已回歸，再沒有困擾之事了。」

他在諾娃耳邊低語，不停重複著催眠般的話語。諾娃欲掙脫反抗，但身體卻不聽使喚。在如同搖籃曲般溫柔的話引導下，她的眼皮越來越重，四肢也漸漸無力，不久後便閉上眼睛，陷入沉睡。

確認諾娃成功被自己催眠，沒法再反抗後，波利亞理斯解除了空間隔絕術式，並雙手抱起諾娃。他瞄了一眼大廳，看見似是正在尋找諾娃的愛德華，不禁得逞一笑，隨即化為一道黑煙，消失在夜空之中。

4

午夜之時，身穿一件單薄睡衣的路易斯在城堡裡四處散步。城堡裡的其他人都睡著了，只剩他獨自在走廊穿梭。他沒有目的地，只是漫無目的地行走。

從早上的訂婚典禮，到中午的宴會，以及晚上的舞會，這些活動一環接一環，作為主辦者和主角的路易斯未曾有過休息的時間。整天都在貴族前示人，無時無刻都要展現出身為公爵應有的成熟和穩重，又要時刻抱有戒備之心，試探和留意布倫希爾德，而且要確保活動的所有流程都依照計畫進行，沒有差錯，因此他整天的神經都是緊繃的。舞會完結，最後一位賓客離開後，一放鬆下來，他頓時感到全身無力，完全不想動，累得想直接睡在地板上算了。

明明想乾脆閉上眼睡到明早的他，在彼得森的陪同下回到房間沐浴更衣，但躺到床上後，他卻不知為何完全沒有睡意。明明全身痠痛，肌肉都在哀慟，腦袋卻精神抖擻，絲毫沒有要暫停運轉的意思。他嘗試過閉上眼，強逼自己睡著，又嘗試過把精神放空，看著床頂上布料的刺繡發呆，但都沒有任何效果。望見窗外明月高掛，柔和的冷風陣陣吹進來，很是舒適，他便決定不如去散步，讓冷風令腦袋慢慢冷卻下來。

弦月的銀光從窗外灑進來，把沒有任何蠟燭照明的走廊染上一絲灰白。路易斯緩慢地走著，享受著久違的寧靜。這兩個多星期的生活起伏太大了，先是在安凡琳的驚險經歷，然後是愛德華的決鬥，緊接其來的是訂婚典禮，很多重要的事情在幾乎同一時間排山倒海似地湧來，他為了處理它們而忙得焦頭爛額，心境沒有一刻是平靜的。現在這種身心都能夠放鬆的時刻，他竟然感到陌生。

走著走著，路易斯不經不覺間從城堡內部，走到內庭的花園裡。花園呈長方型，佔地甚大，放眼望去，細心修剪的灌木和各種美輪美奐的花朵排列得整整齊齊，在柔月白光照耀之下，它們都被鋪上一層白銀，夢幻又優美。而在花園正中央，豎立著一個大水池，灌木和花卉都是以水池為中心，像漣漪一樣一層一層伸延開去。

路易斯遠遠看見在水池附近有一個人影，他上前查看，發現那人竟是布倫希爾德。

她身穿一條雪白的絲絹睡裙，並披上一件薄紗外套。那把閃亮的淡藍長髮沒有束起，隨意散落在背上。脫下華美裝飾，除下繁複衣裝，此刻的她在月光的映照下是多麼的純潔典雅，嫻雅脫俗，彷彿世間最美的一切都沒法與她相提並論。她定睛抬頭看著天上的彎月，眼神看起來呆愣，但似是心有所思。

路易斯不忍打擾她，站在有數十步之遙的地方，安靜地欣賞這一瞬間的美景，看得入迷。十二年前，他曾經和布倫希爾德在這個大水池裡歡樂地嬉水，當時二人還只是萍水相逢的朋友；如今十二年後，二人站在同一處地方，而他，已經是她的未婚夫。

一陣呼嘯冷風刮起，把二人的頭髮和衣服都吹亂。聽見身後傳來衣物的摩擦聲，布倫希爾德立刻回過神來，轉身一看，這才發現路易斯的存在。

「路易斯，原來你在這裡，我都沒有留意到。」她羞澀一笑，有點不好意思。

路易斯連忙搖頭，問道：「我沒有打擾你吧？」

「沒有。」布倫希爾德用手按著被風吹起的裙擺，輕輕搖頭。

「你怎會到這裡來的？」路易斯問。

「因為睡不著，所以出來散步了，」說完，布倫希爾德打量了一下路易斯，看到他跟自己一樣也是穿著睡衣，輕輕一笑，問：「你也是嗎？」

「嗯，今天發生太多事了，腦袋一直停不下來。」如此巧合令路易斯心裡有些小鹿亂撞，但幾星期維持著的戒備心讓他清醒過來，隨即又一道愧疚感湧上心頭。

既然他選擇相信她，那麼為何還要那麼提防她？

這份愧疚，還包含幾星期以來對她的不信任，以及那些故意的疏遠而生的歉意。

二人四目交投，沉默不語，似乎在等對方先開口。

「不如來這邊吧，從這裡看月亮很美。」最後是布倫希爾德打破寂靜，她往左移一步，示意路易斯可以站她的旁邊。

路易斯立刻微笑點頭，並走到布倫希爾德身邊，與她一起抬頭欣賞今晚的明月。二人之間幾乎沒有距離，垂下的手快要碰到對方，而且都一樣有點因緊張而生的僵硬，卻沒有人敢越過中間那微細的一線。

再次想起十二年前後的分別，路易斯不禁在心中問自己，十二年前的那天晚上，月色也是這麼美嗎？但想了一會，他卻突然垂下頭。

「對不起。」路易斯的道歉頓時打破二人之間曖昧的氣氛。

「為甚麼？」布倫希爾德轉頭，樣子有點疑惑。

「最近我的態度……感覺有點疏離，對不起，」路易斯仍然低著頭，說得吞吞吐吐。「我不應該懷疑你的，但很多事發生，例如森林那件事，所以就是忍不住……」

他仍然不打算坦白那天在精靈之森裡遇上史卡蕾亞和諾凡蘭卡的事。那段回憶一浮起，他便立刻想起史卡蕾亞提出過的合作。當時他猶疑不決，但現在他可以肯定地給予答覆。

就算她們二人說的話都是真的，他仍然會站在布倫希爾德那邊。

他不清楚史卡蕾亞此刻能否聽見自己心裡的答覆，但總之已經決定好了。

「我明白的，」布倫希爾德說完，路易斯有點猶疑地轉過頭去，看見掛在她臉上的是理解的微笑，而不是他預計的憂傷表情。她看似豁達地繼續說：「畢竟我們都是舞者，大家都有各自的負擔，很正常的。」

她何嘗沒有懷疑過他，沒有試圖對他下過殺手呢？

路易斯的道歉，反而令她多了一絲內疚。

布倫希爾德的回答令路易斯釋懷了些，他再次抬頭起來，學布倫希爾德一樣靜靜看著眼前的噴泉，又不時偷瞄她，想著不如談些話題，但又想不到該說甚麼。布倫希爾德的眼神十分專注，他想，她應該是在思考些甚麼吧。

「我其實也有事想向你道歉。」正當路易斯要開口開展話題時，布倫希爾德的一句打住了他。她捏緊裙擺，很是緊張。

「是……甚麼事？」路易斯有點吃驚。

「今天你問我，為何我會選擇你，那個答案並不是全部。」布倫希爾德不敢看著路易斯，就算話已出口，她仍然猶疑自己此刻的行為是否正確。

路易斯心裡頓時焦慮起來。難道她要說其實自己一直對他沒有任何感情，或者對他說過的一切話都是謊言嗎？時間頃刻變得漫長，他開始害怕接下來會聽見甚麼。

「我之所以會選擇你，因為你是我的光。」思索一會過後，布倫希爾德終於把這句深藏心裡長達一個月之久的話說出口。

「甚麼……？」路易斯十分驚訝，不敢相信自己所聽到的是真的。

光？我？就憑這麼無能的我？為甚麼？

「你還記得嗎？第一次來到安凡琳時，你曾經說過世界很美麗，」布倫希爾德轉頭望向路易斯，目光定在他的雙眼上，堅定不移。「當時我冷淡地回應你，心裡其實覺得眼前人不過是個不諳世事的貴族大少爺。」

路易斯頓時有點難為情地笑了笑，他已經認識到自己的無知，當他得知那天那個陶醉的自己，在她的眼中是「不諳世事」，就不禁感到羞愧。

「一直以來，我的世界都是由痛苦組成的。縱使身處在人類眼中的仙境，卻從來感受不到『美麗』。」這番說話，布倫希爾德沒有對任何人說過，就連最親近的莉諾蕾婭也沒有。

在那些零碎的記憶裡，歷歷在目的往往都是被希格德莉法懲罰時所承受的痛楚、被逼進行儀式時痛徹心扉和彷彿靈魂要被撕成碎片的感覺。精靈的仙境在布倫希爾德眼中都是諷刺，她就是在那裡學懂世界一切都是由殘酷組成的道理。

「但那次見面之後，我卻忍不住在意，很在意你為何可以如此輕易又堅定地相信這一切。」布倫希爾德繼續說。「大概我也想相信吧，也想跟你一樣如此堅定，而堅強。」

在布倫希爾德眼中，路易斯是一個天真的少年。他對世界的一切險惡都不認識，但卻有一副直率的心，和願意相信一切的傻氣。曾經，她覺得這樣一個人不過是天真無知，卻總是禁不住在意他，漸漸地，他成為了她心中的支柱，成為了她心中引導其前進的光。

在那些無眠的夜晚裡，在那些被惡夢的痛苦侵蝕的時光裡，都是這道光陪伴她跨過無盡的孤獨，走過恐怖的黑暗。只有他會真誠地關心自己，只有他會把愛給予自己，這些都是她一直渴求，但得不到的事物。於她，路易斯是光，是那道能夠驅走黑暗，柔和的破曉晨光。沒有它，她應該早就被儀式帶來的痛苦吞噬，成為失去心靈的軀殼。

她不想放開這道光。要是她親手毀掉這道光，那麼就算她能如願活著，也必定會是行屍走肉，等同死亡。

「我只是相信自己所相信的而已……也知道這樣的自己很天真，沒甚麼值得你仰慕的。」突然得到心上人的告白，路易斯有點不知所措。他有點難為情地移開視線，不停地搓著頭髮，臉頰紅紅的。

布倫希爾德笑了笑，這個就是她一直認識的路易斯啊。她呼了一口氣，說出一句在她心中重量如同誓約的話：「既然你鼓起勇氣選擇了我，那麼我也要下定決心，作出選擇。」

路易斯的臉越來越紅，他不清楚布倫希爾德的這個選擇背後隱藏著甚麼後果，但單憑語氣，他大概猜測到其重量，也因此充分感受到她對他的感情。

他一直奢望能夠獲得她的愛，但當他真的得到時，卻不知所措。

布倫希爾德伸出手，並問：「路易斯，你可以伸出你的左手嗎？」

路易斯聞言，把左手放到布倫希爾德的右手上。今天訂婚典禮時所得到的溫蒂娜家祖傳藍寶石戒指仍戴在他的左手中指上，在夜光下閃閃生輝。

「太好了，你仍然戴著它。」布倫希爾德看到戒指，頓時安心一笑。

「我、我捨不得脫下……」路易斯不好意思地解釋。睡覺前他有打算脫下戒指的，但心裡就是不捨，所以一直戴著，直到現在。「你想做些甚麼？」

「一份承諾。」說完，布倫希爾德把左手輕輕放到戒指上，閉上眼，輕輕唸出一道咒語：「我，精靈之統治者，布倫希爾德．溫蒂娜，現於此立下憑證，擁有此指環之人從今將可以自由進出精靈之地，不受阻攔。」

「這是……」路易斯有點吃驚。

「我剛才把一個小元素術式埋在寶石裡，以後你要來安凡琳時，不再需要事先得到我的同意書信，只需要亮出這枚戒指，便可以自由進出。」布倫希爾德緊緊握著路易斯的手，輕聲地說：「這就是，我的選擇。」

沒有取路易斯的性命，現在更將自由進出精靈之國的權限交給外人，全都是對希格德莉法命令的莫大反抗。布倫希爾德當然知道後果，但她沒有後悔。

她的大部分人生都被他人主宰著，而這個術式是她在自己能夠掌權的部分裡可以送給心愛之人的，小小謝意。

布倫希爾德抬起頭來，看著路易斯，她的臉紅潤如蘋果，眼裡流露著滿滿的愛意。路易斯注視著她那雙略為羞澀又閃亮的雙瞳，忍不住伸出手，輕輕撫摸她的臉頰，她也一樣，撫摸他那微熱的臉頰，並把手指插進那閃亮的金髮裡，感受其柔軟。二人之間漸漸沒有距離，互相對視一會後，他們都閉上眼，在月光的見證下，把自己的初吻交給對方。

銀白柔光灑在二人身上，在花園的襯托下，他們雪白的身影純潔、高貴，又令人動容。他們心裡都知道，今後將要面臨怎麼樣的難關，但在心意相通的此刻，一切都不重要了。

5

兩天後的早上，愛德華獨自回到冬鈴城。馬車剛停在城堡門前，他就已經急不可待下車，衝進城堡裡。

得知愛德華要回來，夏絲妲一早就站在門口等待，見他走進城堡，便立刻快步跟上。她手上拿著一封信——是昨天愛德華請人快步送過來的，信的內容並不長，上款和下款都沒有，只有兩句：

「諾娃失蹤了，我找不到她。正趕回來，詳細到時候再談。」

信上的字跡潦草，跟愛德華平日整齊有序的字跡截然不同。夏絲妲覺得這位性格一板一眼的少年平時寫信時一定會依照格式書寫，不會漏掉上下款，因此看得出此信是在焦慮之下急忙所寫的。但即使不看字跡，不看格式，只看開首一句，夏絲妲便已知道大事不妙。

「愛德華，到底發生了甚麼事？」進到大廳後，夏絲妲立刻問。

愛德華頭也不回，只是粗魯地抛下一句：「到書房再談！」

走上第二層，穿過長長的走廊，到達書房後，夏絲妲先是望外探頭，確認四周沒有人後，才關上門。愛德華隨意把斗篷脫下，扔到沙發上後，便跌坐在書桌前，雙手抱頭，緊皺眉頭，樣子很是辛苦。

夏絲妲走到書桌不遠處的小圓桌，把事前準備好的茶倒進杯中，再拿過去給愛德華，想讓他喝一口茶，冷靜一下情緒。聞到喜愛的絲蘭茶香氣，愛德華總算願意抬頭，但他的心仍然很亂，只是看著茶杯發呆，沒有心情喝茶。

坐在對面的夏絲妲看著他，只見他的眼神呆滯，雙眼失去了往日的神彩。她留意到其雙眼下有對黑眼圈，面容憔悴，想必這兩天一定沒怎樣睡過，也沒好好地吃過飯吧。共感到他的痛苦，她有點心疼。

「喝口茶，深呼吸，然後冷靜地告訴我事情的來龍去脈。」說時，她把茶杯推前，讓愛德華聽話喝一口。

「兩天前的晚上，我們一起去了路易斯家的舞會。那時我們一起跳了兩支舞，之後她被其他貴族邀舞，我也被一些貴族拉到一邊談天，很快便和對方失散。好不容易支開他們後，見時間差不多，我打算跟諾娃會合，回去休息。但走遍整個舞廳，都找不到她的蹤影。我當時想，是舞廳太多人所以看不到她嗎，但直到舞會完結，以及第二天早上，她仍是沒有回來，我便知道出事了。」喝了幾口茶，稍微穩定了情緒後，愛德華把舞會上與諾娃失散的經過一五一十告知。

「你有嘗試打探她的消息嗎？」夏絲妲問。

「因為我不想路易斯知道自己來過，而且不想讓太多人知道舞者同伴失蹤的事，所以沒有直接向齊格飛家詢問參與舞會之人的身分，只派了僕人暗中打聽這陣子在威芬娜海姆，以及當晚舞會舉行的時間內，有沒有類似的失蹤案，而結果是沒有。」愛德華搖頭，他已經盡自己所能尋找消息，但要在不打草驚蛇的情況下打探，實在不容易。

「所以你寫了封信給我，之後便回來了？」夏絲妲繼續問。

「對，反正留在威芬娜海姆也做不了甚麼，不如先回來一趟，一起商討，再決定下一步，」愛德華點頭肯定。「直覺告訴我事情不簡單，她的失蹤一定不會是意外，但到底是誰做的？她在社交界名不經傳，又沒有甚麼身分地位，應該沒有貴族會一早盯上她才是，而且帶走了她，也沒有甚麼好處啊。」

說著說著，愛德華慢慢回復到一貫的冷靜，繼續他擅長的推理：「敢在堂堂齊格飛家的眼底下行擄走之事，那人不是很大膽，就是有很重要的目的才敢這樣做。說到諾娃的最大價值，那就是她是『虛空』的劍鞘，那即是說……」

「舞者，擄走她的人很可能是舞者。」夏絲妲也立刻想到了。擄走諾娃，等同取走愛德華唯一能在祭典期間使用的劍，變相架空他的武力，之後再行攻擊便易如反掌。

「現時仍然存活的舞者有我、你、路易斯、精靈女王、奈特，和那個教授大叔，我和你以外的四人都有擄走她的可能性。」愛德華跟夏絲妲抱有一樣的想法，也覺得如果當事人是舞者，必定是因為針對他而有此作為。「路易斯那個蠢才是不會想到這麼迂迴的方法的，他要找的從來都只是我；但其他三人我就不清楚了。」

愛德華看到當晚布倫希爾德一直和路易斯在一起，她應該沒法親自下手，但不肯定會否是她派手下行事，那麼剩下的二人就最有嫌疑了。

一個是表明過要他把「虛空」交出來的人，另一個則是除了頭銜外一切都十分神祕的人，到底會是二人之中的誰呢？

這時，他突然想起上星期突然闖進城堡，襲擊諾娃的黑狼們。

「黑狼的主人，」愛德華恍然大悟。他驚呼：「很有可能是他！他那天說過，短期內會再見，到時候將會帶走諾娃。那麼有可能是他！」

「的確，但問題是，雖然我們猜測過黑狼的主人應該是舞者，但到現在仍未能確認其真實身分，所以還是回到了原點。」夏絲妲不想潑他冷水的，但事實擺在眼前，她不得不說。

「唉，若果當初我沒有一頭熱地說要去那該死的訂婚典禮，那麼就不會發生這樣的事了……」認知到事情還是一籌莫展，愛德華又開始沮喪起來。這兩天以來他不停責怪自己，要是他沒有帶諾娃去典禮，要是他沒有和諾娃去舞會，要是他沒有提出跳舞，要是他在共舞後立刻帶諾娃離開，那麼她就不會被不知名的人擄走，生死未卜。這一切都是他的錯，是他一時忽視了自己作為舞者的身分，忘記了危機四伏的現實，才會令諾娃受苦。

現在她可能正在被痛苦地虐待著，又或者被不人道地囚禁著。她不會有生命危險，但還是會受傷，不停重複著受傷和復元的循環一定不會好受。他不敢想像這些畫面，越是想像，便越是自責。

「現在自責也於事無補，提起精神，一起思考下一步對策吧。」夏絲妲明白愛德華的心情，但她也知道，當務之急是要盡快把諾娃帶回來。將悲傷化成力量，盡快把問題解決，是她一貫之道。

「我知道，但要去哪裡找黑狼的主人啊……」

就在這時，書房門外傳出一陣騷動，打斷了二人的對話。他們同時望向大門的方向，聽到有數人的腳步聲，聲音越來越近，似是朝著書房走來。愛德華還聽見休斯的聲音，說著甚麼「未得到批准，你不能擅自進來的！」

他正要起來打算開門看看發生甚麼事時，門便被打開了。進來書房的除了有休斯和班尼迪，居然還有奈特和莫諾黑瓏。奈特和莫諾黑瓏的衣裝跟上次愛德華在樹林見他們時的幾乎一模一樣，他還是束起馬尾，左眼戴上眼罩；而莫諾黑瓏依舊披著她的黑色斗篷，樣子似是有點不耐煩。

「奈特？你來這裡幹甚麼？」愛德華一驚，他剛才還在推理奈特是否擄走諾娃的元兇，怎知下一刻這人便自動找上門了。

「你是來決鬥的嗎？」夏絲妲本來想說「上次未打夠癮，現在想來再續對決嗎」，但礙於有外人在，而且她現在的形象是雪妮，而不是「薔薇姬」，所以只能把話吞下肚，改用比較婉轉的方式問。

奈特沒有理會二人，只是打量了書房一周，然後問：「『虛空』被帶走了嗎？」

「你……在胡說甚麼，她在自己的房間裡，沒有過來書房而已。」愛德華嚇了一跳，他怎會知道的？但他不想奈特知道太多，便說了個謊，戒備著他。

「別說謊了，我是知道的。現在清清楚楚跟我交代，她是不是被擄走了？」但奈特卻沒有被愛德華的話騙倒。他冷冷地看著愛德華，命令他將事實說出。

「哼，就算真的是，那又怎樣？不是你幹的嗎？那麼還來這裡做甚麼？」愛德華沒有正面回答，但他的反問已經坐實諾娃確實被擄走的事實。「黑狼的主人是你吧？你把她藏到哪裡去了？」

「果然遲了嗎。」奈特沒有回答愛德華的問題，只是輕聲呢喃了一句，表情有些失落。

「甚麼意思？」夏絲妲留意到奈特的異狀，立刻質問。

「黑狼的主人不是我，也不是我帶走『虛空』的，」奈特立刻再次換上冰冷的臉孔，一句否定自己的嫌疑。他指著愛德華，命令道：「你聽好了，愛德華・雷文，我現在就告訴你『虛空』的所在地，而你要跟我一起把她帶回來。」

第十七迴－Siebzehn－

黑霧－MIST－

1

少年的眼前是一片火海。

四周都是火焰，火焰熊熊燃燒，彷彿整個世界都由橙紅構成；天空都被濃煙遮蔽，看不見太陽月亮。他站在一個木製的舞台上，放眼望去，台下堆砌著無數屍體，這些屍體有男有女，有長有幼，他們身上都有不少程度的燒傷，樣子猙獰又扭曲，看來都是被那些漫天火海燒死的。而在屍體的附近，有不少灰燼，無法分辨它們是來自燒焦的屍體，還是燒焦的建築物。

在遠處，痛苦的呼喊聲此起彼落，那些都是嘗試逃命的人們，但在沒有盡頭的火海裡，他們到底能逃到哪裡，是未知之數。

少年的身上滿是刀傷和血污，全身傳來大大小小的痛楚，更有不少傷口仍在流血。他覺得自己隨時都會倒下，但心裡卻不停告訴自己不可以。

他的面前站著一位少女，少女背對著他，與他只有一步之遙，而在少女身前不遠處，有一個猶如無底深潭的大火湖。她的手都被一道不可見的力量綁住，而那道不可見的力量正要把她拉往火湖裡去，融入其中，燃燒殆盡。

「不！不要去！」他大聲呼喊，並想上前去拉住她，卻發現自己的雙腳好像被凍結了一樣，完全不能動彈。無論他如何努力，都無法往前移一步。

少女聽見他的呼喊，回頭望向少年，眼神流露出不捨和想要被救的渴望。他頓時叫得更大聲，伸出手要抓住她，但雙腳仍然無法移動，只能眼睜睜看著她一步一步遠去。

時間無多，少年一怒之下，用手上的劍大力一揮，竟奇蹟地把凍結雙腳的力量斬斷了。他正要追上前，突然一道黑影從天而降。少年感知到殺意，他下意識往前揮劍，把攻擊擋下後才發現黑影是一位拿著短劍的大叔。

「你這個小偷！她是我的！竟妄想還要把她搶回來！」大叔臉上的笑容很是猙獰。他雖然看起來有些年紀，但耍起劍來卻是敏捷非常，反應速度和少年不相伯仲，二人數劍來回，都不能分出勝負。

「別擋著我！你把她還給我！」眼見少女離火湖越來越近，少年急了，他大力往前揮出一劍，強行逼大叔推到一旁，但當他要踏前一步時，卻發現自己的劍和雙腳都被一道黑煙緊緊纏繞著。

「不知好歹的小子，你以為你能逃掉嗎？哈哈哈哈！」少年轉過身去，只見一道又一道的黑煙從大叔身上散出，黑煙漸漸把二人身邊四周的橙紅都侵蝕成灰黑，無論少年如何揮斬，都無法阻止黑煙的擴散。大叔的身影漸漸與黑煙合而為一，少年只能憑感覺猜測他的位置。

「對於犯了大錯的你來說，最適合的是刻骨銘心的懲罰。」

大叔的話音剛落，少年立刻轉到背後，及時擋開短劍的的前刺。怎知眼前的身影突然化為黑煙，他心知不妙，立刻往側閃避，但還是慢了一步，未等他把劍捲回來，從黑煙中突然出現的大叔箭步衝前，往少年的左眼狠狠劃了一刀。

「啊——！」左眼頓時血流如注，少年痛苦地掩著傷口，跪到地上，終於忍不住大叫出聲。

大叔看著他，一句話都沒有留下，只是輕輕嘲笑，隨即轉身往少女的方向走去。

「不！不要走！」

少年強忍痛苦移動身子，他伸出右手，並大聲呼叫少女的名字，但無論他怎樣呼喊，少女都不再回頭。他只能跪在原地，看著大叔和少女的身影漸漸縮小，身邊的一切都化為無盡黑暗——

「嗄！」奈特從床上驚醒。他驚恐地瞪著天花板，全身都出了冷汗，呼吸很是急促。他急忙伸手摸向自己的左眼，眼罩仍在，他頓時鬆了口氣。

又看到這個夢了嗎，他努力地把呼吸調整過來。

最近總是夢見它……看來是時候了吧。

「嗯……奈特，你醒來了嗎？」就在這時，莫諾黑瓏迷糊的聲音傳進他的耳朵。奈特轉過頭去，只見本來躺在他肩上，睡得安穩的她慢慢坐起來，迷糊地揉著眼，樣子似是仍未睡飽。

「吵醒你了嗎？」看來是他從惡夢中驚醒的動作吵醒了她吧，奈特心想。他坐起來，伸了個懶腰。

「那麼早的，有甚麼事嗎？」莫諾黑瓏看了看窗戶，窗外只有微弱的白光灑進來，看來天還未亮，依光的亮度推算，現在大概是早上八時左右吧。奈特平時會在九時起床，一分不差，所以她知道他今天那麼早便起床，一定有內情。

「沒有，我又作了個惡夢而已，關於這個傷口的。」奈特說時指了指自己的眼罩，示意夢跟左眼的傷口有關，但他沒有詳細交代夢的細節。

「我一直想知道，到底是哪個天殺的混蛋斗膽弄傷你這美麗的臉蛋，若果讓我找到他，一定會給他最高級的回禮。」莫諾黑瓏靠近，伸手溫柔地撫摸奈特的眼罩，她的語氣溫柔，但嘴上的話卻狠毒得很。她撫摸了幾下後，便嘗試用拇指從下揭開眼罩：「其實到底傷成怎樣？不如讓我看看，也許我可以幫忙治療——」

「那是很久以前的舊傷，沒辦法復原的了。沒關係的，任由它這樣吧。」怎知奈特立刻推開她的手，並用左手護著，不讓她再碰。

自從和奈特相識後，莫諾黑瓏曾先後幾次過問關於左眼的事。奈特說那傷口是很久之前被人斬傷，當時左眼被切開一半，失去視力，而且留下疤痕，所以他才一直戴著眼罩示人。她曾多次請求奈特讓她看看傷口，但後者從來都不會把眼罩除下，那怕是睡覺時也依然戴著。每次她要揭開眼罩時，奈特都會像剛才那樣，立刻警戒地把她的手推開。

他說過，他不喜歡別人碰這個傷口，那怕是最親近的莫諾黑瓏也不例外。

收回被推開的手，莫諾黑瓏心裡感到有些受傷，但沒有很在意。

奈特轉身下床，走到廁所梳洗，當他再次出來，看見莫諾黑瓏仍坐在床上不動，便對她說：「對了，你準備一下，我們待會要出遠門，時間不多了。」

「我們要去哪裡？」莫諾黑瓏心裡疑惑，為何那麼突然，昨天沒聽他提起的？

「冬鈴城堡，我們要去找愛德華。」奈特一邊端出早餐的麵包和茶，一邊解釋。

「為甚麼？」莫諾黑瓏仍然坐在床上，問道。

「時機成熟了。」奈特沒有解釋更多，只是拋下這麼一句。「所以我們要去。」

二人簡單吃過早餐，穿上遮蓋身分和保暖用的斗篷後，便踏出小屋。甫打開大門，刺骨寒風便撲面而來，街道上人山人海，盡是買賣銅鐘和鐘錶的人們。奈特把小屋的門牢牢鎖上，門上掛著的門牌用清楚的字刻著「冬鈴大道三百二十七號」。

二人自從離開威芬娜海姆城堡後，便來到冬鈴城，租住在這所位處冬鈴大道的房子，一直到今天。

離開了家，走進人群，奈特熟悉地領著莫諾黑瓏向北方走去。路上甚麼路牌都沒有，但他心裡清楚，在這條大道盡頭不遠處等待他的，是冬鈴城堡。

2

「我現在就告訴你『虛空』的所在地，而你要跟我一起把她帶回來。」

奈特的一句令在場所有人震驚，不只是愛德華，就連莫諾黑瓏也沒料到奈特會作此一言。縱使夏絲妲看起來平靜，但心裡也是嚇了一跳。

「帶走她的人是你吧？還說要把她帶回來……我看這是你的掩眼法吧？」愛德華絲毫不相信奈特的話，覺得他只是在裝無辜，好讓自己錯信當事人另有其人。

「不是，你別胡思亂想，要是我做的話，我早就會消失不見了，還會花時間特意前來向你施掩眼法嗎？」奈特冷冷地否定愛德華的想法，還沒好氣地向他拋去一個不滿的斜睨。

「誰知道！明明幾星期前在樹林裡，是你想帶走她的，今天你居然想和我一起把她帶回來？會相信你的才是有問題的吧？」但愛德華依然不信。疲憊和焦慮使他變得激動，他失去了一貫的冷靜，要是休斯等人不在，他大概會直接揪起奈特的衣領，逼他把真相吐出口。

「對啊，奈特你到底在想甚麼？為甚麼要把姊姊帶回來？讓她就這樣被擄走不回來不就好嗎？」莫諾黑瓏終於找到機會提出抗議。諾娃被擄走，可能有性命危險，從此不再見蹤影，這跟她所期望的完全一致。事情好不容易終於依照自己所希望發展，為甚麼奈特要大費周章把姊姊帶回來？

「看，連你的劍也這樣說了，不是更可疑嗎？」莫諾黑瓏的話令愛德華更加確信奈特另有所圖，他可沒有忘記，莫諾黑瓏在生前是殺死諾娃的兇手。

「莫諾黑瓏，我待會再跟你解釋；愛德華，你冷靜下來聽我說，我知道自己的疑點很多，但這次擄走『虛空』的人確實不是我。我們越是浪費時間猜忌，她面臨的危機便會越大，你要是真的想再見到她，就聽我說！」

「誰要聽你……」

「愛德華，冷靜一點！先聽他說吧。」正當愛德華又要質疑的時候，夏絲妲終於忍不住，走上前站在二人中間，勸止愛德華。

「但是……」

「先聽奈特說吧，我也覺得有蹊蹺，但未聽他說完之前，無法下定論，所以先忍著，之後再作決定吧。」夏絲妲拉開愛德華，小聲在他的耳邊勸說。愛德華聽完，思考片刻，覺得自己的確是激動了。他沒再出口質疑，只是氣呼呼地走到書桌前坐下，不發一言。

「既然你坐下，那我就當你願意聽了，」奈特看著把頭別到一旁的愛德華，心裡忽然有點想笑。他眼角睨了一下身後的僕人們，表示：「我不希望接下來說的話有外人聽見。」

愛德華立刻揮了揮手，打了個眼色，著休斯等人離開。見閒雜人等都離開後，奈特逕自拉開愛德華對面的椅子坐下，不等眾人回神，立刻說：「擄走『虛空』的，是舞者波利亞理斯・利歐斯。」

「是他？」愛德華一驚。他對波利亞理斯的印象停留在起始儀式時相遇的記憶，是個熱情的和藹大叔。沒想到他居然是帶走諾娃的主謀。

沒理會愛德華的驚訝，奈特繼續說：「你應該遇過一些死後會化為黑煙的黑狼吧？那些黑狼們的主人是他。」
甚麼？愛德華一驚。那麼解開「虛空」封印的不就是他嗎？
「你有甚麼證據肯定？」愛德華質疑道。先不論奈特為何會知道他遇過黑狼，現在問題的重點是他是從何得知黑狼和波利亞理斯的關係的。
難道波利亞理斯也派過黑狼襲擊奈特？對，奈特也有人型劍鞘，有可能成為波利亞理斯的目標……
「詳細我不能說，總而言之這是真確的。」奈特一如以往，對自己的消息源守口如瓶。「波利亞理斯一直對人型劍鞘有莫大的執著，當中對『虛空』異常在意。之前他成功找到封印『虛空』的地方，並解開封印，只是因為諾娃的逃脫，最後劍被你奪走。」
愛德華已決定先不思考奈特知道這一切的背後理由，經奈特一說，他頓時明白在起始儀式前，波利亞理斯為何會不停偷看他。他不是在留意自己，而是在看他身邊的諾娃。搞不好他是在確認諾娃是否就是被他解開封印的「虛空」。
「你到底是如何令他有機會乘虛而入，帶走『虛空』的？」奈特質問。
「關你甚麼……我和她去了一趟舞會，期間失散，之後就找不到她了。」愛德華本來並不想說，但看到夏絲妲拋來一個「先別發火」的眼色後，便改變主意，不情願地講出事情經過。他仍然對奈特存有疑心，所以沒有詳細解釋，只是概括說明。
「看來是失散時被下了術式，然後帶走吧，」奈特想了想，得出推斷。他狠狠地瞪著愛德華，責備道：「明明是你帶她去舞會，卻沒有好好看顧她，讓她遇險，這樣的人根本不配做她的契約者！」

「你……！」愛德華被刺中痛楚，但無法反駁。因為他說的都對。

「那麼，你知道他的藏身處嗎？」見愛德華一臉沮喪，站在一旁的夏絲妲代為發問。

奈特輕輕點頭，說：「他現在大概身處在歌莎郡嘉利拉市郊外的一個破堡壘裡，那裡是他進行研究的地方。」

之前巴頓說過有人曾經在歌莎郡目擊過波利亞理斯……夏絲妲想起情報販子巴頓賣給她的情報。巴頓的情報不會有錯，那麼奈特的話應該不是假的。

但就連巴頓也不知道的詳細藏身處，奈特居然知道得那麼清楚？

「你……去過那裡嗎？」夏絲妲嘗試試探。

「怎麼可能，我只不過是到處收集情報，從中得知而已。」奈特輕輕搖頭否定，但夏絲妲心裡的疑惑仍未消除。

「現在我們能做的，只有前往堡壘，趁他未對『虛空』做甚麼之前把她奪回。從這裡乘馬車到嘉利拉市大概需要兩到三小時左右，現在去的話，到達時太陽應該差不多下山，不利戰鬥，所以在明早清晨出發吧。」不浪費一分一秒，奈特向眾人說出他的計畫。

「哼，誰要聽你……」

「先警告你一聲，別打算自己一個人去，波利亞理斯會在堡壘附近準備大量黑狼招呼你，沒有『虛空』的你是贏不到的。」似是看穿了愛德華打算拋下自己，率先前往的想法，奈特立刻警告他，提醒他別要小聰明。

「這……」愛德華語塞。他看過「荒野薔薇」和「虛空」在黑狼前的戰力差別，只有「虛空」

的中和能力能夠對由術式構成的黑狼有攻擊效果。沒有「虛空」的他，要獨自與無止盡數量的黑狼為敵，恐怕是自殺行為。

「沒有對策嗎？」愛德華問。

「當然有，靠的是人數。」一如愛德華猜測，奈特果然知道。「他的黑狼術式跟一般的術式似乎有分別，規模較大，而且較為強勁，但有個弱點，就是本人的精神力和體力不足以長期維持如此大規模的術式。我們若是不停地消滅黑狼，就會逼使他要不停地重新做出新的黑狼——也就是重複使出術式，如此循環一段時間後，他會吃不消的。」

換言之，奈特是想靠消耗波利亞理斯的體力和精神力，創出時機，並趁勢從他手上奪回「虛空」。

「你為何會知道得那麼清楚？」愛德華對奈特的方針沒有問題，但卻有另一個疑問。

「憑經驗。」奈特只是輕描淡寫地說了三隻字，說時，他下意識地摸了摸眼罩。

愛德華留意到奈特的小動作，但一時猜不出甚麼來。

「那麼我們約好明早清晨一同出發，要殺波利亞理斯一個措手不及。」見愛德華再沒有異議，奈特便當他答應了。他站起來，準備離去。

「我也去吧，多一個人會比較好。」夏絲妲主動提出。

她知道在奈特面前，自己不能用「荒野薔薇」，但反正「荒野薔薇」在黑狼面前只是一把普通的劍，她拿城堡裡的銀劍上場也沒有差別。而且多一個人，對戰況會更有利，她去的話會增加成功帶回諾娃的機會，更不用說參加的話，可以現場監視奈特和莫諾黑瓏這二人的行動，看看他們在打甚麼算盤。夏絲妲思索了一會，決定參加諾娃的拯救行動。

奈特一聽，回頭輕輕一笑：「有你的助力實在太好了，懷絲拉比小姐，不，『薔薇姬』夏絲妲小姐。」

眾人一聽，頓時一驚。夏絲妲先是雙眼略為睜大，爾後換上她一貫的微笑，問：「你怎會知道的？」

「就算術式可以改變一個人的外貌，但不能遮蔽一個人的氣息。」得知自己猜中，奈特笑得滿意。「『薔薇姬』身上的氣息如此獨特，我怎能忘記。」

「你知道得知這身分真相的人，都不能走出這個房間嗎？」夏絲妲臉上的笑容慢慢轉為冰冷。她緩緩移動身子，擺起架勢，殺氣漸現。

「你別打算碰我的奈特！」見夏絲妲是認真的，莫諾黑瓏走上奈特身前，正當她想要對夏絲妲使出術式時，奈特一手攔住了她。

「奈特，為甚麼？那可是差點取了你性命的『薔薇姬』啊！」莫諾黑瓏不解，她不停掙扎，但奈特只是搖頭。

「在這裡打對我們並沒有好處，別急於一時。」奈特小聲向莫諾黑瓏解釋，待她冷靜下來後，再轉頭望向夏絲妲，說：「我很樂意與你再戰，但事情有優先次序，等帶回『虛空』之後再戰吧。」

「哼，看來『虛空』對你來說意義非凡呢。」夏絲妲其實也不是真的想幹架的，只是想嚇唬一下奈特而已。她也同意現在不是對決的好時機，在未帶回諾娃之前對決，只會是無謂地損耗戰力。而且，待事情塵埃落定後再對決，定會更有趣。

她收起了殺氣，藉著看似普通的一句話試探奈特的反應。

奈特只是輕輕一笑，沒有回話。

「那麼愛德華，我們明早見，要是到時候見不到人，你知道我可以把你找出來的。」拋下一句話後，奈特和莫諾黑瓏便往書房大門走去，準備離開。

「慢著！」愛德華突然把二人叫停。他拋出心裡的疑問：「你為甚麼要幫助我？」

「別誤會，我們只是剛巧目標一致而已，我只是在利用你，別想太多。」奈特冷冷地回應，把幾星期前曾經對路易斯說過的話再說一遍。

「你到底是誰？我們見過面的嗎？」奈特的回應，令愛德華覺得耳熟，他好像在哪裡聽過。

奈特只是一笑，其笑容複雜而又神祕。

「誰知道呢。」

3

諾娃看見自己正站在人群之中。

圍著她的人都是平民，他們有男有女，老中青幼都齊集，眾人的臉上都是歡喜之色，而自己正站在一個木台階上，接受他們的道謝。

「果然是被祝福的神官大人！」

四周的人都熱烈地歡呼著，他們的熱情彷彿快要把台階推倒，有些人甚至激動得感動流淚。被圍著的諾娃彷似是他們的崇拜對象，她的一舉一動都能牽動他們的心。

諾娃記起了，這些人都是她曾經幫助過的人。

幾百年前，神官除了是在教會侍奉神的工作人員，因為他們懂得術式，所以也會使用其能力為大眾治療解困。他們會利用術式為大眾看病、調理身體，也會用術式治癒傷口。在民眾心中，神官的地位很高，而一些能力出眾的神官，更是會受到民眾愛戴。

諾娃生前是以術式的天才為人所知。她在年紀輕輕便展露這方面的天賦，之後很快被請進教會成為神官，活用自己的才能。她擅長所有類別的術式，當中又以「生長」和「流動」——治療和調理身體方面的術式最為擅長，能夠在短時間內治好重傷，奇難雜症也似乎難不到她。這些年間，被她治療的人多不勝數，她的事蹟在民眾間口耳相傳，夾雜著一半真實一半誇張，慢慢便得到「天才女神官」、「神愛之女」、「被祝福的女神官」等稱號，成為當時最受愛戴的年輕女神官。無論她走到哪裡，都一定有人對她歡呼，而教會也藉著她的人氣，鞏固自身無私救濟百姓的高尚形象。

對於自己的能力，諾娃覺得還有很多進步的空間，是民眾太抬舉她了；而對於神官的身分，她是感到高興的。她對自己能夠運用天分來幫助民眾一事衷心感到高興，也很相信神官一職是神安排給她的天職，要她幫助生活在貧苦中的民眾。

在她心中，神是神聖的，是公正不阿的，是超越人類卻同時願意憐憫人的超常存在。她從心相信祂，願意為祂奉獻上自己的一生，不會有一絲懷疑。

「『八劍之祭』將要再次舉行了。」

「是嗎？不經不覺又八十年了。這次主持起始儀式的仍然會是宮廷祭司長，還是會交給那個候補的少女？」

「祭司長年事已高，有說已經不良於行，所以很大可能會交給那位天才少女吧……但這次祭典，又是三大公爵家會被選上吧？」

「當然，不然你以為會有誰？」

某天，諾娃在教堂收拾東西時，無意中聽見大神官們的對話。

她聽說過「八劍之祭」，那是在八十年前舉辦過一次的大型祭典，由神屬意舉行的，但詳細她並不清楚。

既然大神官們說我有機會被選上，成為主持祭典起始儀式的人，那麼起碼要多知道一些細節，好讓自己到時在人和神面前都不會出醜吧？抱著這一想法，諾娃決定調查一下「八劍之祭」，順便查閱一下第一屆祭典的記事，那麼就可以知道主持起始儀式時要做些甚麼。

她抱著好奇心到教會圖書館查閱第一屆「八劍之祭」留下來的文獻紀錄，怎知卻被告知是機密文件，只有祭司長允許的人才能翻閱。當時她心裡納悶，她不過是想翻閱第一屆「八劍之祭」的記事，看看八十年前祭典的過程而已，這些簡單的事為甚麼會是機密？最後她用「宮廷祭司長候補」和「下屆祭典的起始儀式主持人」兩個尚未正式取得的身分說服了管理員，把相關的資料取到手。

所謂的「機密資料」只是第一屆祭典舞者的身分列表、祭典期間發生的大事記事，以及神與前任皇帝亞雷斯・尤利亞斯・康茜緹塔訂立關於舉辦「八劍之祭」契約的文字抄本而已。不查沒問題，一查便出事，諾娃看完這些似乎無傷大雅的資料後，發現了幾個問題：

在「八劍之祭」的契約裡，列明三大公爵家，尤其齊格飛和溫蒂娜家，一定會被選上為舞者，為甚麼一定要是三大公爵家？如果是以「全國最高權力者」作標準篩選，那麼為甚麼唯獨是康茜緹塔家不需要參與？

在大事記事裡，約略記載了祭典前的一些國家大事，在祭典完結後都神奇地得到解決，例如在第一屆祭典的後期，東北方有風暴襲國，在海上做成不少傷亡，但正當風暴要登陸之際，祭典得出勝利者，同時風暴突然減弱，好像突然被甚麼外力介入了一樣，預期的傷亡沒有發生。在外人眼中，這可能是巧合，也可能是神蹟，但在理解世界的力量流動原理的諾娃看來，這都是不自然的。

要將巨大的風暴力量瞬間消散，無論是多厲害的術士也難以辦到，現世中能做到這件事的，恐怕只有「精靈女王」。但不問人間事的「精靈女王」應該不會無故出手拯救人類，而若果將這件事連同契約裡「會保佑安納黎平安無事」一項放在一起看，諾娃得出一個可怕的猜想——可能是神使用其力量干擾了凡間常理。

在她一直相信的教義裡，神是絕對公正公義的，祂憐憫眾生，但不會偏幫某部分人類，也不會輕易干涉人界，只會透過神官們傳達其旨意。若果祂為了守護安納黎而直接介入停止風暴，那便等於祂偏袒安納黎的人民，「絕對公正公義」一說也會被受質疑。這是挑戰神性的可怕想法，她不敢亂想，但直覺卻在告訴她有這個可能性。

而最後一個問題是，為甚麼神要故意選出八人，讓他們互相廝殺？這決定沒有任何私心嗎？

交還資料後，諾娃心裡的懷疑越來越重。為了澄清一切不過是自己的誤會，為了證明自己所相信的神依然是那位值得尊敬的存在，她決定要深入調查祭典背後的事，好讓自己在起始儀式時能夠一心一意，以神忠實的僕人身分引領祭典的開始——

「嗄！」

諾娃睜開雙眼，驚醒過來，這才發現一切都是一場夢。

我又回復記憶了？是又受了甚麼刺激嗎……對了，我到底在哪裡？發生甚麼事了？

她環看四周，只見四周黯黑，只有頭頂的一扇小窗透進微弱的白光，勉強照亮這個狹窄的陌生空間。她感到背部冰涼，好像正躺在一塊大石上，正要坐起來時，才發現自己的四肢關節都被一種無形的力量綁住，動彈不得。

「『Elens』！」她唸出「消散」術式，想藉助術式清除這股無形的力量，但無論她唸唱多少次，甚至唸出威力更強的「Elens Stressa（強力消散）」術式，卻依然沒有任何效果。

「放棄吧，少女，沒用的。」

這時，一把沉穩的成熟嗓音聲音勸止她。諾娃轉過頭，這才發現在黑暗中有一個人一直站著看著自己，一看到那人的臉孔，她立刻明白發生了甚麼事。

「舞者……波利亞理斯！」她頓時認出眼前的大叔是在舞會上使她暈倒的人。「你要做些甚麼……快放開我！」

「少女啊，求主人幫忙時可不能用這個態度的，」波利亞理斯輕輕一托眼鏡並一笑，但沒有要鬆綁的意思。「我可以放開你，但首先要讓我完成研究。」

「不，不會！『Elens Stressa Endeliyka』（高級強力消散）！」諾娃沒有要順服的意思，她再次嘗試鬆綁，正在苦思有甚麼方法可以突破之際，腦海突然閃過一道陌生的術式，她依著記憶，唸出比「強力消散」要強上數倍的「高級強力消散」術式。可是仍然沒有任何效用。

「沒可能的，明明『Stressa Endeliyka』的效用是最強的……」諾娃喘著氣，「高級強力消散」消耗了她不少的精神力。加上「Stressa Endeliyka」二字的術式效果理應是最強勁的，就算是多麼強大的術式也能輕易消除，為甚麼現在卻一點效果也沒有？

「別浪費精力了，你是做不到的。」波利亞理斯把手收在身後，輕輕搖頭，無情地否定諾娃的努力。

「你到底用了甚麼術式？」諾娃不忿地問。

「我用的，是比現世所知的術式更為古老的系統。它的效果更為直接和強力，你的術式是沒法對它做成任何影響的。」波利亞理斯沒有拐彎抹角，直接解釋。

「是元素術式嗎？」諾娃覺得一介人類沒有可能輕易得到只有在精靈間相傳的元素術式奧秘，但還是決定試探地問一下。

波利亞理斯搖頭：「類似，但它依然是屬於術式的系統，可以說是術式的起源吧。」

波利亞理斯的直接讓諾娃有點不習慣。在愛德華身邊見過不同舞者，他們城府皆深，每一條問題和答案的用字都經過深思熟慮，絕不輕易交出真正答案，但波利亞理斯卻是有問必答。也許是他習慣了直接解答關於研究的問題，來者不拒吧，諾娃心想。

這麼一個毫無機心的老教授，到底想在危機重重的「八劍之祭」得到甚麼？

「你用這個起源術式把我綁來，到底想得到甚麼？」她嘗試試探，也想知道為甚麼他對自己如此執著。

波利亞理斯聽後，立刻歡喜地仰天大笑一輪，笑完後看著諾娃，臉容給人一種瘋狂的感覺，跟剛才的沉穩大叔截然不同：「少女啊，這不是擺著嗎？當然是神的奧秘啊。」

「神的奧秘？甚麼意思？」諾娃不解，心裡隱隱感到不安。

「我一直都在研究古代歷史，研究人類到底是如何在歷史洪流走到今天，當中牽涉到不少神明信仰。在研究的過程中，我就在想，這個世界的起源到底是怎麼樣的？真的是由神創造出來的嗎？神到底有多強大？現世中的事物能夠帶領我們認識神的力量嗎？因此，我開始研究術式，想藉此找出神之力的蛛絲馬跡，但這並不足夠；某天偶然讓我找到經已失傳，架構起現今術式系統的起源術式，它給予我更大的啟發，但仍是沒法解答到心裡的問題。而在這個尋找的過程中，我得知兩把據說擁有稀有力量，創造者不明的劍——『虛空』和『黑白』。

『虛空』據說擁有的是將萬物中和、抵消的力量，而聽說『黑白』擁有的是將萬物消除並再構築的力量，兩種力量無論在術式和元素術式裡都被列為是禁忌，不得輕易接觸，但為何卻存在一對以禁忌力量製成的雙子劍？如果得到這兩把劍，或者其中一把，研究其力量的話，它會否引領我到神的奧秘跟前？所以，我一定要得到它。」波利亞理斯長篇大論地解釋自己多年來研究的歷史。說的同時，他回想起自己走過的路、尋得新記載的歡喜，心裡不禁興奮起來，嘴角不住上揚。但諾娃聽著他的說辭，明白的是他在研究路上走火入魔，已回不了頭。

「但為甚麼一定要是我，而不是『黑白』？」諾娃心裡遲疑，既然他想藉助「虛空」、「黑白」二劍探得奧秘，那麼不綁架她，把「黑白」抓來也一樣啊？

「因為我最先找到的是你的封印處，」波利亞理斯解釋。「找到封印地點之後，我立刻前往並解開封印，沒想到你居然逃了！還跟那個小偷立下契約了！」

「我醒來的時候看不見你，身邊只有黑狼。」諾娃按捺著心中因愛德華再次被貶稱為「小偷」而生的憤怒，說出事實——她醒過來時波利亞理斯並不在旁，所以當然不會知道他是解開封印的人。

「牠們都是我的化身，」波利亞理斯輕輕一揮手，幾隻綠眼黑狼頓時出現在其身邊。「『變換』的起源術式，看啊，不需詠唱，這麼簡單便使出來了。我當時是用牠們解開你的封印的。」

「為甚麼你不親自解開？要是你親自解開封印，想必就可以免卻許多麻煩。」雖然嘴上是這樣說，但諾娃卻慶幸這事沒有發生。

「那裡機關重重，可能會對肉身做成不可挽回的結果，我當然不會親身前往，」波利亞理斯冷冷地睨了諾娃一眼，及後又換上興奮的眼神，性格轉換的速度十分快：「不過不要緊，現在你終於回到我的手上，那麼我便可以開始研究了。」

說完，他亮出手上的短刀，走近諾娃。

「你……你在『八劍之祭』想得到的願望是甚麼？」諾娃想盡力拖延時間，想出了一條問題。「得到起源的力量嗎？」

「不，我只是想見到神一面，從祂手上習得世界所有知識，想必這就可以滿足我的欲望了吧。」波利亞理斯的回答出乎諾娃的意料之外。他沒有停止接近的腳步，並低聲沉吟：「安靜沉睡吧，少女，並為我打開知識大門。」

諾娃頓時感到天旋地轉，她清楚記得，這跟自己先前在舞廳昏倒前的感覺一模一樣。她欲奮力反抗，但四肢被綁，四周又不停地迴響著波利亞理斯那把能令人心鬆弛下來的催眠聲音，漸漸令她敗下陣來。她感到眼皮越來越重，只能眼睜睜看著波利亞理斯按著她的身子，舉起短刀，準備刺進她的體內。

愛德華，求你……快點來……

在意識被拉進無盡的黑暗前，諾娃在心裡苦苦祈求。

⚔

另一邊廂，愛德華、夏絲妲、奈特、莫諾黑瓏四人正乘著馬車，往奈特所指的荒廢堡壘進發。

今日清晨，奈特和莫諾黑瓏準時應約，雖然很不情願，但愛德華還是迎接了他上馬車。他其實並不想跟對自己有過殺意的奈特共乘同一輛馬車，奈何兩輛馬車同時出行的話會太顯眼，因此他們四人不得不擠在同一個車廂裡，待馬伕把他們載到目的地。

上車後，愛德華一言不發，只是托著下巴看車外的風景。他的樣子憔悴，眼神疲累，彷彿身體的力量被抽走一半似的。他奮力地撐著眼睛，不讓自己在奈特等人面前睡著，但車子一直走在崎嶇不平的路上，不停的顛簸促使睡意上升，漸漸地他抵擋不住，開始坐著打瞌睡。

愛德華的身子隨著馬車的擺動搖擺，他的雙眼時睜時閉，醒來時會立刻坐直，但往往很快又會睡著。在旁看著，夏絲妲知道這少年昨晚一定沒有睡好，望向他那雙變得更深的黑眼圈，她心裡很是心疼。

車廂的其他人對愛德華睡著一事沒有甚麼反應。奈特只是雙手叉在胸前，不知道沉思著甚麼，而莫諾黑瓏則是拿著一個紙袋，不停地吃著裡面盛著的牛角包。

「聽說你和諾娃是雙胞胎，看來在某些地方相像，但也有很多不同呢。」夏絲妲看著莫諾黑瓏，感嘆道。

她記得諾娃十分討厭麵包，一口也不會吃，但莫諾黑瓏卻吃得津津有味，二人之間有很大的差別；但就莫諾黑瓏吃不停的舉動來看，似乎姊妹二人都是喜歡吃的。她仔細打量著莫諾黑瓏，想像要是她的頭髮跟諾娃一樣長，並且前額頭髮是黑色的話，二人應該真的像鏡子倒映一樣，難以分辨身分。

「你知道些甚麼？」一聽夏絲妲用一副熟悉一切的口吻拿她和諾娃作比較，莫諾黑瓏立刻把吃到一半的牛角包扔回紙袋裡，並把紙袋收到一旁，不滿地反問。

「不用那麼在意啊，還是說你不喜歡被人拿來跟姊姊比較？」夏絲妲輕輕一笑——又是那種令人看不清其本意的微笑。

「這是……」

「說起來，想不到『薔薇姬』居然會參加這種卑微的拯救行動，有點意外，我還以為你會不感興趣呢。」正當莫諾黑瓏感到困窘，不知該如何回應時，奈特打斷了二人的對話，嘗試轉移視線。他看了看夏絲妲，她仍是一頭黑髮，束著一條馬尾，身上的是一件覆蓋全身的黑色大衣，跟以往全身紅色示人的模樣截然不同。

「我只是心血來潮，覺得事情有趣便參加而已。」她仍然笑著，但笑容裡好像夾雜了些冷意。

這時，似是車輪踏中石頭，車廂震動了一下，本來依偎著窗邊打瞌睡的愛德華身子搖了一下，向左跌去，頭伏在夏絲妲的肩上。夏絲妲微微一驚，但愛德華似是睡得很沉，沒有醒來，所以她沒有推開他，就這樣讓他繼續睡。

「唔……」車廂一片寂靜，突然被愛德華微弱的夢囈聲打斷。

甚麼？夏絲妲輕輕附耳，想聽清楚。

「別、別走……」愛德華身子微微抖著，低聲喃語。

是夢見了諾娃離去的惡夢嗎？夏絲妲心裡一陣刺痛。她看不到愛德華的表情，但想必一定是緊綳眉頭的吧。

「沒事的，沒事。」她伸手輕輕拍愛德華的手臂，像個母親一樣輕輕安慰他。不知是不是安撫有效，愛德華很快沒有再說夢話，身體也沒再顫抖。

「你這麼關心他，是對他有感情嗎？」奈特用冰冷的眼神注視著夏絲妲的舉動，冷冷地問。

「看著如此認真努力的人如此痛苦，任誰都會心疼吧？」夏絲妲沒有直接回答奈特的提問，但又沒有顧左右而言他。然後，她靈機一動，把問題轉移到奈特身上：「倒是你，這麼在意『虛空』，是跟她有甚麼關係嗎？」

奈特先是瞄了莫諾黑瓏一眼，見她沒有反應，才答：「不要誤會，我只是需要『虛空』來達成自己的目標而已，因此不能讓她落在別人手上。」

說完，他別過頭去看風景，中斷了對話。

夏絲妲沒有說甚麼，只是輕輕一笑。

馬車穿過墨綠樹林後，四人的眼前迎來一座小山丘。奈特一看到窗外遠處的一個破舊堡壘，便立刻叩車廂的頂，讓馬伕停車，並對眾人說：「到了。」

馬車立刻停下，夏絲妲把愛德華叫醒後，四人也就下車。下車後，愛德華和馬伕互相交換一個眼色，後者便立刻策騎離去，留下四人在山丘前。

在他們眼前的是一片荒蕪的山丘，雜草早已枯萎，樹林都成禿枝，而在丘頂上則豎立著一座與周圍景色格格不入的深褐堡壘。堡壘以磚建成，看起來約有二十米高。它的構造只有一座高塔，而塔的附近都是破爛的城牆。看來堡壘本來的面積更大，有可能佔據整個小山丘，但不知道是因為戰爭或者其他理由而被荒廢，只剩下高塔一座主建築。

「那個波利亞理斯甚麼的，就在那裡進行自己的研究嗎？他的趣味還真獨特。」夏絲妲雙手抱胸，說出心中所想。這裡四周甚麼都沒有，前往最近的嘉利拉市最快也要一小時，看來波利亞理斯是想把自己與人群隔離開去，獨自醉心研究，她猜想，同時單手脫下身上的大衣。

在漆黑的大衣下，是一件貼身的騎馬裝束。騎馬裝的上身是一件黑色外衣，外衣設計有點像軍裝外套，胸前是一排金色鈕扣，而外套沿邊都縫有暗紅粗絲線。下身則是一條漆黑長褲，長褲的兩邊有一條暗紅長帶，而褲腳都被收在一雙貼身的高筒皮靴裡。

由於不能暴露身分，因此今天夏絲妲沒有穿平時慣常穿著的緋紅大衣。考慮到戰鬥，她選擇了方便行動的騎馬裝，只是下身換上了長褲，而不是穿著一般女性穿騎馬裝時會穿的長裙。一身騎馬裝，束著馬尾，腰旁掛著長劍的她，比平時多了幾分男性的颯爽，其氣場也更為強勁。她輕輕一唸「Equaes（解除）」，黑髮的偽裝術式便被解除，露出鮮艷紅髮。

「時間無多，我們走吧。」不想再多浪費一分一秒，愛德華深了一口呼吸，率先邁步往高塔進發。

「哼，果然來了嗎，你這個不知廉恥的小偷。」就在他踏出第一步後，附近突然傳來波利亞理斯的聲音，四人同時往前看，看見直到剛才還甚麼都沒有的山丘草地上忽然出現了一排黑狼，與眾人只有約十米距離。

「黑狼的主人果然是你嗎，波利亞理斯．利歐斯。」波利亞理斯沒有現身，但愛德華認得他的聲音，是上次黑狼攻擊城堡時，與他對話的那把聲音。

「你居然斗膽再次來奪走『虛空』，還帶了幫手！」波利亞理斯激動地指責，他的聲音經由黑狼傳遍整座山丘。「不過已經太遲，『虛空』已經歸我所有，少女已經委身於我了！」

「你……你對諾娃做了些甚麼！」

「你這個禽獸，快把她還來！」

愛德華和奈特同時激動地要求，前者憂心諾娃的安危，而後者則直接咒罵波利亞理斯。

「你……甚麼？『黑白』？『黑白』也到來了？」奈特的咒罵吸引了波利亞理斯的注意。通過黑狼的眼睛們，他把視線轉移到奈特身上，這時發現站在奈特身邊的莫諾黑瓏，頓時興奮莫名。「太好了！真的太好了！兩把奧秘之劍終於齊集一堂了！不用我費力尋覓了！那邊的少年，把『黑白』交給我吧，兩把劍是解開神的奧秘的鑰匙，今天，奧秘的門將要被打開了！」

「你隨便去發自己的白日夢吧！別打算連『黑白』也要搶去！」奈特頓時站到莫諾黑瓏身前護著她，不讓波利亞理斯打她的主意。此舉令莫諾黑瓏心裡短暫歡喜了一會。

「哼，沒法理解奧秘有多重要的愚者，沒有理睬的價值。」面對奈特的斥責，波利亞理斯瞬間收起激動，冷冷地回話。

「廢話少說，你就在塔裡對吧？我一定會奪回『虛空』的！」沒空閒和心情再站在原地隔空對罵，愛德華指著高塔，再次表明來意。

「哈哈！」怎知波利亞理斯卻放聲大笑，很快便收起笑聲，冷酷地問：「但失去了『虛空』的你，到底還能做些甚麼？」

未等愛德華回答，波利亞理斯的聲音便失去蹤影。作為後者化身的黑狼們一同仰天長嘯，然後奔下山坡。三人見狀，立刻往前跑去，很快便與狼群相遇。其中一隻跑得較前的黑狼後腿一記助力，往愛德華撲去——

下一秒，牠被愛德華一刀俐落地割斷喉嚨，就此沒了氣息。

愛德華的手上拿著一把銀劍，那是他為了這次戰鬥，而特意從城堡裡帶來的銀劍。銀劍的材質雖然比不上「虛空」，但以一般單手劍來說，還是堅硬可靠，可以暫代一下「虛空」的位置。

「八劍之祭」嚴禁舞者使用未在起始儀式上得到確認的劍，被發現的話會受到懲處。愛德華十分清楚這一點，但為了諾娃，他甘願冒險犯規。

顧甚麼規矩，把諾娃帶回來才是最優先！

不再疲憊的他繼續畢直往堡壘衝去。剛才被他殺死的黑狼屍體化為黑煙，再分裂成兩隻一模一樣的黑狼，從他的後右側咬來。與此同時，有兩隻黑狼啦跑到他的左前方，牠們打算與同伴一起上前夾攻——

正當愛德華打算先解決後右側的黑狼們，他的身後傳來「嗄」一聲，回頭一看，只見兩條綠藤從泥土冒出，一條較粗的刺穿其中一隻黑狼的胸腔，而第二條則化成幾條幼細的藤鞭，牢牢綁著另一隻黑狼的四肢。同時，後右側的黑狼都被一把白劍迅速砍倒在地，雖不至死，但牠們的傷口都血流如注，性命垂危。愛德華正要回頭解決被綁起的黑狼，卻發現夏絲妲已經早一步一劍令牠往生。

「波利亞理斯，有種就別用黑狼，出來跟我們打一場！」奈特對著山丘大喊，可是得到的回應只有朝他衝來的一隻黑狼，沒能聽到波利亞理斯本人的回答。

奈特用「黑白」往前刺，怎知被黑狼一躍避開。他立刻轉身並退後，與黑狼拉開距離。當黑狼往後助力一躍，張開血盤大口將要咬斷奈特的頸項之時，牠的身前突然出現一道黑煙長鞭，狠狠綁住其頸項。牠呼吸困難，而奈特則上前補上一記前斬，黑狼就被從中間俐落斬成兩份，化成黑煙，消失在空氣中。

「奈特，你的劍……」側身避開黑狼攻擊的同時，愛德華眼角一瞄，發現有一道跟波利亞理斯術式相似的稀薄黑煙正纏繞在「黑白」的劍身上。

「啊，沒甚麼，」奈特提劍一看，立刻猜到愛德華想問的是甚麼。他沒有回應，只是俐落使出一記前斬，緊接轉身橫砍，再多兩隻黑狼便敗在他的劍下。

「黑白」劍身仍有黑煙纏繞，這現象源於此劍的能力——複製。「黑白」劍身可以複製觸碰到的術式，但一次只能複製一條，如果複製了新的術式，舊有的複製便會消失。奈特現在複製了波利亞理斯的特殊術式，並利用它作為對付黑狼的武器。

剛才的黑煙長鞭是他使出的，而黑狼被「黑白」殺害後沒有再生，是因為術式互相抵消——這件事出乎奈特的意料之外，他沒想過波利亞理斯的特殊術式居然可以互相抵消。原理他想不明白，但總之結果看似是這樣沒錯，並對自己有利，這就足夠了。

「波利亞理斯一定是見到我們來，慌了，便開始專心加快研究，所以才沒再回應我們。時間無多，再拖下去諾娃會有危險，我們分道揚鑣，誰最快到達堡壘便先救人！」再揮劍斬刺多兩隻黑狼後，未等其餘二人回應，奈特提著劍，左閃右避地高速穿過黑狼的包圍群，獨自往堡壘跑去。「莫諾黑瓏，走了！」

一直戰鬥範圍外觀看的莫諾黑瓏立刻點頭，緊隨其後。

「喂！」愛德華想叫住二人，但他們早已沒了人影。愛德華心知不妙，立刻拔腿跟上，但幾隻黑狼又再上前阻撓。他心裡怒火一燒，往右大力一揮，將一隻要撲過來的黑狼打倒在地，連帶撞飛另外兩隻同類。

正當他要往前狂奔時，突然身後傳來一道殺氣，他下意識地回頭並往頭上揮劍，「鏗」一聲傳出，他正要往右下方查看時，幾道細小的黑影在身前出現。他憑皮膚傳來的空氣流動感覺以及直覺把黑影都悉數擊落，怎知突然身後刺來另一道黑影，一時間躲避不及，他的臉頰被劃下一道刀痕。

居然不只黑狼，原來黑煙還可以變成刀劍嗎？愛德華沒料到有這一著。

黑煙刀劍的連續攻擊仍在繼續，愛德華在攻守的同時眺望不遠處，看見夏絲妲正和幾隻黑狼交戰中，她也被那些不停再生的黑煙擋住腳步，與自己一樣舉步維艱。他想上前幫忙，但深知再在這裡浪費時間的話，奈特便會率先到達諾娃的所在地。也許諾娃能因此免於危險，但難保奈特會否乘機擄走她，以及莫諾黑瓏會對諾娃做些甚麼。所以他要狠下決心，現時的第一目標是追上奈特和莫諾黑瓏，比二人更快到達堡壘，其他的都不用管。

從下向上反手一斬，將一把長劍撞飛到一旁後，愛德華便繼續拔腿往山上跑。期間黑煙一直化為刀劍從前後夾擊，他維持著鋸齒型的奔跑路線避開後面，以及不停揮舞手上的劍去擋下前方來的攻擊。期間雖有受傷，但大多數都是輕微劃傷，無一影響活動。

黑狼沒有出現，而是變成了個體更小的長劍，是因為波利亞理斯開始累了，要節省精神力操縱術式嗎？

愛德華這樣想的同時，雖然仍然有一段距離，但堡壘的大門終於映入他的眼簾，而他也看到奈特在大門前。黑煙的攻勢越見微弱，刀劍幾乎都沒再攻來，他心裡歡喜，暗暗決定要再加快速度——

甚麼？

忽然一道冰冷的殺氣從愛德華的左邊飄來。他剛轉頭一瞥，下一瞬間便被一道大黑影撲倒在地。他一看，只見撲倒他的是一隻身型比其他黑狼大兩倍的大黑狼。牠剛才從側方的樹林衝出，一副要咬破愛德華喉嚨的氣勢，但被後者下意識揮出的橫架擋著其張開著的大口。愛德華伸出左手奮力托著劍身，想盡力把牠推開。

大狼猛力一咬，居然把整把劍咬碎。愛德華驚訝的同時翻滾到一邊，把手上的斷劍從後狠狠插進大狼的後頸。大狼不停搖晃掙扎，又嘗試抓和咬向愛德華，但都沒法碰到躲在身後盲點的他。愛德華使勁不放手，一番搏鬥後，大狼終於失血過多倒地。他放開劍柄，看著因為過分用力而摩擦出傷口並流血的手掌，站在原地調整呼吸。就在這時，大狼的屍體在他面前分裂成兩隻黑狼，一同撲向已經失去武器的他——

愛德華往側閃避，並趁機在腰間取出一把匕首，與黑狼們對峙。這把匕首是他的旁身武器，吸收了上次和奈特戰鬥時，因諾娃昏倒而拿不到武器的經驗，他自此便在身邊佩備一把匕首，就算遇上沒法用上「虛空」的緊急情況時也能用匕首勉強支撐場面。這樣做，或許違反了「八劍之祭」的規則，但他不管了。

其中一隻黑狼吼叫一聲後躍上半空，打算咬向愛德華的頭顱。他立刻上前從下刺向其咽喉，但正要把刀拔出來時，另一隻黑狼居然繞到其身後，並兇猛地撲過來。愛德華一驚，打算用匕首防禦，怎知黑狼居然狠狠咬著匕首的刀身，他的手一痛，一時鬆懈，匕首便被黑狼搶走，並被後者不屑地吐到一旁。

前方有黑狼，而後方則有兩隻剛分裂開來的幼狼，被包圍在中間，又丟了匕首的愛德華只能小心往側移動，並眼睜睜地看著黑狼撲到自己身上來——

「愛德華，接住！」

在同一瞬間，遠方傳來呼叫他的聲音。他下意識地望過去，甚麼都沒想便伸手接過迎來的一道黑影，接著用它俐落地割破黑狼的前頸，再在幼狼們的胸腔留下致命兩刀。黑影揮舞時感覺輕盈，手感跟「虛空」差不多，比它再稍微輕一點。愛德華低頭一看，這才發現自己拿著的是甚麼，心裡大大驚訝。與此同時，聲音的主人趕到他身邊，站在他背後。

「夏絲妲，這……」愛德華舉起手上的劍，吃驚地看著夏絲妲。他手上的不是其他，正是「荒野薔薇」。

「你未習慣用這把匕首，先用這個吧！」夏絲妲倒是很鎮定，簡潔地解釋理由時語氣率直，理所當然的態度令愛德華顯得有點大驚小怪。在說的同時，她拾起地上的匕首，在黑煙前擺出防禦架勢，並補上一句：「我有匕首和藤鞭，足夠的了。」

「但……」愛德華仍然不敢置信。夏絲妲居然把她珍而重之，代表其身分的「荒野薔薇」如此輕易交給他。也許她只是看不過自己不熟練揮舞匕首的動作而有此舉動，但仍是有說不通的地方。此舉背後所彰顯的信任，令他惶恐。

「快點去！奈特一定有別的意圖，你要追上去，要趕在他到達之前找到諾娃！」見愛德華仍在猶疑，夏絲妲立刻催促他。這時黑煙化成四隻幼狼，但在剛成形的一刻就已經被綠藤纏著四肢，不能動彈。夏絲妲急促地命令：「快點！」

「好！」在夏絲妲的不停催促下，愛德華總算下定決心。他簡潔回應後，便獨自一人飛奔到堡壘去。

「快點！要把諾娃帶回來！」

正當愛德華和夏絲妲在山坡上和黑狼奮戰時，先行離開的奈特和莫諾黑瓏早已到達堡壘附近。奈特以危險、空間狹窄，以及不確定因素太多為由，請莫諾黑瓏留在堡壘外面，而自己則一人獨自潛入堡壘，因此她現在孤身一人站在荒蕪的平原，無所事事。

被奈特拋下，莫諾黑瓏心裡很不是滋味。她明白奈特並不是故意拋下自己，奈特也曾經仔細向她解釋協助營救諾娃是為了接近愛德華和殺掉波利亞理斯而行的手段，但一想到自己所愛之人正在努力營救親姊的模樣，她心裡就忍不住燒起一道妒忌之火。

大家都只會幫助諾娃，只會在乎她，從來沒有人會在乎自己。

無論她多麼守規矩，即使她活出完美的形象，就算她以滿足所愛之人的模樣活著，到頭來大家都會離她而去，反而選擇那個違反過規則，不完美的姊姊。莫諾黑瓏心想，說的也是，被詛咒的人沒有資格得到幸福，而說到底，自己本身也是不全而有罪的啊。

殺了許多人，就連親生姊姊也敢殺害的自己，實在沒法說是純潔。

這時，幾隻應該是負責把守堡壘的黑狼發現了莫諾黑瓏，並將之包圍。

「你、你們都離開吧，我不是故意的……」莫諾黑瓏全身縮起，戰戰兢兢地請求黑狼離開的同時後退，四處張望。但彷彿找到弱小小兔子的黑狼們並沒有聽話離去，而是一路跟隨莫諾黑瓏後退。

「我不能做甚麼的，真的……」莫諾黑瓏身子顫抖，並不停慌張地揮手。她一直驚慌地後退，直到背部撞上一棵大樹，無路可退。

對啊，我是罪人，是天下不能容忍的烏黑存在。

既然如此，些少瘋狂也是容許的吧。

莫諾黑瓏舉起右手腕，狠狠地咬了下去。

見獵物走投無路，其中一隻黑狼率先往前撲。牠一心以為莫諾黑瓏已是其囊中物，怎知後者機智地閃避，令牠狠狠撞到樹上，暈了過去。

莫諾黑瓏的手腕血流如注，而其手上則多了一把黑劍。黑劍的樣式與奈特的「黑白」幾乎一樣，只是劍身全是黑色，而血槽則是雪白。她先是一刀插進暈倒黑狼的後頸，感覺到身後的殺意，再轉身橫切開另一隻要撲上來攻擊的黑狼頸項。之後她立刻俐落地轉身，把劍插進身後一隻黑狼的頭顱中。見最後一隻黑狼拔腿逃跑，她拔出劍，輕輕一笑，快速趕上，在前面擋著牠的去路。

「捉迷藏結束了呢，小黑狼。」以可愛的聲調告知後，莫諾黑瓏一劍插進黑狼的眼睛，再多加幾刀，後者就沒了氣息。

所有黑狼屍體化成煙後便消失在空氣中，再沒有蹤影。莫諾黑瓏舉起滿是鮮血的黑劍，在陽光下鑑賞晶瑩剔透的血滴和它們流下來時的模樣。她手腕上的傷口早已消失，只殘留一些血痕。她心裡很是舒暢，眼神閃亮，笑容爽朗，但下手兇狠，完全不敢想像她跟平時那個可愛順從的人型劍鞘是同一人。

斗膽用那種眼神看我，這種懲罰算輕微的了。換著是以前，最少一定會刺個十刀，兩邊眼球都是，她心裡對那些黑狼說道。

四周都沒有人，真好，終於可以卸下面具，出來活動一下了。

莫諾黑瓏右手俐落一揮，劍上的血便被灑到地上。她呼了一口氣，再輕輕一拉胸前的綁結，斗篷便從身上滑落，露出裡面的黑色長裙。她反手索緊身後的長帶，本來略為鬆動的長裙立刻變得貼身，將婀娜的身體線條展露無遺。

難得有機會拿了「它」出來，不如去殺個人吧？她看了一看黑劍，思索著。

找那個愛德華，還是姊姊比較好？

她先是遠眺山坡，並抬頭仰望堡壘，血紅的雙眼閃耀著興奮的神情，滿意咧嘴一笑，心裡頓時有了決定。

4

諾娃再次睜開眼，發現自己仍然身處在那個關禁自己的空間。空間依然黯淡無光，但從窗戶透進來的光芒似乎比上一次醒來時更光亮，看來幾小時過去了。

「可惡，那小子居然帶其他人來了……得加快進度！」

一把聲音吸引她的注意。她朝旁邊一看，發現波利亞理斯正在自己身旁踱步。跟上次醒來時看到那個自信的他不同，此刻無論從站姿、動作，以及語氣，都充分看得出他正處於不安之中。

聽見波利亞理斯提及「那小子」，諾娃登時想起愛德華。他真的來救她了，她心裡頓時一熱，熱的同時身體傳來異樣的冰涼感覺，她不安地往前一看，驚覺自己居然一絲不掛。

「啊！」她忍不住尖叫，頓時引起波利亞理斯的注意。

「你醒來了？」看見諾娃醒來，波利亞理斯似乎有點不悅。

「你對我做了甚麼？」諾娃焦急地問，同時下意識想用手遮住身體，但雙手一揮時才醒覺自己的四肢仍然被綁住。她努力掙脫，但完全不成功。

身體沒有疼痛殘留，看似沒甚麼事，但她仍然害怕波利亞理斯是否在昏睡期間對自己做了甚麼不能容忍的大事。「你、你不會是……」

「別誤會，我只是想嘗試從你的身體取出『虛空』而已，」波利亞理斯立刻澄清自己並沒有圖謀不軌。但冷靜解釋過後，他的情緒在一瞬間又再波動起來：「但無論如何解剖、利用何種術式都不能成功。到底欠缺了甚麼？是甚麼？」

波利亞理斯剛才為了嘗試徒手從諾娃體內取出「虛空」，而脫去她的衣服，以方便解剖，他補上解釋。因為諾娃擁有自我回復的能力，因此傷口早已癒合。

一輪發洩過後，波利亞理斯懇切地看著諾娃，希望她能為他解惑。

「我怎會知道。」諾娃冷冷地別過頭去，她沒有意思要幫助一個為害自己的人。

「我的解構術式是完美的，能夠解開世上任何一種術式，無論『虛空』用何種方法藏在體內，都一定有一個打開的機關，這樣才能把劍取出，所以我的術式應該會有用才是！」波利亞理斯又開始獨自激動了。感應到自己的黑狼們數量慢慢減少，他知道自己不能再浪費時間，心情也更焦急。

要想出來，快想出來，術式不行的話，到底還有甚麼方法可以取出「虛空」？

……還有一個。

他這時突然記起，自己曾先後兩次借黑狼的眼目睹愛德華取出「虛空」的過程，而愛德華在那兩次所用的方法都是一樣的。

還有這個可以嘗試。

波利亞理斯立刻走到諾娃身邊，瞪著她。諾娃下意識感到危險，盡可能縮起身子並退後，戰戰兢兢地問道：「你、你想做甚麼？」

「居然要學那小子，真是令人不快……但現在只有這個辦法了。」不屑地自言自語後，波利亞理斯湊近諾娃，視線慢慢轉到她的雙唇。「少女，將『虛空』交給我吧。」

「不、不要，不要靠近！」諾娃頓時猜到他想做些甚麼，並立刻拒絕。換著是兩個月前，記憶未回復，作為人型劍鞘的她也許不會反抗，但現在她的人性漸漸回復，接吻於她多了一重意義，她絕對不會讓波利亞理斯得逞。

她使勁向波利亞理斯揮出拳腳，試圖將他推開，後者見自己的所有物居然敢反抗，一個揮手把鎖鏈的術式加強，讓她不能再反抗，並一手抵住她的下巴，湊到自己身前。

「停、停手……」諾娃苦苦哀求，她閉上眼，不敢面對，眼角慢慢滲出淚珠。

「放鬆，只是輕輕一吻，一切都將完結。」波利亞理斯沒理會諾娃，只是以自己的大義依她就範，並慢慢把嘴唇湊近——

「停手，你這禽獸。」

一把冰冷的聲音傳出。波利亞理斯的嘴唇傳來冰冷的觸感，他驚訝地瞪著眼前的雪白長物，發現自己的嘴唇正貼在它，而不是少女的唇上。下一秒，他便被硬物揮擊，撞到不遠處的牆上去，幸好及時展開卸力的術式，才沒有大礙。

「奈、奈特？」諾娃慢慢張開眼來，以為來者是愛德華，怎知居然是奈特。

「你沒事嗎？」聽見諾娃的聲音，奈特立刻轉過身來，其眼神滿是關懷和擔憂，跟諾娃認識那個冷酷的他截然不同。

「別、別看過來……」諾娃立刻害羞地縮起來，她不想奈特一直瞪著一絲不掛的自己。

「呃，不好意思，」奈特這才意識到問題所在，並不好意思地別過頭去。他先是用劍把纏繞諾娃手腳的鎖鏈術式解除，再脫下肩上的斗篷給她蓋著，蓋著時還貼心地幫她綁好繩結。

「『黑白』的擁有者，你怎能進到這裡的？」同一時間，波利亞理斯驚訝地爬起來。他沒說的是，堡壘裡面的黑狼守衛都很森嚴，有人通過的話一定會即時通知自己，但奈特居然可以越過幾層機關，直接衝上來，為甚麼黑狼們都沒傳來通知，但在外面的黑狼卻能清楚傳來愛德華的行蹤？

「叫我奈特，你這個只認劍不認人的變態，」奈特擋在從石桌上下來的諾娃身前，並用「黑白」指著波利亞理斯，冷冷說道。「你當真以為自己的黑狼很可靠嗎？」

「你把牠們全都殺掉了嗎？」波利亞理斯十分驚訝。「沒可能的，那些黑狼可是我最精心調製的守衛，不會被術士精神力左右，能夠獨立行動，而且數量有近二十隻，你沒可能全身而退的！」

「精心嗎？哼，那麼你可能要再上調一下那些守衛的能力了。在這把劍下，牠們都很弱，一兩刀便能解決……不過你也沒有機會再調整吧。」奈特站姿毫不動搖，他把劍指得更近，並冷冷地嘲笑波利亞理斯。

諾娃偷偷從後打量奈特，赫然發現其衣物有些被撕破的痕跡，可能是在戰鬥途中被黑狼咬傷而留下的吧。

他為甚麼要冒著受傷的風險來救自己？她想不明白。

「這黑煙！難道是『黑白』把我的起源術式複製了嗎？果然『黑白』的能力是『複製』嗎……」看著越戰接近自己胸前的鋒利劍尖，波利亞理斯沒有被奈特的質疑嚇倒，反而留意起「黑白」劍身上的黑煙。他頓時雙眼發亮地研究起來，好像澈底忘了自己正處於生死攸關的事。「交給我研究吧，不，我一定要把它拿到手！」

「還是一樣嗎。」奈特一聽，只是輕輕搖頭，並呢喃。

「甚麼？」波利亞理斯聽不明白。

奈特深了一口呼吸，再狠狠地宣告：「你跟我聽好了，無論是『虛空』或『黑白』，我都不會交

「路德大哥，你在看甚麼書？」

某個風和日麗的下午，八歲的路易斯走到路德維希的房間找人，看見路德維希正坐在書房的沙發上看書，便立刻湊上去問。

「是齊格飛家的歷史書，小路易感興趣嗎？」

披著斗篷的路德維希從書中抬起頭來，溫柔地回答弟弟的疑問。溫煦的陽光從他身後的窗戶灑進房間，照得路德維希的一頭金髮閃閃發光，亮眼耀目。

「嗯……歷史，有點悶呢，」路易斯皺起眉頭，歷史從來都不是他擅長的科目。他走到路德維希身旁，跪在地上，一臉天真地問：

「可以講一些書中的故事給我聽嗎？」

「喂，你別阻礙大哥讀書！」坐在一旁的羅倫斯急忙阻止。

「那我就是想聽啊！」路易斯氣呼呼轉頭望看羅倫斯，但回頭時臉上已換上真誠的笑容。他把雙手放在路德維希的大腿上，用撒嬌的語氣請求：

「路德大哥，可以嗎？」

「當然可以，你想聽甚麼故事？」路德維希爽快答應，他從來都不會回絕路易斯的要求。

「喂，你！」羅倫斯登時一氣，抱著胸，狠狠瞪著路易斯。

「不要緊的，羅倫，你也可以一起聽啊。」路德維希向羅倫斯輕輕搖頭，示意他真的不介意。「你們想聽甚麼故事？」

「莎法利曼統一龍族的故事！」路易斯立刻高興地提議。

「那麼羅倫呢？」路德維希轉頭問。

「你真的打算問我的……真有你的，」羅倫斯無奈地嘆了口氣。他怎麼看也不像是想聽故事，但路德維希還要問他，不知該說他少根筋，還是照顧周到。

「沒所謂，就順小路易的意吧。」

那天的下午，結果就在路德維希的朗讀中渡過。

平日聽歷史故事不足十五分鐘便會睡著的路易斯，當天居然聽了兩小時仍樂此不疲。要不是路德維希因爲疲倦而要回房休息，

他大概會纏著大哥，要他再多朗讀個三小時。

之後，路易斯不時都會請路德維希講故事，就算他已經十三歲了，還是會像個小孩子一樣向路德維希撒嬌。

而每次路德維希講故事時，羅倫斯也一定會出現。

他們珍重的，不是故事本身，而是與路德維希共渡的時間。

SWORD CHRONICLE
劍舞輪迴

Author: Setsuna
FB: facebook.com/swordchronicle
Illustration: 羊尾柑香茶
FB: facebook.com/YoumiCitrusTea

給你！」

「說得『虛空』好像是你的東西似的，明明就是我的！」一聽奈特連「虛空」也要帶走，波利亞理斯立刻發怒。

「再說下去也沒甚麼意義了，閉嘴吧！」不想再跟波利亞理斯在嘴上糾纏，奈特舉起「黑白」，往手無寸鐵的前者斬去——

「黑白」被停在半空，奈特向下望去，發現有一把灰黑色的短劍在白劍下方橫架，擋住劍路。

「終於拿出來了嗎，『烏霧』！」奈特立刻說出劍的名字，似乎早就預料到波利亞理斯會拿它出來，擋下自己的攻擊。

「烏霧」劍如其名，劍身呈灰黑色，比「黑白」短約三分之一，上面除了有一條血溝，也刻有三個術式符號，分別代表「分散」、「擴散」和「凝結」。劍柄的旁邊有一個幼細的金屬護手，而劍柄末端為一顆銀球，上面同樣刻有術式符號，為「流動」、「變換」、「擴散」、「分散」、「凝結」和「集中」。

這是波利亞理斯作為舞者被承認的佩劍。剛才他一直不拿出來，奈特已經猜到有內情，果然是想等到奈特主動出手時才出其不意地拿出，想殺個措手不及。

「你還記得它的名字呢！」波利亞理斯俐落地抽劍再刺向奈特左臉頰，但後者先是往側避開，再用「黑白」擋下緊接而來的第二次刺擊。

「諾娃，快走！快逃到外面！」擋下攻擊的同時，奈特向後方的諾娃大喊。諾娃先是怔住，很快便理解到意思，立刻拔腿往後方的出口跑去。

「以為這樣便能逃嗎？『Leq』（凝結）。」奮力想揮開「黑白」的同時，波利亞理斯唸出一句咒語，諾娃走到出口時被一道無形的牆擋住，就算她動用自己作為劍鞘的無效化能力，也無補於事。

「切，是凝結空間的起源術式嗎？」奈特一瞬間便猜出波利亞理斯咒語的功效。他往前又是揮斬又是前刺，但都被波利亞理斯敏捷地避開。

「你怎會知道的？但不要緊，反正都塵埃落定了。」波利亞理斯沒想到眼前的小子居然那麼快便猜到自己的手段，結合他剛才的言行，似乎他對自己有所認識。但他清楚記得自己未曾與這人有任何交集，有可能是以前在學院執教時遇過的學生嗎？不，這人看起來只有大概二十歲，我在幾年前已經離開學院，若是在學院遇上，當時的他必然是個小孩，而我可沒有遇過這樣的人。

思索期間一時走神，波利亞理斯的右肩被奈特劃下一刀。他立刻反射性地刺向奈特左肩，被他避開之餘還被補上一拳，被打到牆上。

「明明左眼看不見，身手卻仍很敏銳呢，該不會是看得見但故意遮住的吧？」波利亞理斯爬起來時嘗試猜測。

「這條問題的答案，你自己應該最清楚吧。」奈特左手一摸眼罩，眼神看起來像是想起些往事。他很快收起表情，但這一切都被波利亞理斯看在眼內，令他心裡的疑惑倍增。

不給波利亞理斯問下去的機會，奈特立刻往前揮下一刀，波利亞理斯勉強用「烏霧」擋下，同時口中唸唸有詞：「『Ral』（擴散）。」

「糟糕！」

劍身上的其中一個術式符號突然發光，整個空間頓時被黑煙籠罩，失去光芒。

「諾娃！你在哪裡？」奈特立刻察覺到危機，沒法用肉眼確認位置，只能急忙呼叫。
「我在這裡！」沒過兩秒，他感覺到有人貼在自己身後，正是諾娃。
「別離開我身邊！」
波利亞理斯藏身於黑暗之中，不見蹤影。奈特集中所有感官的感應，舉劍防禦。未幾，他往左踏並一揮，「鏘」一聲，趕及擋下「烏霧」的側斬。
奈特立刻往同一方向揮斬，一些黑煙被斬開，迎來一點光明，但光明很快又被新的黑煙蓋去。他只能退居防守，等待波利亞理斯再次現身。
波利亞理斯藉著黑煙的優勢，時而出現，時而消失，不停地刺向奈特的左右兩邊，每次攻擊失敗便立刻躲回黑煙中，以此磨滅奈特的體力和耐性。奈特和諾娃不是沒試過消除黑煙，但術式在起源術式面前沒有用處，而「黑白」劍上的黑焰也只能在術式和劍互相接觸時抵消術式。因此他只能被動地防守，同時還要護著諾娃，形勢相當不利。
波利亞理斯潛藏一會後，現身往前斬向奈特，奈特快速把劍橫架，再一次擋下「烏霧」。為了不給波利亞理斯逃脫的機會，奈特在架劍的同時轉向前刺，快速刺中波利亞理斯的臉孔——
這時，後方突然傳來殺氣。奈特急忙轉身架擋，但可惜遲了一步，左肩被狠狠劃下一刀。
「哼，我都差點忘了，你這把『烏霧』並沒有實體，只要有黑煙便可以成形。」奈特苦笑的同時掩著傷口後退。
「你是怎樣知道那麼多的？」藏回煙裡的波利亞理斯問道。從奈特的語氣，他似是知道剛才斬中他的是另一把由黑煙形成的「烏霧」。這人居然知道理應無人知道的「烏霧」真面目，實在可疑。

「誰知道呢，大概是經驗吧。」回應的同時，幾把「烏霧」逐一飛向奈特。奈特俐落地原地轉步，悉數擊開灰劍。擊開最後一劍後他立刻向右前方一斬，衣服被劍劃破的聲音傳出，奈特清楚感覺到「黑白」有斬進皮膚。正當他要上前追擊時，身後突然傳來諾娃的尖叫聲。

「諾娃！」奈特急忙轉身，一劍斬開纏住諾娃頸項的黑煙。他正要往前追斬時，腰側突然傳來一陣麻痺，是從後飛插而來的「烏霧」。

「反抗是沒用的，快把少女交給我吧。」波利亞理斯的柔和勸告如同嘲笑。

「你想得美！」奈特立刻回頭往前削斬，但可惜又撲了個空。他接連向左前方使出幾次刺擊，見時機成熟，他立刻收劍，改往右前方一刺——

就在這時，「烏霧」突然從左側飛來，刺穿他的手腕。奈特忍痛繼續上前，沒想到另一把「烏霧」此刻從右邊插來，同樣正中手腕。衝擊力和劇烈痛楚令奈特一時鬆手，不慎把「黑白」掉到地上。

「可惡！」奈特跪坐到地上，用仍然健全的左手摸索「黑白」。明明「黑白」是掉落在身旁的，但不論他如何四處觸摸，都沒法摸到像是「黑白」的物體。

「連『黑白』也送上了，真是乖巧的少年，」波利亞理斯冷笑。「怎樣，你現在還可以做甚麼？」

「切！」「烏霧」再一次刺向奈特，但被他「鏘」一聲擊開。波利亞理斯一看，只見奈特的左手上多了一把匕首。奈特毫不猶疑站起來，彷彿感應到波利亞理斯的位置，兇狠地往前就是一斬。

「很聰明呢，居然還藏著別的武器，」波利亞理斯橫架接下攻擊。

「多虧了你呢！」奈特把灰劍壓下後把匕首交至已經沒事的右手，並飛快往前刺。波利亞理斯一時不慎，頭側被劃下一刀。奈特乘勝追擊，擊開「烏霧」的兩次斬擊後便往波利亞理斯的胸口刺去，但在最後一刻被黑煙攔下。

「可惜，這把普通的匕首，在黑煙面前不會有勝算，」波利亞理斯一笑。「『Eod』（消散）。」

劍身的另一個術式符號發光，匕首登時整把化為灰燼，在黑煙中消散。

奈特大吃一驚，沒想到「消散」的起源術式居然可以把整把匕首滅去。他急忙出拳，但被波利亞理斯捷足先登，被他踢倒在地上。

「這樣一來，少女便歸我了。」波利亞理斯爽快地仰天大笑。

話音一落，一道黑煙頓時在諾娃的腳邊出現，纏上她的四肢。

「唔……」黑煙再一次緊緊綁住諾娃的頸項，似是要把她吞到黑煙當中。

「諾娃！」奈特吃痛地爬起來，看見諾娃正努力動用無效化的能力中和黑煙，但效果不怎麼明顯。他忍不住怒吼：「停手，你這個混蛋！」

「放棄掙扎吧，你再無法改變甚麼。」波利亞理斯只是冷笑。

「可惡！」奈特心裡滿是不甘。幾經辛苦，算盡方法找到這裡，居然還是差一步嗎？波利亞理斯快要得到「虛空」，但他失去了身上所有武器，等同手無寸鐵。

真的沒有辦法改變現況了嗎？

不，還有一個方法。

奈特的腦海登時冒出一個想法。

但這個方法萬萬不可用！我不是告訴過自己許多遍了嗎？

他望向諾娃，她仍然努力地與黑煙對抗，但煙霧已經覆蓋她的大半身，看來被完全吞併只是時間的問題。

我來這裡，是為了救她。既然現在只剩下一個辦法，那麼唯有放手一搏。

不可再猶疑，猶疑只會令自己失去一切。

奈特爬到諾娃身邊，定睛看著她，深了一口呼吸。

「對不起，原諒我。」

未等諾娃反應過來，他便閉上眼，往其嘴上一吻。

「甚……！」

諾娃雙眼睜大，對眼前發生的一切不敢置信。而令她更驚訝的是，奈特居然在吻的同時伸手進她的體內，把「虛空」取了出來。

「這、你！你也知道取出的方法嗎？不，你到底是怎樣做到的！」看見自己一直取不出來的「虛空」居然輕易地被這少年拿出來，波利亞理斯氣得話不能連貫，不停重複地質問。

奈特沒有回應，只是立刻站起來並往前一斬，纏住諾娃頸項的黑煙登時消失。

「這到底……」在他背後，諾娃驚訝地喃喃自語。

奈特回頭看了她一眼，露出抱歉的神色，小聲說：「我待會再跟你解釋。」

「只是取出了『虛空』而已，我再奪去就是！」波利亞理斯變得歇斯底里：「既然是我解開封印的，就該歸我！」

「還是像個小孩子一樣，得不到就在那裡發洩！」奈特回駁。他再往前揮了兩刀，把黑煙打散的同時，還把藏身在煙中的波利亞理斯打倒在地。

「甚麼『還是』……說得很懂我的事一樣！明明是猜測，就別不懂裝懂！」就算沒有了黑煙的遮掩，波利亞理斯仍不打算放棄。他拾起「烏霧」，吃痛地爬起來，上前斬向奈特，卻被後者輕易擋下。

相互糾纏之時，就算奈特不停把劍壓下，自己漸漸處於劣勢，波利亞理斯仍然忍不住把目光投到「虛空」上，要用盡所得時間仔細打量這把自己夢寐以求多年的劍。於他，「虛空」劍身上的漆黑如同知識睿智之光，他就差一步，一步而已，便能到達奧秘之根的門前。

他的人生就是為了到達神的奧秘，解開神的本質而活，所以就算賭上這身體，也一定要把「虛空」奪過來！

波利亞理斯把劍向上一滑解開糾纏，再往左捲劍，要刺向奈特的左眼，但在要刺中之時，他的劍被用左手握著的「虛空」壓至反手向下，而奈特則趁此機會反手一刺，刺穿波利亞理斯的右腰側。

「S……『Sya』……嗯！」波利亞理斯在用「治療」的起源術式為自己止血之際，奈特乘勝追擊，從左上向下側斬，彎著腰捂著傷口的波利亞理斯閃避不及，不慎被斬傷左眼，眼鏡也被揮到地上。

「居然乘勢偷襲，這、還算是劍士嗎？」波利亞理斯跌坐在地上，虛弱地質問，但同時他的手沒有放開「烏霧」。

「我可不想被你說呢，活該，」奈特往前一踏，踏碎眼鏡。看著眼前滿身血污的波利亞理斯，他的心裡很是爽快。「你終於也有今天了。」

終於？波利亞理斯這時驚覺，從剛才開始奈特就不時會用一些過去式用詞。他好像見過自己，也知悉明明只有自己一人才知道的「烏霧」祕密。另外，雖然波利亞理斯心裡不服，但他得承認應該只有與「虛空」簽下契約的那小偷才有能力取出劍，但眼前這少年居然能夠做到同樣的事。

看見自己的左眼被斬時，眼前少年的神情是報復成功的喜悅。自己未曾遇過他，又怎會傷到其眼睛？

慢著，剛才問他為何知道「烏霧」祕密時，他說是「經驗」。問及左眼時，他回答我，說我應該最清楚。

經驗……舞者……祭典……

不停的失血反而刺激其思考，波利亞理斯在腦海迅速把所有拼圖連結在一起，並得出一個異想天開的推斷。

不會吧？不會吧！

「哈哈哈哈！沒想到，沒想到！」得到結論的喜悅刺激波利亞理斯立刻像是毫髮未傷般站起來，一邊大笑，一邊不停地向奈特揮舞著劍。「原來你也是跟神的奧秘有關的人啊！」

「那又怎樣？」奈特接下波利亞理斯的劍，並往一邊壓去，但後者在壓下時抽劍前刺。他先是往側避開，再從下往上側揮斬，割傷波利亞理斯的左手臂。

「我真是愚蠢，原來不需要找到『虛空』，找到你就可以了！」傷口疼痛非常，體力已所剩無幾，但波利亞理斯依然眼神閃亮，十分興奮。他擠出僅餘的精神力召喚出黑狼，要擋住奈特的腳步，但被後者一一以「虛空」掃清。

「怎樣了，『再次』看到我，一切美妙嗎？」與「虛空」糾纏同時，波利亞理斯睜大雙眼，神色瘋狂地問。生命於他已不再重要，他此刻想要的，是答案。

「糟糕極了！」波利亞理斯再次往前斬來。伴隨著瞬間冒起的憤怒，奈特大力從下擊開灰劍。

「所以去死吧！」

咒罵的同時，他往後抽劍，再向前一踏，一刀刺穿波利亞理斯的胸口。

「啊！」波利亞理斯頓時尖叫。

奈特冷眼一盯，並大力拔劍。波利亞理斯掩著胸口的大洞無力地後退，沒過幾步便撞到牆上，依偎著牆邊，緩緩滑落到地上。

「你到底是為了甚麼原因，而做這一切……」波利亞理斯全身都是血，但他仍然咬緊牙關，要從奈特身上得到答案。

「我只是為了守護最重要的事物而已，你這個只將雙眼放在虛無縹緲目標上的人是不會理解的。」奈特用「虛空」的劍尖抬起波利亞理斯的頭，冷冷地藐視著他。

「哼，你的不也是虛無……」

未等他說完，奈特一刀劃下波利亞理斯的頸項，結束其性命。

「『刻骨銘心的懲罰』……算是還給你了。」

看著這副逐漸冰冷的屍體，奈特喘氣連連，他心裡既有歡喜，也有空虛。歡喜和空虛同出於報復成功一事，只是前者更多是來自終於達成一事的心情，而後者則來自擔憂以後的路該怎樣走。

他在之前並沒打算在這場戰鬥用上「虛空」，本來預計用「黑白」便已經足夠。現在用了「虛空」，誓必對定好的計畫有重大影響，甚至有可能會導致失敗。要是失敗了，一切都會歸於虛無。

縱使如此，還要繼續嗎？

低頭望向手上滿是血污的「虛空」，奈特嘆了一口氣。

還未結束，為了那個誓言，他必須不惜一切，走到最後。

5

在堡壘外，正當愛德華要逐一殺死那些沒死在奈特劍下的黑狼，並打算闖進堡壘之際，所有黑狼居然在同一時間悉數化為黑煙消失。

「甚……」他驚訝地回頭一看，發現圍在夏絲妲身邊的黑狼也同樣消失了，她也略為驚訝地望向愛德華。

黑煙不再重生，難道是術式之主——波利亞理斯發生了甚麼事嗎？

正當他打算衝進堡壘時，裡面的樓梯傳來一些腳步聲。越來越近的腳步聲令他打住腳步，並架起劍防禦。當他感覺到人的氣息，正要上前攻擊時，沒想到走出來的居然是奈特和諾娃。

「諾娃！」愛德華頓時收起緊繃的神情，立刻衝上前，激動地叫著諾娃的名字。「你沒事嗎？」諾娃只是輕輕搖頭。愛德華看她的樣子有點疲憊，但全身都無大傷，只是……

「你對她做了些甚麼？」見諾娃一絲不掛，身上又披著奈特的斗篷，愛德華不禁質問，又立刻把諾娃拉離奈特。

「不是我，是那個變態老頭做的。」奈特沒好氣地解釋。他的臉色有點蒼白，襯衫上都有大小割痕，還有不少血跡，但皮膚都是光滑的。「我幫你把『虛空』救出來，你就不懂說聲道謝的嗎？」

「誰拜託過你了？而且剛才是你自己拋下一句不明不白的話便獨自離去了吧？」激動地反駁過後，愛德華立刻脫下自己的外套給諾娃蓋著，細心地幫她扣上鈕扣，並把斗篷脫下來，單手揪著交還。

奈特沒有繼續跟愛德華吵下去，只是把「黑白」插在草上，再默默接過斗篷並穿好。

「奈特！」就在奈特綁好斗篷繩結的那一刻，莫諾黑瓏呼喚的聲音便從後傳來。眾人——包括不久前跑來會合的夏絲妲回頭一看，只見黑白髮少女從堡壘後方輕鬆地跑過來。她手上甚麼都沒有，那把黑色長劍也不知所蹤。

「你一直待在那裡？黑狼沒有攻擊你嗎？」奈特大致掃視，見莫諾黑瓏身上沒有傷口，但還是關切地問。

「沒事，我一直躲在後面，那裡沒有黑狼。」莫諾黑瓏微笑著搖頭，彷彿甚麼事都沒有發生一樣。她看到奈特身上的慘狀後，語氣頓時改變：「你……還好嗎？這些傷都是那個老頭弄的嗎？居然敢傷害你，我要你不得安寧……」

「都沒事了，我只是有點累而已，」見莫諾黑瓏一副要去找波利亞理斯的屍體算賬的模樣，奈特叫住了她，讓她安穩下來。

既然共同的敵人已經被除去，那麼剩下的，就是各人之間的爭鬥了。明白此點的愛德華立刻護在諾娃身前，雖然沒有架劍，但眼神和氣息都儼然一副準備幹架的樣子。夏絲妲雖然悠然地站著，但她的視線沒有離開過奈特的右手，只要他一舉劍，便會立刻把自己手上的匕首擲出。

「既然波利亞理斯已經死去，那麼暫時的合作關係也就結束，」打破這僵硬氣氛的，是奈特。他把「黑白」交還給莫諾黑瓏，後者立刻識趣地把劍收回到身體裡。收好劍後，他俯望山坡下，見愛德華的馬車已在那裡等候，便提議：「我們就在此分別吧。」

「不跟我們一同回去嗎？」夏絲妲問，她想藉機試探奈特的目的。

「不了，我們還有別的地方要去，所以在這裡分道揚鑣吧，」說完，奈特向莫諾黑瓏打了個眼色，後者識趣地沒有作聲，安靜地跟著奈特的腳步離去。走了幾步路後，奈特回頭，留下一句：「祝你回程時不會又被別的舞者襲擊。」

「你一定會再來的吧？為了『虛空』。」愛德華問。

「誰知道呢？」奈特似答非答地回應。「既然我們是舞者，那麼終有一日會再見面的，就看到時你是否還活著了。」

不給愛德華回應的機會，奈特說完後便轉身離去了，只是他在轉身前的一刻，和諾娃交換了一個眼神。

看著離去的奈特，諾娃心情很是複雜。

她記起不久前解決波利亞理斯後，奈特立刻把「虛空」交還。她以為他會把自己擄到哪裡去，但他沒有，只是對自己道歉，解釋取劍一事是「危急時期的非常手段」。

他請求諾娃不要把自己取劍的事，以至和波利亞理斯的對話告訴愛德華。諾娃嘗試問過理由，但奈特沒有明確解釋，只是說不想讓愛德華誤會，還順便表示波利亞理斯說過的話都是胡說，著她別被誤導。

諾娃依照奈特的說話做了，因為她也不知道該如何向愛德華解釋。

剛才被取出「虛空」時，無論是從體內，或是嘴唇傳來的觸感，諾娃都覺得十分熟悉。「虛空」理應只能被契約者取出，但身為「黑白」契約者的奈特，會否有甚麼特殊方法令自己的身體錯判此人為契約者，並允許他取劍？

這個問題她沒法得知答案。

奈特在愛德華面前稱呼自己為「虛空」，但又在波利亞理斯喚出「諾娃」的名字。結合他和波利亞理斯那些看似牛頭不搭馬嘴卻又好像有條理的對話，諾娃的腦袋越來越亂，滿腦的思緒無法組織成語言，只能編織出一個疑問——

奈特，你到底是誰？

第十八迴－Achtzehn－

承諾－PROMISE－

1

「路德大哥，這麼晚還在這裡吹風嗎？」

某一個夏天的晚上，弦月在天高掛，地上輕風陣陣，沒有炎熱，反而有種入秋的清涼感。羅倫斯一個人在家裡的庭園散步，走著走著，看到不遠處的向日葵花園裡有個人影。他走上前查看，發現那人居然是自己的哥哥路德維希。他正半跪在花叢中，與盛開的向日葵們面對面對視著。

「嗯，」聽見弟弟的聲音，路德維希緩緩轉過頭來。月光輕輕灑在他的短髮上，在淡金色上蓋上一層薄薄的銀白，看起來閃亮又高雅，但月光的銀白也令他的膚色看起來更蒼白。在樂天又茁壯的向日葵之中，披著一件厚斗篷的路德維希顯得高貴卻柔弱，看見此景，羅倫斯心裡不禁略為感到憂傷。

「前陣子才剛病癒，這樣對身體不好吧？」羅倫斯擔憂地問。上星期，路德維希因為肺炎而臥病在床，這兩天才病好。今晚天氣比較涼，他心怕大哥會否不小心再著涼而病倒。

「沒事……咳咳！」路德維希笑著站起來時，一陣風吹過，他忍不住掩嘴咳了兩聲，樣子好像有點辛苦。

「瞧，我就說了……」羅倫斯擔心得立刻走上前，想伸手扶著在風中彷彿弱不禁風的哥哥。

但路德維希只是輕輕搖頭，回絕了羅倫斯的好意。他站正身子，露出微笑，想令羅倫斯放心：「只是喉嚨有點癢而已，別太擔心。」

「但是……」羅倫斯不是沒看過，不，他看得太多次了，大哥在病好之後立刻因為另一個病而倒下。他甚至看過路德維希只因為咳得比較用力而促發心臟病，差點踏進鬼門關，這些經歷令他很容易焦慮。每次見到路德維希穿得比較薄涼，或者咳嗽打噴嚏，羅倫斯都會立刻請大哥回房間休息，令路德維希常常說他像一介母親一樣囉唆。

「難得今天天氣不錯，就讓我任性一下吧。」路德維希笑著說。說完，他拉緊斗篷，仰望夜空，靜心享受晚風的吹拂。

也是，難得大哥今天能起來走動，就應該讓他好好享受一下，羅倫斯見路德維希那麼享受，便沒有說再甚麼。

畢竟，誰知道還剩下多少時間。

「大哥今晚出來散步，就是為了看向日葵？」安靜了一會後，羅倫斯問。

「嗯，」路德維希點頭。「一星期沒打理，有點掛念它們了。」

向日葵是路德維希最喜歡的花朵，而二人身處的這個向日葵花園正是他有份打理的——雖然他能做的只是澆水等簡單工作。

「夜晚看向日葵有甚麼好看的？又沒有陽光。」羅倫斯不解地問。失去陽光的照耀，向日葵彷彿都失去了色彩，但它們還是向東方張開形同太陽的花蕾，像是呆等著甚麼，這個景象在他眼中看起來很蠢。

「我覺得晚上的它們都很美啊，」但路德維希並不這樣認為。「它們都朝著東方看，看起來像是等待著明天的晨曦來臨。」

路德維希的樂天總是令羅倫斯佩服，但同時他沒法完全理解大哥為何可以如此樂觀。明明他的經歷比很多人更慘。

路德維希轉過身去，在花園一旁的長椅上坐下，並揮手叫羅倫斯坐在他的旁邊。

「跟父親吵架了嗎？」羅倫斯甫坐下，路德維希便問。

羅倫斯先是怔住，過了一會才鬼祟地點頭，並問：「為甚麼你每一次都能猜中？」

「我是哥哥，當然能看清弟弟的一舉一動啊。一同相處了十六年，我會不知道你在想甚麼嗎？」

路德維希只是輕輕一笑。

「但為甚麼？」羅倫斯一直對此很好奇，他今天決定要問出答案。

「你啊，本身並不喜歡黑夜，小時候怕黑到不得了，更不要說晚上會走到花園去，但唯獨是跟父親吵架後便一定會到花園散心。我猜，你在找到我之前，應該已經踢了幾棵樹洩憤吧？」路德維希清楚地把羅倫斯的習慣都說出來，說完還拋以溫柔一笑，彷彿在問「我沒猜錯吧？」

「這……」被大哥一言道出自己小時候怕黑的醜事，羅倫斯一時間臉頰漫漫的，不知道該如何反應，但他很快想出反駁的內容：「但為甚麼我在夜晚到花園裡，就一定是因為跟那個人吵架了？」

他要嘗試挑戰路德維希的猜測。

「你在一天裡能夠跟父親碰面的時間只有晚飯時間，所以要吵架，一定是在這段時間吧。」路德維希毫不思索，立刻回答。

「果然甚麼都逃不出你的雙眼啊……」羅倫斯聽畢，再沒有反駁。他認輸了，因為路德維希說的全部正確。

他心裡再一次對路德維希感到佩服——這份感覺大概是第一萬次，甚至是第十萬次萌生了。在羅倫斯眼中，路德維希無所不能，他甚麼都懂，而且性格穩重又溫柔，羅倫斯無時無刻都對他感到佩服。如果請他說出一位世上最偉大的人的名字，他一定毫不猶疑地把路德維希的名字報上。

「那麼，可以告訴我發生了甚麼事嗎？」路德維希嘗試問。

「唉……」經路德維希一說，羅倫斯回想起吵架的內容，好不容易熄滅的怒火又再慢慢燃燒起來。「這個家真的不行了！再留在這裡就只會腐爛下去！」

羅倫斯和歌蘭的吵架，基本上離不開歌蘭無中生有地批評羅倫斯的一些行為舉止，而後者不服。歌蘭長年因為血統問題而看不順羅倫斯，而羅倫斯則反對父親無視自己的原因，兩者之間產生的磨擦，令二人每次看見對方時就像看見死對頭一樣，很容易便會吵起來。

今天他們也是因為類似的原因吵起來。歌蘭在晚飯期間誇讚起路易斯的功課分數，訓示他要成為適職的齊格飛家繼承人，別像羅倫斯一樣。羅倫斯不滿歌蘭拿自己當反面教材，加上與歌蘭爭論的過程中，歌蘭說了句「外人沒資格在這張飯桌上發言」，令羅倫斯更為火大，結果像平時一樣吵了一場大架，最後又是以二人不歡而散結束。

「父親也有自己的難處的，你嘗試明白一下吧，」路德維希聽畢，笑容慢慢垂了下去。「而且也是我不好，身子一直不聽話，讓你和路易斯辛苦了。」

「不是這樣的！」見自己尊敬的大哥落寞地道歉，羅倫斯立刻焦急地反駁，他的大哥可沒有甚麼錯！為了使路德維希開心，羅倫斯補上一句：「我才沒有辛苦！」

路德維希轉過頭來，看見的是不停地揮著手，掛著一副笨拙臉容的羅倫斯。被逗趣的他輕輕一笑，但沒有回話。

「對了，你快要生日，有甚麼生日願望嗎？」不想話題停留在這裡，路德維希換上一副笑容，轉換話題。

「不許願了，反正都不會實現的。」羅倫斯似是未完全下氣，說的時候還是有點氣呼呼。

「說出來吧，也許會有實現的機會呢。」路德維希沒有被羅倫斯的態度嚇退，溫柔地引導他。

「如果這個家不存在便好了……」羅倫斯想了想，下意識地說出自己心裡的願望。說完，他才發現自己說了些甚麼可怕的話，連忙澄清：「呃，我不是不喜歡大哥和路易斯！只是……不想待在這裡而已。」

「嗯，我明白的，」路德維希垂下頭。他向羅倫斯露出一個微笑，沒有再說甚麼。

「那麼路德大哥呢？你的願望呢？」羅倫斯問。

「嗯……大部分的東西我都得到了，一時間想不出呢。」路德維希歪頭想了想，完全想不出。

羅倫斯笑了笑。的確，大哥能文能武，又是歌蘭極為寵愛的家中長子，想要甚麼便能得到甚麼。

除了一件事。

「那麼……活下去呢？」羅倫斯想了想，小心翼翼地問。

他很記得，當時路德維希只是略為憂傷地看著他，沒有回應。

「羅倫，我可以拜託你幫我完成一件事嗎？」

「替我看看外面的世界，不要困在這裡，去看更多。」

「我一直都很想到外面去，但現在沒有辦法了，可以拜託你，替我看那些未曾見過的事物嗎？」

站在路德維希的房間外，注視著房間，往日的回憶一一浮現在羅倫斯腦中。

房間的裝潢跟路德維希生前居住時一模一樣，家具仍在一樣的位置，上面一塵不染，床上甚至還有被鋪，給人一種房間主人仍然活著，只是暫時離開的錯覺。床頭櫃的花瓶上插著一朵向日葵，羅倫斯看著它，心裡百感交集。

他回想起多年前第一次詢問路德維希願望的過去，也記起路德維希臨終前在病榻上將願望託付給他的事。他遵照路德維希的遺願到外面闖蕩，五年過去，他在外面的世界看到很多，充分明白以前那個將繼承權和別人目光放在第一位的自己到底有多無知。但這刻他覺得，自己明白這些事又有甚麼用，可以分享這些事的人已經不在。

最應該活著的人已經離去，但無能又無知的自己卻仍然活著。

「羅倫，還有一件事，可以拜託你嗎？」

腦袋裡再次響起路德維希的聲音，羅倫斯想起大哥臨終前的另一個託付。路德維希那副呼吸困難，但仍要努力吐氣說出每一隻字的模樣歷歷在目。

當時，託付完後，路德維希便掛著安心的微笑撒手人寰。再次回想起這段記憶，羅倫斯握緊拳頭，心裡既是悲傷，又是遲疑。

「你可以看顧路易斯嗎？」

羅倫斯為了這個約定，而回到這個恨之入骨的家，但他仍未清楚，自己是否能夠履行和大哥最後的約定。

為了最愛的大哥，他願意做任何事，只是這個託付需要他跨越心裡的一道大牆，而他仍未準備好。

2

站在歌蘭的書房裡，路易斯雖然腰板挺直，但眼神卻是閃縮。

訂婚典禮已過去幾天。布倫希爾德在舞會後翌日早上已經啟程回去安凡琳，有一些賓客因為想趁機參觀威芬娜海姆，或是他們是歌蘭的舊識，有事想跟他相討，因此多留了一天，結果直到今早所有賓客們才全部離去。而歌蘭就在午飯時間後，把路易斯傳喚到書房去。

就算歌蘭的男僕不說，路易斯早就猜到歌蘭要找自己的原因，不，打從訂婚舞會當晚，他喝下那杯準備給布倫希爾德的毒酒的一瞬間，便預計到父親會為此興師問罪。他一直在等這一刻的來臨，在今早送走最後一位賓客時，就知道時間差不多了，而事情果真如他所料。他現在就站在書房裡，等候歌蘭發落。

雖然路易斯在喝下酒時下定了「自己的事自己決定，後果之後再算」的決心，而且在這幾天已經想好歌蘭責備時該反駁的理據，也曾多番在心裡說服自己沒甚麼應該害怕的，但面對面站在歌蘭面前，直接面對那淩人的氣勢，他還是有點心虛。

「知道我為甚麼叫你來嗎？」

路易斯進到書房後，歌蘭一直沒有作聲，只是讀著手上的《伯寧頓記事》，任由兒子罰站在自己面前。就這樣過了十五分鐘，歌蘭終於合上書本，瞪著路易斯，要他自己說出被叫來的原因。

「知道。」路易斯本來打算連原因也說出來的，但他心情未準備好，所以只是簡單地回答。

「是甚麼理由？」歌蘭用手托著下巴，追問道。

「訂婚舞會上的事。」路易斯說時眼神微微閃開，不敢直視歌蘭。

「你是沒有自知之明，還是不懂得自己做了甚麼嗎？」見路易斯一直不肯直接承認自己的過錯，歌蘭發怒了，還憤怒得拍了一下木桌。「要為父告訴你才懂嗎？」

「不……兒子懂得。我在訂婚舞會上把應該要給安凡琳女公爵的酒喝掉了。」見歌蘭不耐煩，路易斯不再拖時間了，一下子把事情簡潔地和盤托出。

「呵，你倒是知道的，」歌蘭嘲諷地一笑，配合他低沉的聲線，令人更加害怕。他質問：「之前你答應過我甚麼的？難道在看到那隻精靈之後把一切都忘了？」

「不、不是的！」見歌蘭的怒氣越來越大，路易斯立刻澄清，並說出準備好的理由：「當天我見安凡琳女公爵好像對酒的成份存疑，覺得在當時下手有機會失敗，所以便臨時改變行動，就這樣而已，父親請別誤會。」

歌蘭投以一副不信任的眼神，問道：「是嗎？但我見你喝完酒之後樣子挺開心的？」

路易斯一驚，沒想到歌蘭居然看得那麼仔細。他急中生智，冷靜地搬出一個理由：「那只是裝出來給安凡琳女公爵看的。」

「那麼之後呢？在她走之前找不到下手的機會嗎？」但歌蘭顯然不打算就此便被說服。「用不到酒，那就用別的！直接殺掉也沒關係！你想不到的嗎？」

歌蘭怒不可遏，連直接殺掉這種話也衝口而出。於他而言，殺掉精靈是最優先的，理由甚麼的之後再想辦法解決便可。

「呃……」路易斯被父親的激動和發言嚇倒，隔了兩秒才回過神來：「安凡琳女公爵在翌日清早便啟程離去，兒子嘗試過尋找機會的，但都失敗了，對不起。」

路易斯在之前其實有打算跟歌蘭坦白，表示覺得布倫希爾德並沒有惡意，還想表明訂婚和祭典都是自己的事，他不用再操心；但聽見歌蘭居然覺得在訂婚典禮之後立刻殺死布倫希爾德也沒有問題，似乎就算要面對全國嘩然也毫不在意後，他再次明白父親是無法說服的。

他不想說謊，但現實不由得他選擇；現在他心裡祈求歌蘭能被說服，或者能夠再給他一次機會，不要放棄自己。

「唉，」歌蘭聽畢，只是長長嘆了一口氣，沒有再說話。路易斯心裡既是焦慮又是害怕，覺得流逝的每一秒都好像跟一分鐘一樣長。

「對了，安凡琳女公爵在臨走前將自由進出安凡琳郡的權利交給了我，以後我便可以悄悄潛進安凡琳裡，將龍族的敵人解決。」見歌蘭一直不說話，路易斯十分害怕，急中生智之下，把布倫希爾德送給他的禮物告訴歌蘭，希望挽回父親的一點信心。

「是嗎，」出乎路易斯的意料之外，歌蘭對這個有用的權利沒有特別表示，反應十分平淡。「但都不要緊了。」

「這是甚麼……」不要緊？父親之前一直那麼在意，現在為甚麼說「不要緊」了？路易斯的心跳得很快，他很怕父親的下一句是「我很失望，不再需要你了」。

「除去精靈是我們要做的事，但在它之上，齊格飛一族的夙願更為重要。」歌蘭把話題轉到齊格飛一族的夙願上，路易斯稍微安心了些，但同時又有疑惑。歌蘭問：「路易斯，你記得我們的夙願是甚麼嗎？」

「記得，我們要不惜一切努力復活龍族，重奪昔日多加貢尼曼王國的榮耀。父親在兒子繼承家主地位前解釋過，兒子一直牢記於心。」雖然不明白為何歌蘭突然提起這件事，但路易斯選擇先回答再算。說的時候，他還聰明地點出自己一直記得夙願，想藉此博取歌蘭的歡心。

「沒錯，我們齊格飛家之所以會參加『八劍之祭』，就是為了實現由神龍莎法利曼交托的這個願望。為父最大的願望，就是想在有生之年見證到這個願望實現的一天，但我已經老了，等不到下一次的『八劍之祭』。」歌蘭說完，似是有點失落地嘆了一口氣。

「我、我一定能在這次『八劍之祭』達成願望的！」一看見父親落寞的神情，路易斯慌張得立刻許下承諾，努力挽留歌蘭對自己的信心。

歌蘭聽見，似是安心了些，收起了落寞的臉容，說道：「我相信你，但現在時間不多，所以要用別的方法達成一族的夙願。」

「父親的意思是……」路易斯有個直覺，覺得歌蘭接下來要說的話跟他手上的《伯寧頓記事》和桌上畫有不少圖畫的古舊手稿有關。

「莎法利曼現在仍在艾菲希爾山裡沉睡，要達成夙願，首先就要把祂喚醒。」歌蘭說。

「要喚醒神龍嗎？但那麼容易的嗎？」路易斯大吃一驚。

「不容易，所以我們的先祖才想借用神的力量。不過為父最近在書庫裡找到另一個也許可行的方法，」說完，歌蘭把《伯寧頓記事》翻到某一頁，遞給路易斯看。「當初神龍將血傳給我們的先祖，才有今天的齊格飛家。書上說，只要進行特定的儀式，祂便可以醒來。」

路易斯半信半疑地一看，書上寫著的跟歌蘭所說的一模一樣。書上寫，只要在合適的時間和地點，準備好咒語和適當的祭品後再進行一個名為「喚龍儀式」的儀式，在沉睡中的神龍會聽見子民的呼喚，並從兆億度熱的龍火中醒來。伯寧頓寫了一句備註，指這個方法是他在莎法利曼沉睡後尋遍各地術士，不停打聽，最後在一個來自東方的術士手上得來的。他未有試驗過，但想把方法留給後代。

「要準備甚麼祭品？」路易斯敏銳地留意到，喚龍儀式的重點是那個「祭品」。

「是齊格飛家族人的血。」說時，歌蘭把桌上的一份手稿推給路易斯看。「有些先祖反覆嘗試過，最後發現要在月圓之夜，將齊格飛家族人的血放到祭壇上的圖騰當中，再進行儀式，就應該可以成功。但這個儀式有一個限制，就是所用的血一定要來自家主，以及越年輕越好。」

「所以父親是想我進行這個喚龍儀式，將神龍喚醒？」路易斯終於聽出歌蘭的言外之音。

「沒錯。不用再依靠『八劍之祭』了，只要這個儀式成功，我們的願望也就達成。」歌蘭滿意地點頭。

但路易斯卻對歌蘭的決定有懷疑。他小心翼翼地問：「但喚醒神龍後，安納黎會變得如何？精靈之國呢？」

他在腦海裡得出一個景象，就是神龍醒來後，對周圍地區掀起戰爭，將整個安納黎用龍火包圍著。

這是父親想做的事嗎？

「到時應該只有多加貢尼曼王國吧，哼。」歌蘭抱著胸回應，肯定了路易斯的想法。

路易斯怔住了。要復興多加貢尼曼王國的話，這是必然的道路，但若然問及個人意願，他並沒有想跟亞洛西斯和布倫希爾德為敵的意思，更不要說把整個安納黎敵對了。他以前以為所謂的夙願是復活了莎法利曼，復興了多加貢尼曼王國便行，沒有想到更進一步的事情。他更想不到自己的父親居然想這件事儘快發生。

以前的他把一切都想得太簡單了，為甚麼現在才發現呢？少年再一次體會到自己的愚蠢。

「很快便是月圓之夜，你去準備一下身心，再進行喚龍儀式吧。」見路易斯沒有反應，歌蘭把他的沉默當成答應，便吩咐兒子準備。

路易斯立刻回過神來，努力挽留：「父親，『八劍之祭』仍未結束，不如多等一個月再決定喚龍儀式的事吧……」

與國家為敵不是他想做的事，路易斯十分清楚。但他有選擇的權利嗎？

明言拒絕的話，他和歌蘭的關係便會完全破裂。完全破裂的話，他大概會像羅倫斯一樣被無視吧，他不想落得如此下場。

他怕失去父親的愛，父親的愛和認同是支撐他存在的最重要元素。

距離祭典完結還有接近兩個月，不去傷害布倫希爾德，打倒愛德華的話也可以增加勝出祭典的機會吧？雖然很難，但唯有硬著頭皮做——

「不用，為父再等不及了，『八劍之祭』靠不住。」未等路易斯開口解釋，歌蘭一句把他打住。接著，他抓住路易斯說過的誓言，問：「你說過會盡力達成齊格飛家夙願的，對吧？別讓我再對你失望。」
路易斯的心頓時沉了下去。他為了「八劍之祭」，努力了兩個多月，現在歌蘭卻選擇用別的方法達成家族夙願，也就是說，自己徹底失去了父親的信任。
他努力改變自己，學習當一個適職的家主，又不停練劍，但到頭來在父親的眼中仍是「沒用的人」。原來根本不用在「八劍之祭」勝出，也能令家族夙願實現，那麼這些日子以來他所做的一切，到底有甚麼意義？
而且父親眼中的他，難道只是達成願望所需要的存在而已嗎？
「路易斯？」見路易斯又再愣著不動，歌蘭喚了他一聲，並再確認一次：「達成父親的願望，你可以嗎？」
拒絕的話，我將會失去一切，那麼還可以選擇嗎？路易斯很想說出口，但這一句話只能留在心中。
「好的，我會去準備。」低頭說完，未等歌蘭回應，他便離開了房間。
到頭來，我仍是一個甚麼都改變不到，父親的傀儡。
走在無人的走廊上，路易斯鼻子酸酸的，眼淚在心中打轉。

3

從路德維希的睡房離開後，羅倫斯獨自一人在威芬娜海姆城堡四處徘徊，尋找路易斯的身影。
剛才是他回到家後第一次重訪路德維希的舊房間。今早在睡夢中夢到路德維希後，羅倫斯突然有個衝動想去看看大哥的舊房間，好奇房間那個位處城堡頂樓，彷彿與世隔絕的房間是否仍被保留著，還是已經改成別的用途。看見房間的裝潢一絲不變，完整保留路德維希生前房間的模樣，連被鋪也會定時更換，他一方面為眼前熟悉的景象感傷，同時間感到不妥。

離開房間後，羅倫斯遇上彼得森——他認得這小子，在自己還未到外面流浪前，彼得森就已經被送到齊格飛家來當路易斯的隨從。一問之下，他得知下命令要求保留路德維希生前房間布置的，不是別人，正是歌蘭。

他早就猜到了。父親一直對身為長子的路德維希十分執著，明明路德維希長期患病，沒可能活得長久，更不要說繼承家族了，但歌蘭仍然沒有要改立繼承人的意思，直到路德維希死後才把繼承人一位交給路易斯。羅倫斯曾經問過歌蘭，為甚麼他那麼執著要長子繼承家族，後者的回應是這是齊格飛家的傳統，一定要由長子，還要是金髮碧眼，流有正統齊格飛家血液的人，才能繼承家族。

當時年紀還小的羅倫斯回嗆了一句「如果失去了長子，那麼就沒有人可以繼承家族對吧」，結果被狠狠扇了一巴掌，並再次被親生父親誣衊自己是外人。

外人——這個詞羅倫斯聽過太多次了，也是他跟歌蘭關係惡劣的最大原因。視家族傳統為一切的歌蘭，一口咬定黑髮藍眼的羅倫斯定是元配妻子和他人生下來的混種。歌蘭不是沒想過奪走羅倫斯的姓氏，但因為沒法證明羅倫斯的生母伊奇維娜有紅杏出牆，而且隨意污衊伊奇維娜的話，會對路德維希的名聲做成影響，事情才不了了之。可是歌蘭是那種一旦認定了某種事，就會堅信到最後的人，因此他依然相信羅倫斯身上沒有流著他的血，也因此對這個「兒子」一直採取無視和敵對的態度，每分每秒都不想見到他在眼前出現，也不喜歡他叫自己「父親」。

活在父親的誣衊之下，羅倫斯自幼便養成一副特立獨行，對周遭事物都抱有憤怒的個性。他知道家裡的僕人都因為自己的血統而無視之，便會故意指點他們做事，想讓他們感受一下不得不聽令於自己厭惡之人的屈辱感；他經常故意與父親頂撞，為的是在一次又一次的激怒父親過程中得到一丁點「自己是正確」的自我認同感；他討厭比他小的路易斯，會常常跟他吵鬧，因為他清楚知道，路易斯是歌蘭準備的後備繼承人，因此這個弟弟的存在，坐定了他沒法繼承齊格飛家的事實。在他眼中，歌蘭的一切都是錯的，拘泥於傳統而扭曲現實是可恥的。他討厭一切既定規則，也厭惡在他眼中作為「守舊」標誌的齊格飛家，但只有一個人不會讓他反感，相反他一直對之抱有尊敬之心，那就是路德維希。

路德維希是唯一能令羅倫斯放下心中憤怒的人。他包容一切的溫柔個性讓羅倫斯覺得這位大哥明白自己的內心，也不會像別人一樣對自己存有莫須有的偏見。每一次羅倫斯受委屈，路德維希都願意聽他傾訴，他也會用知識教導羅倫斯明白世界並不是只有齊格飛家，會語重心長地勸羅倫斯別拘泥於別人的目光，要去尋覓屬於自己的路。羅倫斯常常覺得，要是沒有路德維希，他不會學懂面對心裡的憤怒，可能早就捱不住自殺，或者索性拉全家一起陪葬。

以前的羅倫斯很在意要得到繼承人的位置，但他並不會因此希望路德維希離去，相反，他倒是覺得如果有一個方法可以用他的壽命換取路德維希的健康，他會毫不猶疑去做。他跟歌蘭一樣，都覺得路德維希是繼承齊格飛家的最佳人選，只是歌蘭著重的是路德維希的血統和地位，而他注重的則是路德維希的性格和修養。

但，路德維希終究還是離去了。

路德維希的離去，令路易斯立刻從後備成為正式的繼承人。五年過去了，羅倫斯沒想到，歌蘭居然還對路德維希念念不忘。

堅持保留路德維希房間生前的模樣，彷彿是覺得，或者未能接受那人已經離去的事實。想到歌蘭對長子地位的執著，羅倫斯覺得厭惡，這個固執的父親到底要執著到甚麼地步才肯放手？要到何時才肯面對自己想要長子繼承家族的想法從一開始便不能實現？

他不由得擔心起路易斯。既然歌蘭仍未放下路德維希，那麼作為替補的路易斯一定也不好過。

彼得森告訴他，路易斯被歌蘭召去了。大概聽說過訂婚典禮舞會上發生了甚麼事的羅倫斯登時有種不祥的預感，他到處尋找弟弟的蹤影，從書房，到大廳、花園都找不著，最後在花園一角的一座石亭裡找到瑟縮成一團的路易斯。

「喂，你原來在這裡嗎？」羅倫斯本來想等路易斯抬頭發現自己，怎知這個弟弟居然一點反應都沒有，於是他便開口，用一個隨便的口氣打招呼。

「是誰……甚麼啊，是你嗎。」路易斯緩慢地抬頭，一看來者是羅倫斯，立刻收起沮喪的神情，換上一副不耐煩的模樣。

「又躲在這裡，怎樣，又有甚麼不順心的事嗎？」羅倫斯沒有忘記這個石亭，每次路易斯心情不好時，他都會到這個石亭來冷靜情緒。他以前常常在和路易斯吵架後在這裡找到他，通常都是被路德維希逼來向弟弟道歉的。而他還記得，路易斯最常來這裡的時間，是和歌蘭吵架之後。

「見到你就不順心了，別煩我！」路易斯心情很不好，他現在只想一個人靜一靜，不想搭理羅倫斯。見羅倫斯沒有要走的意思，他再催促：「快走！」

「是和父親吵架了，對吧？」正當路易斯要起來推羅倫斯走時，後者的一句令少年整個人頓住。見路易斯愣住但沒有反應，羅倫斯乘機再確認：「怎樣，我沒說錯吧？」

「你、你想錯了……」路易斯別過頭去，鼓起面頰，不願意承認。

「那即是我想對了。」羅倫斯雙手抱胸，毫不客氣地點出事實。同樣的對話在二人小時候就已經發生過很多遍。每次當路易斯想否認某些顯而易見的事實時，羅倫斯都會用這句話逼他承認，今天也不例外。

「才沒有吵過架！也沒有被責備過！」路易斯轉過頭來，激動地回應。

呵，我剛才並沒有提及「責備」二字，怎麼自己自行說出來了？羅倫斯心裡一笑，為弟弟的傻氣而笑，但嘴上卻繼續咄咄逼人的追問：「胡說！我知道你剛才找過父親對吧？你現在在這裡，一定是被罵了，對吧？」

「……對了對了，我是被罵了，所以呢？你想取笑我活該？」在羅倫斯步步進逼之下，路易斯放棄了。他頓時變成一個洩氣的氣球，消極地回應。

聽見歌蘭真的責怪路易斯了，羅倫斯頓時收起半玩弄的表情，認真地問：「我是想知道，他對你說了甚麼？」

「關你甚麼事？」看見二哥難得地認真，路易斯有點錯愕，但還是嘴硬不願說。

「我要知道他對我的弟弟說了甚麼離譜的話，」羅倫斯忍住心裡的難為情，難得地說出「弟弟」的稱呼。見路易斯似乎因此放下了防備，他立刻換上一副較為輕鬆的口氣，問：「好了，快點告訴我吧。」

羅倫斯的稱呼，融化了路易斯心裡最後一道防線。他何嘗不想向人傾訴，只是沒法跨過心裡的那道牆而已。路易斯轉過身坐下，待羅倫斯坐下後，便將歌蘭和自己的對話，以及喚龍儀式的事都一一告知。起初路易斯說得吞吐，始終他未曾試過向羅倫斯敞開心扉，但說著說著，他開始習慣，便越說越詳細，也稍微把一些心聲說出來了。

「那傢伙，果然真的提起喚龍儀式了……」聽畢整個故事後，羅倫斯呢喃道，並眉頭深皺，緊握拳頭。

「你也知道那是甚麼嗎？」路易斯有點吃驚，因為他在今天之前從未聽說過它的存在，沒想到羅倫斯居然會知道。

「大概吧……」羅倫斯猶疑了一會，才補上一句：「路德大哥在離開前曾經告訴過我。」

「路德大哥？為甚麼……」這句話出乎路易斯的意料之外。

羅倫斯沒有回應，只是帶著怒氣地低聲自言自語：「果然一切都如大哥推斷，可惡的那傢伙，到底把人當甚麼了？」

「甚麼意思？」路易斯湊近問。他猜得出羅倫斯是在說歌蘭，但他好奇路德維希到底猜到了甚麼，而這件事又如何跟喚龍儀式有關？

「唉……」羅倫斯長嘆了一口氣。路德維希的遺言再次在他的耳邊迴響，他臨終前辛苦地拜託自己看顧路易斯的光景再次在腦海中浮現。羅倫斯心裡百味雜陳，他逃避了這個約定五年，但終究還是要面對。

他仍不想履行這約定，但這可是他答應了路德維希的，他不得不做。

……算了，首先把該說的告知吧。

「起來，我們到別的地方去。」下定決心後，羅倫斯站起來，要路易斯跟他走。

「為甚麼？那麼突然？」路易斯有點跟不上發展，盯著羅倫斯。

「你之前不是在路德大哥的墳前問我，他的願望是甚麼嗎？」羅倫斯背向路易斯，說的時候心裡仍在糾結著，呼了一口氣才繼續說：「是時候告訴你，大哥生前留下了甚麼話。」

「甚麼？但……在這裡說不就行了嗎？」路易斯有點吃驚，同時不明白為甚麼羅倫斯交代路德維希的遺言前要轉地方。

「這裡不太適合，我不想被太多人聽到。走，我們到大哥的房間去。」羅倫斯說出目的地——路德維希生前的房間。

路易斯不解。為甚麼一定要去路德大哥的房間不行？難道羅倫斯二哥覺得在故人的房間交代其遺言，會觸景生情一點，或是會比較感觸？他是這麼感性的嗎？

「但父親說過，不准任何人踏進路德大哥的房間……」他同時想起歌蘭對全家的吩咐，有點遲疑。

「管他的，我沒聽過，所以不知道！」但羅倫斯完全沒有在管。他心想，自己不久前才剛進過去，哪有甚麼問題？

還有，憑甚麼不准進入，那傢伙不准嗎？無聊，那我就去！

羅倫斯像個小孩子跟歌蘭的命令賭氣的樣子還是一如以往，路易斯忍不住笑了。果然，二哥還是二哥啊。

羅倫斯走了幾步，回頭見路易斯顧著偷笑沒有跟上，立刻打手勢催促他。

「笑甚麼，快點走！」

⚔

在路德維希房間的床側坐著，路易斯有種回到過去的錯覺。

羅倫斯坐在床的左邊，而他則坐在右邊，二人的位置與路德維希仍在世時，二人到訪房間期間會坐的地方一模一樣。中間相隔一張床，床上的布置又跟以前完全相同，彷彿路德維希此刻仍像過去一樣坐在二人中間，掛著微笑靜心傾聽二人對對方的控訴——

「路德大哥，剛才羅倫斯二哥又欺負我了，說我是沒用的抹布！」年幼的路易斯一進到房間便飛奔到路德維希的床前，擺出一副哭喪的樣了，指著站在床另一邊的羅倫斯控訴。

「才沒有！」見弟弟居然打算在哥哥面前損壞自己的形象，羅倫斯頓時焦急起來，立刻不甘示弱地反擊：「還有，是你搶我的晶華果在先！還我，那個是我自己買的！」

「它沒有寫名字，我怎樣知道是誰的？我先看到，那就是我的！」路易斯心裡一嚇，沒想到羅倫斯居然說出來了，但他嘴上還是堅持自己的主張，不想敗下陣來。

那個晶華果是路易斯不久前在飯桌上看見的。當時他隱約猜到是羅倫斯買回來的，但見沒有人要拿走，而自己最近又有點想吃晶華果，便決定取走，沒想到剛把果實放到口袋裡去，羅倫斯便突然出現，抓著他要他把果實還來，二人吵不停，從飯廳吵到上書房，最後一同走進路德維希的房間，想請大哥評評理。

「你這個沒母親教的，甚麼都搶！我知道你把它藏在身上是吧，快點還我！」羅倫斯一聽如此霸道的發言，便想到路易斯已經幾乎把他的一切都搶走，現在還要擺出一副不可一世的態度，怒了，便忍不住咒罵路易斯，同時伸出手掌，命令這個弟弟把東西還他。

「你怎可以這樣說我！」說完，路易斯露出一副可憐模樣看著路德維希，拉扯著他的肩膀撒嬌道：「路德大哥，你看，他就是在欺負我啊！」

「我……你這小鬼！陷害我是吧！」沒想到路易斯居然使出自己已經沒法用的撒嬌攻勢，羅倫斯怒不可遏，伸手要抓住這個眼中釘的頭髮。

「兩個都不要吵了，」正當羅倫斯快要真的跟路易斯打成一團時，二人的動作都被路德維希輕聲一句打住。坐在床上的路德維希只是輕輕一笑，柔聲吩咐：「羅倫，跟路易斯道歉；小路易，把你藏在大衣裡的晶華果還給哥哥吧。」

「為甚麼？」二人異口同聲地問，互望了一眼，然後又不屑地別過頭去。

「我不是說了很多遍，小路易是我們的弟弟，雖然不是由同一母親所生，但仍然留著一樣的血液，你怎能這樣說自己的弟弟呢？」路德維希先是望向羅倫斯，語重心長地勸說。說完，他轉頭望向路易斯，伸手撫摸他柔軟的金髮，溫柔地勸說：「羅倫斯哥哥說你是抹布是他不對，但你也不能拿走屬於他的東西啊？做人要誠實，搶東西是不好的，既然果實是哥哥的，那就還給他。你知道我不喜歡不誠實的小孩，對吧？」

二人聽完，都垂下頭來，僵硬地站在原地，心裡愧疚。那份愧疚之情，不只是因為做錯事被責罰，更是因為被大哥責罰，令大哥不開心了。

路德維希沒有作聲，只是像平時一樣看著二人，等待他們互相道歉。

「對、對不起……」氣氛僵持一會後，路易斯把手伸到口袋裡，把如玻璃一樣剔透閃亮的晶華果取出，不情願地遞給羅倫斯，並低聲道歉。「我以後……不會再擅自取走你的東西了。」

「我、我也收回剛才我說過的話，是我衝動，你不要記在心上……」既然路易斯已經搶先一步道歉，那麼羅倫斯也沒有退路。他抓著頭髮，忍著心中未平息的怒氣道歉，說得忸怩，無論如何就是說不出「對不起」三字。

「既然都道歉了，那就一筆勾消。」又是路德維希一句改變了氣氛。看著望向他的兩位弟弟，路德維希只是輕鬆一笑，彷彿剛才的爭吵正如他所說，一筆勾消，所以變成沒發生過。

「既然你們都來了，不如陪我聊天吧。」

過往的回憶有如泉湧，路易斯回想起小時候某天和羅倫斯在路德維希面前吵架的過去。當時類似的吵架是家常便飯，幾乎每天都會發生，而每次在路德維希面前吵架時，身為大哥的他都會擔當調停的角色，以笑容化解一切憤怒，但同時又會公平地對兩邊提出意見，不偏袒任何一方。從小失去了母親的路易斯，在大哥身上得到如同母愛般的關顧，因此從不覺得孤單。在路德維希離開後，路易斯才醒覺到，大哥的愛是把他免去一切憂慮的保護傘，要是路德維希因為生母不同而偏待他，或者他不存在，或許自己的童年會過得更為辛酸，也會更加空虛。

羅倫斯也同樣回想起那些經歷。以前他因為被怒氣緊纏而不懂得，但這幾年每當回想起以往的回憶時，才發現是路德維希的包容化解了他部分的憤怒。要是沒有大哥，或者他沒有平等對待自己和路易斯，想必他的性格一定更為暴戾，更可能闖出會鬧出人命的大事來——不是奉上自己的性命，就是他人的。

二人都默不作聲，心裡懷緬著路德維希的好。他們都心想，要是可以回到過去就好了，那麼就可以再次三人聚首，過著嘻哈打鬧的快活日常。

但現實是殘酷的，就算房間的布置如舊，向日葵仍舊豎立在花瓶裡，也依舊改變不到路德維希已經離開的事實。他們沒有能夠與時間洪流對抗的辦法，只能保留回憶，並依照前人遺留下的話語，好好活著。

「現在可以說了吧？路德大哥生前的願望跟你離家有甚麼關係。」覺得繼續沉默下去也不是辦法，路易斯開腔，單刀直入地問。

「你還記得大哥倒下那一天的事嗎？」羅倫斯沒有回答，而且問了另一條問題。

「當然記得，一切都發生得太突然。」這條問題瞬間勾起路易斯的傷感。「那天早上，我在花園碰見外出散步的路德大哥，當時我們談到未來，談到我們想做的事，怎知不過幾小時，他便倒下了。」

路易斯還很記得，當天他跟路德維希表示長大後想當一流的劍士，路德維希笑著鼓勵他說，想做便去做吧，別讓自己後悔。但他現在呢？做了些甚麼？

「對，是我發現他倒在花園裡的。」羅倫斯低聲說出。

「這個我知道……難道！你想說是你弄得路德大哥……」路易斯說到一半，見羅倫斯從剛才開始就故作神祕，又突然提起路德維希死前的事，突然靈機一動。難道他是想剖白真相？

「你對我到底有多不信任？」羅倫斯向這個太異想天開的弟弟投向一個斜睨。他嘆了一口氣，再解釋：「別被那沒用的父親騙了，當時我在花園見到大哥時，他已經心臟病發了。」

那天，羅倫斯正要到花園找路德維希，讓他到飯廳去進餐，怎知在花園的一角找到暈倒在地上，全身瑟縮，臉色蒼白的大哥。他當時先是確認路德維希的呼吸和心跳，然後請也是前來尋找大哥的僕人趕快通知醫生，並抱起路德維希，急步返回城堡。羅倫斯當時的行動看起來快速而果斷，但其實心裡慌亂得不得了，覺得彷彿天快要塌下來。抱著路德維希回房間時，羅倫斯全程在心裡不斷地祈求，祈求所有他所認識的神明，可以讓大哥捱過這一關。

只可惜，神明們沒有聽他的禱告。

嘴上雖然平心靜氣，但腦海裡回想起當天的情景，羅倫斯心裡還是不舒服，下意識地握緊雙手。

「那麼這件事跟你一句話都沒有留下，突然離去有甚麼關係？」路易斯留意到羅倫斯的表情變化，猜到他定是回想起路德維希臨終前的事，但他還是想快點知道，羅倫斯要重提這段不堪回憶的原因。

「我問過大哥很多遍，他的願望是甚麼，他以前總說自己甚麼都有，不奢求甚麼，但直到離開之前，他才終於告訴我真正的願望——想看外面的世界。」羅倫斯嘆了口氣，終於說出這個藏在心中長達五年的祕密。

他還很記得，路德維希離去的那一天，從來不向他人提要求的他突然請求自己一件事。他本來以為是跟家族有關的，怎知路德維希卻把其願望託付給他，希望自己能夠代替完成。

羅倫斯沒法忘記路德維希當時的面容。那個對身邊一切都總是感到滿足的大哥，居然露出一副帶有遺憾的眼神說出自己的願望。多年來不告知，卻在離去前才託付，想必是因為確切知道自己無法完成此事，才交託出去吧。

「他說，自己是沒可能看到的了，所以希望我代替他去外面的世界闖蕩。我知道那傢伙是不會准許的，所以在葬禮過後，便悄悄離開了。」羅倫斯解釋。

他是在路德維希葬禮後的翌日清晨離開的，沒說的是，當時他其實打算向路易斯道別，但走到弟弟的房間門前時，又覺得沒有需要跟他交代，而且怕驚動屋內的其他人，便回頭離開，不辭而別，一別就是五年。

「……哼，我聽來覺得你只是藉機逃避而已。」路易斯的語氣裡夾雜了憤怒。於他來說，當時羅倫斯的離去，是確確實實的「拋棄」。未從失去大哥的悲傷回復，便再失去了二哥，本來嘻皮笑臉的生活突然只剩自己一人，感覺身體的一切都被掏空，生活頓失方向。他忘了自己當時是怎樣重新振作的，今天聽到羅倫斯重提舊事，因傷而生的怒氣便慢慢燃起。

「的確，也許我不過是抓住一個理由，逃出這個令人窒息的家而已。」出乎路易斯意料之外，羅倫斯居然爽快地認同了他的話。他有點自嘲地笑著，看似有點罪惡感。

「以前總是跟父親頂撞，但當自己要獨自面對時卻選擇逃走……那麼你就不要拿大哥的託付當理由！」路易斯終於忍不住，把心裡的氣話悉數說出。

「是，我是怕，我是逃避，但離開這個家後，我才發現以前的自己思想太狹窄，很多事其實都沒必要執著。世界很大，而人很渺小，血統和繼承權甚麼的並非人生第一大事，沒必要那麼看重。」面對弟的責備，羅倫斯率直地承認，再將幾年內自己在外的所見所聞告訴路易斯。

換著是以前，羅倫斯絕對不會輕易放開繼承權的事，路易斯感到二哥真的變了，看來真的是外面旅遊的經歷為他帶來不少改變。

「外面那麼好，那麼你為甚麼回來了？」路易斯的怒氣降低了些，但仍然有些忸怩。

羅倫斯想了想，終於說出：「因為大哥拜託了我，要看顧你。」

「我？」路易斯嚇得驚訝地指著自己，他從來都沒有聽過這件事。思索片刻後，心裡又浮起一些怒意：「……那麼你為甚麼要離開？」

「他當時拜託我的是，要是你未來當上公爵，甚至被選上當舞者，請我要來看顧你，免得那傢伙打你的主意。」羅倫斯不想再回應路易斯的責備，直接用路德維希的遺願說明之。「我本來一直在東方遊歷，前陣子因為一些事回到安納黎，當時便打聽到你被選上了當『舞者』，並繼承了公爵之位，也聽說了你的戰跡。我想起大哥的託付，便回來家裡，沒想到那傢伙真的要在你身上動手了。」

過往的回憶再次浮現於眼前。當時路德維希已經氣若游絲，一副隨時都會斷氣的樣子，但他仍要勉強自己說話，向羅倫斯說出最後的託付。

「我離去後，小路易便會在未來當上公爵，但想必父親一定會對他有諸多不滿吧。我知道，父親一直想在其生涯裡見證神龍的復活，過幾年便是『八劍之祭』，他一定會想盡辦法令自己的願望實現的。我害怕，如果那時候小路易沒法滿足父親的要求，他也許會把念頭轉到喚龍儀式上，讓小路易去執行。我希望你可以保護小路易，不讓父親傷到他分毫。」

羅倫斯把路德維希的話一五一十告訴路易斯，並說：「告訴我，那傢伙到底是怎樣跟你說喚龍儀式的事的。」

「他說，那是用來喚醒莎法利曼的儀式，只要在月圓之夜準備好咒語和齊格飛家族的人的血——一定要是家主，最好是年輕的，再進行儀式，就應該可以成功。所以一定要由我來做。」路易斯複述歌蘭的話，但說時有點半信半疑。

「那個老狐狸，巧妙地用言語模糊了重點！」沒想到，羅倫斯聽畢居然憤怒得一拳打到床上。接著他雙眼瞪著路易斯，焦急地說：「聽好了，所謂的『家主』、『年輕』都是騙人的。喚龍儀式裡需要的『齊格飛家族的人的血』說的不是一滴兩滴血那麼簡單，它要的是整條性命！那傢伙是要你用自己的命換神龍復活啊！」

路易斯頓時感到晴天霹靂，彷彿有一道雷畢直打中他的心。他不懂反應，只懂低頭呢喃，不敢相信這是真的：「不、不……我明明看過先祖伯寧頓的手稿，上面寫著需要的是齊格飛家族人的血，沒有提及要性命……路德大哥是不是哪裡搞錯了，父親不會要用我去獻祭的……」

「那傢伙給你看的手稿也許是偽造的，路德大哥告訴我，喚龍儀式的用意是要將神龍交給我們的力量還給祂，正如祂當天把力量經由血液傳給先祖伯寧頓一樣，因此要是我們要把血還給他，那將需要全身的血，也就是說，一命換一命。」羅倫斯努力抑壓著心裡快要爆發的怒氣，儘量理智地解釋給路易斯聽。

「那、不，可能是路德大哥理解錯誤呢？」路易斯仍然想辦法否定。

「大哥把說話留給我後，我曾經偷偷走到圖書館翻查資料，發現上面寫的跟大哥所說的一模一樣。別再騙自己了，那老狐狸就是覺得你再沒有利用價值，所以想用喚龍儀式賭一把，用你去換神龍！」羅倫斯狠狠否定路易斯的話，他忍不住了，索性把真相點出，不再想看到弟弟自我欺騙。

羅倫斯說的話，路易斯何嘗不知道。打從歌蘭要他進行喚龍儀式的那一刻起，他便隱約知道自己被放棄了，只是不想相信那個「放棄」是推自己去死。他一直很努力，對父親的話言聽計從，雖然偶有幾次反抗，但也不至於死吧？

他不明白自己為何一直得不到父親的愛，卻不理解原因是因為歌蘭從來沒把他當兒子看待過。

「那、我可以怎樣？」路易斯激動地問。「我甚麼都不能做！」

羅倫斯勸說：「趁儀式未舉行之前，趁早走吧，越遠越好——」

「要我學你那樣逃走嗎？我才不會！」但他的話未說完，便被路易斯打斷。

「那不是逃走，是生存！」羅倫斯不懂得如何跟路易斯解說，有時候逃避也是一種手段，生存下來才是最重要的。

「但我走了，就哪裡都活不下去！」只是他的話沒法進到路易斯耳中。後者突然靈機一觸，似是想到了甚麼：「我知道了，你讓我逃走，那麼齊格飛家便會剩下你一個兒子，到時候父親一定要改立你為繼承人吧？說那麼多的話，又把路德大哥搬出來，其實只是想騙我離開而已，對吧？」

「不是！你想到哪裡去了？」羅倫斯沒法跟上路易斯的思維。

路易斯繼續說：「別騙我了，明明就是曾經在午夜拿著匕首走到我床前，想要刺殺我的人，要我怎樣相信你！」

「你、這件事……」羅倫斯愣住，沒想到舊事會被重提，更沒想到路易斯居然知道這件事——他明明記得十年前那一晚，年紀尚小的路易斯是閉著眼的。他百辭莫辯，好不容易才想到接下去的話：「那都是過去了，總之你聽我說，別聽歌蘭的話！」

「呵，所以是真的對吧？」怎知路易斯卻抓住他的反應，確認了事情的真偽。「你說父親要取我命，但明明最恨不得我死的，是你！我有你所沒有的，所以你一直視我為眼中釘，更想過殺我！你討厭父親，所以在我面前抹黑他，好讓我相信你，從而遠離他，這樣會得逞嗎？不會！」

羅倫斯沒法反駁。對，他以前總是跟路易斯敵對，更恨不得他死。他的確曾經因為憎恨驅使，提著刀在午夜走到路易斯床邊想殺死他，但在下手的一刻停住了。他想跟路易斯解釋自己對以前做過的事感到內疚，但過往的孽，現在活生生擺在眼前，他無法辯解。

「你可以不信我，但喚龍儀式的事是真的，你真的想為了父親而奉上性命嗎？」他的事沒所謂了，但一定要阻止路易斯參加喚龍儀式！羅倫斯再次提出質疑。

「復活神龍是齊格飛族人必須做的事，所以我必須做！」路易斯激動地反駁，巨大的事實衝擊似乎逼使他對自己洗腦，強行相信喚龍儀式是必要的。說完，他站起來，打算轉身離開，不再想跟羅倫斯對話：「完成父親的願望，是兒子的職責。你這個只懂得逃和欺騙的人，怎會懂得這些！」

「路易斯！」見路易斯要衝出房門，羅倫斯急忙站起，大聲叫住他。

但路易斯毫不回頭，只留下一句：「滾！我不想再看到你出現在這個家！」

望著飛奔而出的路易斯背影，羅倫斯跌坐到椅子上，全身無力，心裡滿是怨艾。

縱使改變了自己，但到頭來還是沒法改變過去；過去所犯的錯，要在今天償還代價。

他看了看床邊的向日葵，心裡數算著剩下可行的辦法，但只是嘆氣，仍是未能下定決心。

4

自從昨天下午從路德維希的房間離開以後，路易斯便一直神不守舍，眼神如死灰，整個人猶如行屍走肉。

昨天發生的一切對他的衝擊太大，先是歌蘭要求他進行喚醒神龍的儀式，接著羅倫斯告知那儀式要獻上他的性命。他還未接受到作為舞者的自己被父親放棄的事，便要接受父親把他整個人的放棄了的事實。他不想相信，不停催眠自己，說這只是羅倫斯騙他的話，但心裡又有一部分可恨的理性告訴他，一切並非不可能。

這份想相信父親的感性和要自己看清現實的理性一直在路易斯的心裡交戰，他幾乎甚麼都沒有吃，把自己關在房間，躺在床上發呆，任由對立的想法們互相衝擊。但發呆了一整天，他都仍然留在思緒的迷宮裡，不停重複著相似的腦內爭辯，未能逃出。

歌蘭為了自己的目的可以不擇手段，路易斯從小便知道。

但為甚麼是他？他可是父親的兒子，是現存而且父親認定的家族唯一繼承人，他會忍心把自己殺死嗎？他死了，那麼由誰繼承家族？

慢著，母親是在羅倫斯二哥出生後才嫁進來的。路易斯突然想起自己的生母。母親嫁進來的時候，路德大哥已經開始患病，要是現在自己死了，父親再找一個女子進門，讓她誕下他屬意的齊格飛家後人，就可以令家族延續下去吧？

不、不會吧？連路易斯也被自己靈光一閃的想法嚇倒，並不敢相信。

要是父親只把母親當作生育後代的人看待，那麼在母親病逝後，不應該會再娶新的女子入門嗎？父親沒有那種做，是因為對已逝的母親有愛，或者一早便認定我是家族的繼承人，才沒有打算再生個弟弟吧？

嗯，一定是這樣，我對他那麼重要，父親怎會打算在喚龍儀式犧牲我呢？

路易斯的心頓時安穩了些。

但父親真的有重視過我嗎？

但很快，他的理性又開始讓他懷疑起來。

父親從來只會要求我依照他的想法行事，但對我的意見，他都充耳不聞；之前說服他接受奈特的同盟和與布倫希爾德的婚事，也不過是因為我拋出了他會感興趣的利用之計，才勉強過關。看啊，現在我實在對布倫希爾德下不了手，他對我的態度不就回復到以前的模樣嗎？

我只是不依照他的意思行事而已，有需要以死為罰嗎？

想到這裡，他的眼眶開始有點濕潤。

父親真的會捨得嗎？

路易斯回想起自己小時候和歌蘭相處的回憶。雖然歌蘭不常稱讚他，但偶然還是會拍拍他的肩，摸摸他的頭，鼓勵他繼續努力。他還記得當時父親臉上的笑容，那副笑容雖然拘謹，但很真摯，令人感到溫暖，絕對沒可能是裝的。

而且，要是父親不愛我，那麼我應該會得到跟羅倫斯二哥一樣的待遇，不是嗎？

對吧，所以一定是二哥騙我！

但……大哥的遺言呢？就算二哥那麼多討厭我，但他絕對不會拿路德大哥的話來開玩笑的。路易斯清楚知道羅倫斯把路德維希看得有多重，羅倫斯以前可是可以把家裡的所有人都罵一遍，唯獨不會說路德維希的壞話，一句都沒有。而且要是被他發現家裡有人在背後談論路德維希，就一定會給他好看。這麼尊敬路德維希的人，一定不會隨意拿他的名字來說謊。更何況那是路德維希留下來的遺言，路易斯認為羅倫斯就算要騙他，都一定不會用捏造遺言來達到自己的目的。羅倫斯雖然跟他有過節，但行事從不骯髒，要是真心要搶走他的繼承人位置，兩星期前在墓地裡把他殺死，或者多年前在床前把匕首插進他的咽喉便可，需要等到今天，而且用那麼迂迴的手段嗎？

但要是羅倫斯的話沒有錯，那即是父親的話欺騙了他。

到底是哪裡出錯了？

每一次的思想交戰，最終都會停在這條問題上，路易斯每次都想藉著重組證據而判定誰對誰錯，但最後都會回到起點。他嘗試再次回想歌蘭在書房把喚龍儀式一事告訴他時的表情，但這次，他的思緒把目光移到歌蘭手持的《伯寧頓記事》上。

對了！路易斯頓時靈機一動。他記起當天在歌蘭的書房看記事時，記事只提及過需要「齊格飛族人的血」，絲毫沒有指名所需血量，而歌蘭桌上的幾張手稿都沒有相關的資訊，只是含糊地說需要血而已。

我們看的都是同一堆資料，但產生了分歧，可能是路德大哥、羅倫斯二哥和父親三人其中一人看錯了甚麼，而導致誤會吧？

對，這絕對有可能！

想了一整天，腦海終於得出一個同時說服到理性感性兩邊的結論，路易斯的雙眼頓時發亮，彷彿在霧海中找到明燈。

路德大哥有時會冒失，搞不好是不小心看錯了一些字，而解讀錯誤呢？

找父親再借一次記事看看吧！我可是他的兒子，他怎會對我出手呢？

得出結論後，路易斯整個人登時變得精神抖擻。他離開了房間，鼓起勇氣，決定到歌蘭的書房找他。

天色昏暗，明明是下午二時，外面卻黑得像夜晚一樣。路易斯就在昏暗的走廊上走著，不遠處歌蘭房間散發出的光芒，於他眼中就像希望的明光。

只要他再看一次手稿，肯定了羅倫斯是錯的，問題也就解決了——

但快要到達時，他卻聽到房間裡面傳出爭吵的聲音。

「我問，你是不是跟路易斯說了，要他進行喚龍儀式？」

那是羅倫斯的聲音。路易斯本來打算進去打擾，但聽見羅倫斯憤怒的語氣，以及聽見「喚龍儀式」一詞，便改為站在門外偷聽。

「你沒必要，也沒有資格知道。」一把冷酷的回答聲傳出，那是歌蘭。

路易斯小心翼翼地偷望一下，發現歌蘭一如以往地坐在書桌前閱讀著手稿，而羅倫斯則一手按著桌上的記事和手稿，一手叉著腰，樣子十足是來談判，或是來討個說法的。

「我是路易斯的哥哥，就有資格知道！」歌蘭的冷酷並沒有令羅倫斯後退，他今天就是要來質問的，不打算退讓。見歌蘭不看著他，羅倫斯忍不住拍了一下書桌，大聲地問：「你跟他說了，要用喚龍儀式召醒神龍，對吧？別裝祟，我知道你說了！」

「那你為甚麼要來問？」歌蘭樣子有點不爽，但沒有立刻發怒，只是不耐煩地回應。

「你這是默認了吧？」歌蘭的反應令羅倫斯火上加油。「你是瘋了嗎？為了成為達成家族夙願的人，連兒子的性命也不顧了嗎？」

「我沒興趣理會你的妄想，」歌蘭又開始冷處理。

「是不是妄想，不到你來決定，」歌蘭從以前開始，就不時會指羅倫斯的指責是「妄想」——而每次羅倫斯說的都是真相。以前聽到這二字時，羅倫斯都會氣瘋，但今天他難得沉得住氣，只是握緊拳頭，繼續問：「你跟路易斯說，那儀式要的是年輕的齊格飛家主的血？哈，謊話編個好一點的吧？《伯寧頓記事》上指明的是『齊格飛族人的血』，壓根沒有提及年齡和身分，路易斯無知易騙就算了，你覺得可以騙倒我嗎？」

「所以說你不學無術，記事只是一小部分，你以為自己看了些資料，那些就是全部了嗎？」歌蘭立刻反駁。

「你想說手稿對吧？哈，你桌上的那些我都看過了，而類似的儀式我在東方也看過聽過不少，所以我知道！比你還多！這個儀式的本質是『以物換物』，將神龍交給我們的力量還給祂，祂的力量在我們全身流動，所以要還，就不會是一滴血那麼簡單，而是全身！而且也不擔保還了一個人的血之後便能喚醒祂，但最少一定需要一個人的性命。你信不過路易斯能利用祭典喚醒神龍，便想依靠喚龍儀式賭一把，但因為你自己要見證神龍再臨，一定不能當祭品，便打算把現存『唯一』的血脈推上祭壇，那麼你便可以達成多年的心願，是吧？」羅倫斯不打算跟歌蘭浪費時間，直接把他所知道的喚龍儀式真相說出，順勢點出歌蘭的真正計畫。他一直覺得這個父親自我中心，對他很是不屑，而今天對他的憎惡到達了頂點。

為了自己的一己私欲而欺騙相信自己的兒子，逼他走到祭壇上獻上生命，這作為一個父親，不，這根本不是人會做的事！

在門外偷聽的路易斯的心情很是複雜。羅倫斯的話打破了他好不容易重建起來的信心，把他狠狠打回現實。他屏著呼吸，等待歌蘭的回話，心裡默默祈求父親會否定羅倫斯二哥的話，會高聲說儀式不需要他的命。

「這不是我的心願，而是一族的夙願，要達成願望，就必要有犧牲。」歌蘭沒有直接回答，但他的婉轉等同默認。

「你……就因為這樣要路易斯去死嗎？是這樣吧，在你眼中，除了路德大哥，其他人都只是你的道具嗎？」羅倫斯氣炸了，他恨不得立刻一手揪起歌蘭的衣領，再給他一拳。

「龍只有長龍才能擔當一家之長，這是我們緊守的傳統……」

「我們是人，不是龍！」羅倫斯立刻打斷歌蘭的話。「你那麼重視長子的話，那麼為甚麼又要娶伊凡琳媽媽回來，並誕下路易斯？別跟我說，你想過用我們的命換路德維希的命！」

「要是可以做的，我早做了！」歌蘭終於忍不住怒吼。「你看你們，一個血統不正，一個做甚麼都是半吊子，完全不像我！根本想不明白為甚麼會有我的血脈！當神龍的祭品，就是最後能做的事！」

「你……」羅倫斯氣得咬牙切齒，說不出話來。他只是說笑而已，沒想到歌蘭真的打算過這樣做！「半吊子？那只是你看不見他的努力而已！因為不是長子，所以無論有多努力，幸運地繼承了家族，都沒可能改變差劣的命運，對嗎？那麼你呢，家中二子，根據你的標準，也是不及格的繼承人！」

「羅倫斯！」被一語點中心中弱點，歌蘭馬上面紅耳赤，拍桌站起來。

「那麼看重長子，是因為自己本來就是劣品吧？哈，說起來，伯父也是因病早逝的，離去得很快，該不會是你為了繼承家族而做了甚麼手腳……！」

羅倫斯還未說完，歌蘭便忍不住賞了他一巴掌。但前者在捱了一巴掌之後只是大力抓住後者的手腕，以一雙不屈的眼神與他對望，彷彿在說「即是我說中了吧？」

「你要如何妄想是你的事，別把長輩拉下水！」歌蘭咬牙切齒地否定。

「正如你說的，我不是這個家的人，那麼我要怎樣妄想也輪不到你管！」羅倫斯立刻反駁。「如果龍的傳統是只有長龍才能擔當一家之長，那麼就算你喚醒了神龍，祂大概也不會當你是一回事吧？甚麼喚龍儀式，甚麼夙願，不過都是滿足你一己私欲的行為而已！」

「你這個——」

「你當我甚麼都不是也算了，路易斯呢？他真的把你當父親看，盡一切努力只求讓你多看他一眼，但你有愛過他嗎？有正視過他嗎？我問你，當他被選上當舞者時，你是不是在想，為甚麼不是你？『要是我能上場，早就能把神龍喚醒了』，是不是？」羅倫斯已經拋開了理性，繼續把歌蘭逼到說不出話，還說出他的心聲。

「羅倫斯，你給我閉嘴！」歌蘭怒不可遏。

「有種就打暈我，那我不就會收聲了？你給我聽好了，我是絕對不會讓你舉行喚龍儀式的，就算要殺掉神龍，我也絕對不會讓你見到祂一面！……啊……」

羅倫斯說到一半，突然被一拳打到透不過氣。他低頭一看，原來歌蘭忍不住氣，真的一拳打中他的腰腹。他痛苦難當，掩著肚緩緩滑下，但眼神仍鎖定在歌蘭身上，堅定不移。

「看啊……真的怕了……嘻嘻。」歌蘭的一拳孔武有力，沒有事先防禦的羅倫斯感到自己的意識越來越微弱。他把視線轉到門框，看見一個熟悉的頭頂，驚覺路易斯正在偷看。

難道他聽到剛才的對話了？不行……

快點離開，快點離開這個家……

「逃……快點逃……」羅倫斯用盡剩餘的力氣伸出手，微弱地呼叫。他看到路易斯正驚訝地看著他，雙眼紅腫，但沒過多久，眼前便只剩一片黑。

歌蘭俯視暈倒的羅倫斯，只是冷眼看著，甚麼都不做。突然，他感到外面似的有人經過，立刻衝出門探看，卻看不見任何人。

而聽見了一切的路易斯，則躲在走廊的一角，心神盡失。

原來他由一開始甚麼都不是，所謂的努力，都只不過是在做無用功而已。他沒有得到過任何東西，也不曾被任何人愛，一切都只是他的錯覺而已。

他沒有作聲，任由眼淚流下，但身體已無任何感覺，整個人都被掏空。

世界在一瞬間崩塌，他再也不知道到自己是誰，也不想知道。

5

在黑暗的空間裡，幾乎伸手不見五指，要不是頭頂上有一扇小窗讓外面夜空的星光灑進來，羅倫斯根本不會知道自己身處的是家裡的監倉。他抬頭注視幾條鐵柱之隔的微細星空，眼神有點茫然。

那個死老頭，真的有種把我關起來了，他在心裡咒罵。

被歌蘭一拳打昏後醒來，羅倫斯便發現自己身處在這裡。他不知道自己昏倒多久，更不知道時間流逝了多久。他知道，威芬娜海姆城堡皇家宮殿的地下室有一些被荒廢的監倉，是以前多加貢尼曼王國仍在時用來囚禁罪犯的。他多年前曾經和路易斯來這裡探險，因此醒來後一眼便認出自己身處甚麼地方。

監倉的大門被鎖上，他無論如何呼叫也沒有人回應，而他身上的所有物件都被收走，徒手沒法打開鐵鎖。不知是誰貼心地把一些水和乾糧放在監倉一角，令他不至於因飢渴而死，但除此之外就沒有其他了。羅倫斯能做的，只是仰望小窗，靜待時間過去。

看來父親真的怕我會去阻止喚龍儀式，所以把我關起來吧。哼，沒用的傢伙。

羅倫斯獨自嘲笑起來。他沒想到那個看似堅如磐石，無論甚麼都影響不到他的父親，居然會怕他的一句威脅，也就是說，歌蘭認同羅倫斯的力量，同時也證明他有多著緊喚龍儀式的成功。

居然以此方法證明了父親對他的「認同」，羅倫斯哭笑不得，但一想到喚龍儀式的事，他的心情頓時變得沉重，單手托額，心裡五味雜陳。

路易斯現在怎麼樣了？昏倒前模糊地所看到路易斯的表情，現在在他的腦海裡浮現。路易斯看著自己倒下，那副哭得紅腫的雙眼，他好像痛心得說不出話來。那樣的表情理應不屬於他那個終日嘻哈笑著，天不怕地不怕的樂天弟弟，他不應該得到這些的。

歌蘭的話一定為他帶來了很大的打擊，羅倫斯心裡很是憂心。他多麼希望自己現在可以去安慰一下弟弟，但下一秒卻想起當時他把喚龍儀式的真相告訴路易斯時，他卻相當反感，並搬出過去往事來指責自己。

路易斯提及的刺殺未遂事件是真的，羅倫斯承認。以前他一直對路易斯存有憎恨，恨不得他死，嘗試用過各種方法令這個死對頭弟弟受傷，更計畫過刺殺他。在十年前的某一個晚上，羅倫斯在眾人都睡後，靜悄悄來到路易斯的房間，打算用匕首一刀插進這個奪走自己一切的小偷的頸項。他明明記得，當晚的確看到路易斯雙眼閉上，一副正在安心睡覺的模樣，沒想到原來他居然知道自己在做甚麼。

下刀那一瞬間的心聲，羅倫斯到現在仍記得清清楚楚。那一晚，眼前那副彷彿與自己所受的苦難無緣、輕易擁有一切的幸福嘴臉激起了他的怒火。他甚麼都沒有，憑甚麼這傢伙甚麼都不用做，就輕易奪走自己的一切？

只要他死了，那麼所有的一切都將重回自己手上——

但在刀快要插進其頸項前，路易斯的笑臉卻映入羅倫斯的眼簾。

他似乎在夢裡看到甚麼美好的事物，甜美地笑了出來。

看著這個面向自己的無防備笑容，羅倫斯怔住了。

我、我真的要對他下手嗎？

那些和路易斯打鬧的記憶悉數在羅倫斯的眼前飄過。在那些回憶裡，無論他如何捉弄路易斯，想盡方法要害他，後者會憤怒，會不滿，但依然會向他投向天真燦爛的笑容。笑容的背後有的是相信，那是路易斯真心把羅倫斯當哥哥看的證明。

明明眼前人的樣貌天天都會看到，但那一瞬間，羅倫斯的眼睛突然變得清晰，看得到自己，也看得到路德維希的影子。

他和我如此相像，這不是別人，是自己的弟弟啊。就算母親不同，即使他生來就是注定了要繼承家族，但他仍然是我的弟弟啊？

他死了，路德大哥會傷心，一定會痛恨我。就算我真的得到了家族又如何？而且殺了他，我就一定會得到自己想要的嗎？

他後悔了，放下了刀，立刻離開房間，從此再沒有打過路易斯的主意。

當天阻止我的，大概是自己心裡對他的那份愛吧——十多年後再次回想過去，羅倫斯終於明瞭以前自己所不知道的答案。他恨這個弟弟，但同時也愛他，是那份愛，令十年前那天的自己沒有犯下彌天大錯。

那麼今天呢？

他沒法阻止路易斯參加喚龍儀式，也說服不到歌蘭停手，那麼只有最後一個方法，就是打斷喚龍儀式。

在東方旅行時見識過不少類似的儀式，羅倫斯十分清楚，打斷並不是簡單的事。一旦喚龍儀式開始，力量開始流轉，祭壇上的一切都不能輕易變動，若果在這時貿然進入祭壇範圍中斷施法，突然失去控制的力量可能會反彈開去，令祭品受傷，甚至死亡，而作為闖入者的自己也會有危險。

也就是說，強行中斷喚龍儀式的話，路易斯和他都有機會身亡。

羅倫斯對喚龍儀式的理解並不完全，他憂心的是，喚龍儀式說明了要齊格飛族人的血，要是自己中斷儀式，將路易斯拉離祭壇，術式會否仍對路易斯帶來影響。或者如果阻止的過程中自己不慎站在祭壇的範圍上，會否因為體內的血而令失去控制的力量反彈到自己身上，或者令術式誤認他也是祭品，而吸取他的性命，畢竟他也是確確實實的齊格飛族人。

他可以為了路德維希的說話而特意回家提醒路易斯，但他能否因為大哥的遺言而出手保護弟弟，甚至令自己丟掉性命？這就是他一直以來糾結的問題。

羅倫斯已經放下了對路易斯的恨，但要為路易斯犧牲，他自問未愛弟弟到這個地步。他之所以不從一開始便採取更強硬的手段阻止喚龍儀式，而是用說服雙方不參與的婉轉手法，就是因為心中仍有猶疑。

羅倫斯相信，若然路德大哥仍在生，面對此情此景，他一定會毫不猶疑地盡一切辦法阻止吧。路德維希留下的說話，羅倫斯沒法貿然無視，但要為這個弟弟獻上自己，他做不到。

但要眼睜睜看著路易斯因為歌蘭無聊的執念而死嗎？他問自己。

路德大哥已經不在這個世上，他自己也就算了，但路易斯還年輕。他的人生才剛剛開始，還有長遠的路要走，要去見識更廣的世界，要跟心愛的未婚妻一起生活，可不能因為甚麼神龍復活而停止腳步！

羅倫斯忍不住一拳打在牆上，心裡不忿。

路德維希的一生並不算幸福，總是與病痛爭鬥著，而他自己不過是因為逃離了家庭才令人生快活了些，但他可不想看到路易斯的人生一直活在歌蘭的控制下，甚麼幸福都沒得到便就此結束。

也許路德大哥也有這個想法，而將路易斯託付給他吧，羅倫斯突然恍然大悟，心裡燃起了決心。

他跟自己說，我不是為了家族血脈存活而中止喚龍儀式，而是為了唯一的弟弟而已。

我恨父親，痛恨他至死，若然能為他帶來不可磨滅的打擊，例如親手把他期望的神龍復活願望打碎，那便最大快人心！

而且，誰說中斷的過程一定會以命換命的？不踏進法陣阻止喚龍儀式便可以了！

……慢著，距離喚龍儀式舉行還剩多少時間？

理清自己想法的同時，羅倫斯這才驚醒，自己找歌蘭理論的那天距離月圓之夜有兩天，那麼現在是甚麼時候？

他立刻站起來，湊近小窗邊，努力在窗外的天空尋找月亮——

圓的，不是仍有盈缺的近圓，而是完整的圓。看到的那一瞬間，羅倫斯的心頓時涼透了。

距離太陽下山已有一段時間……糟糕！難道喚龍儀式已經開始了？

不行，再不出去便阻止不了！

「有沒有人！聽到嗎？快來打開門！放我出去！」他急忙衝到門框前，不停地踢，也嘗試大力拉扯鐵鎖，賭一把老舊的零件會否因此而鬆脫，同時再次高呼，希望有人聽見。

他不停在心裡咒罵自己，為甚麼現在才發覺今天是月圓夜！搞不好用剛才發呆的時間來嘗試，現在早就逃出去了！
路易斯要是有甚麼事，他一生都會過意不去！
羅倫斯繼續一邊呼叫，一邊用自己能夠想到的方法破壞門框和鐵鎖，卻徒勞無功。正當他不忿地狠狠一腳踢到門框上發洩，心裡開始打量最壞打算時，有一個黑影在監倉的大門閃過，並急急跑進來。
「是誰？」

⚔

同一時間，在銀月寧靜的光芒之下，路易斯低著頭，正和歌蘭一同往莎法利曼大教堂進發。
他身穿白袍，身披白布，白布蓋著他全身，微風一吹，吹起蓋著頭的部分，露出布下那雙無神的眼睛。
在路易斯身旁兩邊的，是兩排齊格飛家的守衛兵士，而歌蘭則走在前頭帶領整個隊伍進發。兵士們都手提長槍，腰配長劍，身穿盔甲，不時會看路易斯一眼，檢查他有沒有脫隊。路易斯知道，父親這樣安排是防止他逃走，他嘲諷地一笑，根本不用這樣麻煩，他是不會走的。
他認清了，自己一直以來都是個笑話，從出生開始便是。兄長曾經打算暗殺他、學院的同學只因為他所屬的家族而親近之、最恨的死對頭把自己看作天真的愚人、精靈主動接近是為了取他性命，現在就連親生父親也只當他是一個達成其願望的道具。他愛過兄長，把學院的同伴當作朋友，為了得到精靈的心而努力學習，也為了得到父親的愛而盡力滿足他的要求，但到頭來原來都是一場空。

就算他今天逃走了，能到哪裡去呢？離開家之後，他就甚麼都不是，沒有錢財，也沒有能力。就算幸運逃到一個美好的新地方生活，住久了，大家都會看清，原來這個人一無是處。無論去到哪裡，事實都不會變。

而且歌蘭是不會讓他走的，翻遍整個世界都一定會把他找出來，所以是沒有意義的。

他從一開始便是這個家的傀儡，傀儡如何反抗都改變不到自己的命運。他心想，既然我這個人是沒意義的，那麼就任由他人意思，做甚麼都沒所謂了。

「小路易，你要記住，無論發生甚麼事，都一定要相信自己。只要你相信是對的，就一定要堅持下去，絕對不能失去自我。」

這時，也許是心中最後一絲渴求反抗的心在燃燒吧，路德維希留下來的話再次在路易斯腦中響起。那把溫柔聲音響起的瞬間，路易斯的心頓時被觸動，眼泛淚光。

路德大哥，你可以告訴我，甚麼是對，甚麼是錯嗎？他忍著眼淚，在心裡問道。

有很多次我都覺得自己是對的，但倒頭來原來一切都是錯誤；我一直以為自己清楚自己在做甚麼，但原來我連自己是誰也不清楚。

我相信過，堅持過，曾經差點倒下又爬起過，但現在實在沒法再走下去了。

是我沒用，是我無能，辜負了你的期望。我不值得當你的弟弟，一切都是我的錯。

對不起，對不起……

他小聲地抽泣著，只能不停地呢喃對兄長的道歉。

一行人很快便到達莎法利曼大教堂，堂內的擺設跟舉行訂婚典禮時的格局差不多，大量的火燈照亮了整個空間，散發出一種溫暖的感覺。

他們從大門畢直走到中殿，再走到祭壇前。路易斯抬頭一看，只見平時放在祭壇上的講壇、長桌、地毯等皆已搬走，露出刻在地毯下方，石塊上的法陣。

眼前的法陣跟手稿上所繪的一模一樣，以數個圓圈組成，在最外圍的圓圈內側寫滿一些古代文字，路易斯看不明白，但知道它們是龍族仍在時，祂們所使用的文字，而根據手稿所指，文字的意思是「莎法利曼，至尊之龍；齊格飛，至誠之代行者」。在文字的內側又有另一組文字，是來自東方的術式文字，所寫的是喚醒莎法利曼所需要的咒語。而在法陣最中心，則是一個太陽圖騰，中間刻有莎法利曼的模樣，象徵莎法利曼作為神龍的身分。

法陣樣式之複雜，路易斯沒法想像它是在這幾天被急忙刻上去的，而且仔細留意，某些刻痕處留有一些如白化等的歲月痕跡，不像是剛剛刻好。他頓時感嘆，原來喚龍儀式在很早之前便已經準備好了，可能當初準備法陣的人不是歌蘭，但它今天終於要派上用場了。

巨型的莎法利曼龍骨頭在祭壇上方吊著，面向著下方的法陣。不少對齊格飛家歷史一知半解的貴族看到這個龍骨頭時，都會誤以為它是真的莎法利曼頭骨，但其實這只是仿製品。真正的莎法利曼仍然活著，只是在沉睡當中，祂的頭骨想當然不會被拿來當裝飾品，掛在教堂的牆上。只有一小部分人知道，這個裝飾其實在製作時有混入一小部分龍血，用意本來只是為了令這個頭骨跟莎法利曼有所聯繫，只是為了形式上的紀念，但這個安排意外地令它能夠成為喚龍儀式裡喚醒莎法利曼的重要媒介之一，能夠提高成功機率。

而作為促成整個儀式成功的最重要祭品——路易斯則坐在祭壇下的木長椅上，一言不發，等候歌蘭發落。

歌蘭緩緩走上祭壇，避開不踏到法陣，走到一角按下一塊石磚。頓時機關啟動，上方傳來震動聲，石製的穹頂居然打開了，天上的銀光緩緩灑在祭壇上，而滿月則位處法陣正上方，位置精準無誤。原來「月圓之夜」的要求不只是指時間，也需要滿月對準法陣才能成事。路易斯不明白為何喚龍儀式需要滿月，但他也沒有意思要搞明白。

歌蘭看見一切準備就緒，很是滿意，他快步回到祭壇下，催促路易斯站上去，表示時間不早，要儘快開始。

「父親，喚龍儀式是否真的只需要一點血而已？」踏上階級前，路易斯試探地問。

「是的，待會你用『神龍王焰』輕輕一割手腕，讓些少血流遍法陣便可以，很快便能完結的。」歌蘭鎮定地看著路易斯，面不改容地給兒子定心丸。

到最後，他依然選擇欺瞞。路易斯沒有戳穿歌蘭，他早就猜到父親會這樣做。

「父親，我最後想問一條問題。」路易斯猶疑半刻，用剩下的最後一絲希望發問。

「快點說吧。」歌蘭抬頭看著滿月，心怕再拖延下去時間會有誤，有點不耐煩地回應。他聽見「最後」二字時，心裡立刻起疑，但並沒有追問。

路易斯深了一口呼吸後，盡全力冷靜地問：「如果我沒有龍血，你仍然會愛我嗎？」

「沒有龍血的人，沒有資格成為我的兒子，更沒有資格得到愛。」歌蘭毫不眨眼，彷彿不用思考，立刻冷冷回答。

「那麼……你有愛過我嗎？」路易斯想了想，戰戰兢兢地問出他最想知道，也最怕知道答案的問題。

歌蘭思考片刻後，回答道：「當你替父親達成願望時，便會。」

「果然。」路易斯聽畢，輕輕嘲諷地一笑。

「甚麼？」歌蘭立刻轉頭望向路易斯，有點嚴厲地反問。

「沒有。」路易斯沒有解釋，只是閉上嘴，乖乖走到祭壇上。

果然，父親的心裡從來沒有我。

我一直都只是一個流有龍血的道具而已，沒有龍血，我甚麼都不是。

一直以來的一切都是我的一廂情願，是我的一廂情願蒙蔽了自己的雙眼。

既然我只是道具，那麼算了，那就當到最後吧。

依照歌蘭的吩咐，路易斯在法陣的南方跪下，面向莎法利曼的龍骨頭，而「神龍王焰」則被安放在法陣中央，它是喚龍儀式需要的另一媒介。而歌蘭則走到法陣的右邊，不站在法陣內，拿著手稿，準備從旁指導和監視自己的兒子進行儀式。

「開始吧。」歌蘭命令。

「日月為盟，大地為證，今乃圓環循滿之日，乃起始與終端連結之時。」路易斯深了一口呼吸後，便依照指示念出喚龍儀式的第一段咒語。

在東方術式的世界裡，很重視「圓」的概念，認為世間一切是不停的循環。當中又認為滿月夜是開始和終結重疊的日子，因為月亮在當天後開始盈缺，並在不久之後變回圓。起點和終點皆在同處，兩者是連結著的，剛好平等。加上滿月夜的月光是整個循環裡最多的一天，因此滿月夜被認為十分適合進行需要大量力量，以及跟給予、歸還等概念有關係的術式儀式，而喚龍儀式也套用了這一概念。

「吾乃路易斯・基巴特・喬佛里・齊格飛，乃至誠之代行者，奉『龍王之王』、『至尊之龍』、『威芬米爾之神』莎法利曼為尊。今有炎陽之火為印，銀月之光為記，現在此地獻上祈求。」路易斯拿起「神龍王焰」，把它插在地上，並改為半跪的姿態，宣讀自己的身分，宣認對莎法利曼的信仰。

威芬米爾曾是威芬娜海姆一帶地區的舊稱，莎法利曼就是在威芬米爾一帶建立多加貢尼曼王國的。喚龍儀式的原意是站在法陣上的齊格飛族人自願歸還體內龍血，甘願以自己的生命換取神龍甦醒，所以咒語裡才需要路易斯說出自己的全名，概念等同宣誓。只是這宣誓到底是真心，還是被逼，就不是術式所能判斷。

「神炎乃永恒的不滅之炎，皆在，今在，永在。無盡之火現於時間之洪流中沉睡，等待下一個開端到臨。」不需歌蘭的提醒，路易斯已經自動自覺讀出下一段的咒語，一字不差。歌蘭微微點頭，露出微笑，在儀式即將成功的一刻，他終於對路易斯感到滿意。

「現遵從與神之契約，代行者一族之夙願，現將當天借出之力量歸還。吾於此誠心祈求，祈求吾神從兆億熊火中甦醒，重臨大地，再顯神威。」

夙願。這個近幾個月經常聽見的詞語突然觸動了路易斯的心。他頓時記起自己前往參加起始儀式時，在馬車上向彼得森表明一定會實現龍族夙願時的神氣模樣。他在那一刻的說話是真誠的，但在此刻回看，卻是那麼空虛。

口口聲聲說要實現家族的夙願，倒頭來那不過是為了滿足自己的虛榮心而說的場面話而已。要這樣做才能算是家族的一份子，才能被父親認同——他心裡有一個角落其實早就看清了這不是屬於他的願望，只是自己一直不願正視。

那麼，他到底想做甚麼？

「路易斯？你還在發甚麼呆？」這時，歌蘭煩躁的聲音把他喚回現實。

路易斯一時反應不來，疑惑地望向歌蘭。

不久前才剛覺得順利，怎麼這麼快便出狀況了？眼見兒子又不如他的期望自動行事，而時間正一分一秒地流走，歌蘭忍不住發怒：「忘記了下一步嗎？用劍割腕！還等甚麼？快點！月亮要移走了。」

路易斯沒有回話，只是低頭注視自己的左腕。他的右手舉起了「神龍王焰」，放了在左腕上，卻遲遲沒有下手。

我說過那麼多次，達成家族夙願是自己想做的事，而現在這刻就是結果，他在心裡對自己說。

「路易斯！」歌蘭再次催促。

當路易斯再回過神來，他發現自己已經下意識地在手腕上割下一刀。鮮紅的血液不停地從刀傷處湧出來，他舉起手臂，任由鮮血滴落到法陣裡去。

血液滴落到法陣後，彷彿受到某股力量引領，開始循著刻痕流動，漸漸地，本來無色的法陣開始透出緋紅之色。默默地看著自己的血一點一點流失，路易斯的意識不知不覺地又飄到遠方。

這真的是你想做的嗎？

腦海裡冒出一把熟悉的聲音，是奈特。路易斯頓時記起，那是某次練劍時，奈特得知他在祭典想託付的願望是完成家族夙願後，提出的反問。

你有別的事想做的吧？

別的事？路易斯努力思索，是打敗愛德華嗎？與布倫希爾德在一起嗎？

我不知道。

當時的他如此回答奈特，如今在腦海裡也一樣。

依自己的想法行動，別被他人左右！

這次輪到羅倫斯的聲音出現了。那是他在訂婚典禮早上對路易斯的叮囑。

我連自己的想法是甚麼也不清楚，不像你，對一切都十分明瞭，真羨慕，他嘆氣。

因為你是我的光。

布倫希爾德的聲音突然浮現。路易斯的心先是一震，但很快便回到自我否定。

你太看得起我了，我只是一個空殼，不配當你的光。

「差不多了，念出最後一段吧。」

這時，又是歌蘭的命令中斷了路易斯的思緒。路易斯低頭一看，發現法陣不經不覺已經變得通紅，每一條大小刻痕都充滿著自己的血液。可能是龍血力量的影響，法陣隱隱發出猩紅之光，與天上銀光相互對照。

他望向歌蘭，正思索最後一段咒語的內容時，突然感到天旋地轉，頭痛欲裂。他想穩定身體，正要開口，但全身無力，視線開始模糊，整個人輕飄飄的，感覺不到是在浮著，還是正在跌下去。

在意識朦朧間，路易斯好像想抓住甚麼，但都不得要領；而在視線墮入漆黑前的一刻，他看到歌蘭對他微笑——他看得不清楚，可能只是幻覺，但心裡卻頓時冒起一絲感動，並覺得可笑。

我終究，還是想得到父親的認可啊。

他自嘲一笑，爾後陷入黑暗。

雖然身處在黑暗中，但他未完全失去意識。他仍然感覺到身體四肢，而耳邊則傳來不同的聲音。遠方傳來一些非人的聲響，有點像龍咆哮的聲音，但聲音很小，比起咆哮更像是呼吸，或者單純的風聲；另一方向則傳來一些屬於人的吵雜聲，只是聲音的方位感覺很遙遠，而且飄浮不定。

起來……

遠方傳來一把聲音喚著路易斯，它給他一種熟悉的感覺。他想站起來，但身體彷彿沒了力氣，不聽使喚。

我有資格站起來嗎？他猶疑。

站起來……

不知過了多久，那把聲音再次呼喚他，距離聽起來似乎變近了。路易斯還是想不起「他」是誰，但「他」的話卻給了他動力從身體擠出力量站起來，只是到一半時卻停了下來。

我只是一個失敗品，就算站起來也只是個笑話，仍是個沒有目標的空殼，那麼不如算了。一想到自己歸根究底仍是沒法反抗父親，路易斯的動力便被打消，再次倒下到黑暗裡。

小路易！

又是那把聲音，他再次不厭其煩地呼喚路易斯。不知怎的，聽見這個稱呼時，路易斯的眼前頓時浮現出路德維希的身影。

「想做的，便去做吧。」路德維希看著路易斯，溫暖地微笑著。他輕聲地說出那句經常對路易斯說的鼓勵，並向他伸出手。

眼前的路德維希身影閃耀著柔和的光輝，路易斯忍不住伸出手，想要抓住這道光，彷彿光是他的希望。光一直與他保持距離，他一步一步地追趕，不察覺自己已在無意識間往前爬行，而鬥志也開始漸漸重新燃燒起來。

抓住了光，那麼之後呢？

路易斯的腦裡一片空白，還是不知道自己到底想做些甚麼。

但他想活下去。

他未找到自己的目標，但他不想停在這裡，他想繼續活。

所以，他要抓住這道光。

他用盡全身的力氣，伸出手抓向光——

「想活的話就給我起來，路易斯！」

一聲喝斥，一下強烈的搖晃，令路易斯從朦朧的意識中驚醒。他睜開眼，發覺夢裡的光早已消失無蹤，映入眼簾的是一雙熟悉的憤怒黑瞳。

「你睡夠了沒有！」黑瞳的主人揪著路易斯的衣領，大聲怒斥道。

「二、二哥，你怎會在這裡……」這把聲音的主人正是剛才不停呼喚自己的那個人。經此一罵，意識本來還有點模糊的路易斯整個人立刻醒過來，他看著眼前人——羅倫斯，驚訝得說不出話來。

「哼，在這個時候才會叫我一聲哥嗎？」羅倫斯表面上不滿，但心裡卻由衷地感到高興。他把路易斯扶正坐起，不浪費任何時間，立刻把其左手拉到自己身前，並從口袋裡迅速拿出棉布帶，替他的傷口止血包紮。

「我、我不是叫彼得森帶你……」路易斯有點呆滯，對眼前發生的事仍然抓不著頭腦。他記起，自己在被歌蘭帶來進行喚龍儀式前，祕密拜託彼得森到監倉救走被關住多日的羅倫斯，並命令他要立刻把羅倫斯送出城外，為甚麼二哥現在會出現在自己面前？

「你以為叫個書僮送走我，便能解決問題嗎？」羅倫斯沒好氣又急促地回應。路易斯抬頭一看，這才發現彼得森居然正站在羅倫斯身旁。羅倫斯沒理會路易斯的驚訝神情，再加上強硬一句：「不過是當上家主而已，你就覺得我一定要聽你的嗎？我想去哪裡就去哪！」

不久前，彼得森依照路易斯的吩咐到監倉去，用路易斯祕密得到的鎖匙打開監倉的門，釋放羅倫斯。本來彼得森應該要立刻把羅倫斯帶出威芬娜海姆城外的，但當他告知羅倫斯喚龍儀式快將開始後，後者沒有遵照路易斯的意思離去，而是跑到自己的睡房取過長劍，再急奔到教堂來，一路從中殿衝到祭壇前，並走到壇上要帶走路易斯。

路易斯看了一眼彼得森，後者只是有點害怕地微微點頭，似乎表示他已經盡力完成吩咐，只是羅倫斯不聽勸。但彼得森沒說的是，其實當他把路易斯的吩咐告知羅倫斯後，下一句說的不是請求羅倫斯離開，而是求他拯救路易斯。

彼得森沒法眼睜睜看著主人犧牲，但單憑自己一人的力量沒法與歌蘭對抗，唯一能夠指望的就只有羅倫斯。他知道羅倫斯素來不喜歡路易斯，已經有要死纏爛打請求的打算，所以當羅倫斯爽快地回了一句「誰說我要走」，他感覺有如在波濤洶湧的海上抓到一塊浮木，十分感動。

「士兵呢？父親呢？」路易斯見居然無人阻止羅倫斯為自己包紮，十分疑惑地四處張望。

「哼，那些半吊子的，幾劍便能解決，不值一提！」羅倫斯回答得很輕鬆。

路易斯伸頭遠望，發現本來守在祭壇下的衛兵們都倒下，一動不動的，似是昏倒。他再轉頭望向祭壇的另一邊，看見理應在那裡的歌蘭不見了蹤影。他心裡一驚，回頭一看羅倫斯，這才發現兄長的身旁放著一把雙手劍，而其雪白的襯衫和灰黑的長褲上有大小刀痕，上面都有不少血跡。

「為甚麼？」路易斯不敢置信，也是不解，為甚麼羅倫斯不惜受傷也要來救他？他不是恨他入骨的嗎？

「還要問的？還不是因為你沒走！」明明全身是傷，但羅倫斯似乎一點事都沒有，他仍然一臉氣呼呼的，彷彿趕來教堂是為了來追罵的。他完成包紮後，揪起路易斯的衣領，質問道：「我不是叫了你逃走的嗎，幹甚麼還留下？就那麼心甘情願想召喚神龍嗎？」

「就算逃到哪裡，都沒有意義……」路易斯低下頭，仍是沮喪。

「你這個傻瓜！唉，遲點再說，快起來，走了──！」羅倫斯本想再訓話一下，但當務之急是儘快帶走路易斯，便忍住怒氣，伸出手拉起路易斯，卻在拉起後突然把他大力甩到一旁，緊接傳出響亮的「鏘」一聲──

「我就在想你這傢伙去了哪裡，原來是去拿武器啊！」羅倫斯一笑。

彼得森眼明手快地接住路易斯，後者回神一看，驚覺羅倫斯不知何時拿起了劍，橫擋下另一把雙手劍的攻擊。兩把劍正交纏著，而持著雙手劍的，是歌蘭。

剛才羅倫斯要拉起路易斯時，看見舉著劍要斬來的歌蘭，便急忙把路易斯甩到一旁，同時提劍擋下攻擊。

「你這個沒用的傢伙，是要來搞亂我的事才肯罷休，是吧？」歌蘭臉上青筋暴現，很是憤怒。他嘗試奮力把劍向羅倫斯壓去，但被後者頑強抵擋，沒法動分毫。

「彼得森，快帶路易斯走，越遠越好！」羅倫斯沒有理會歌蘭，只是命令彼得森立刻帶路易斯離開教堂。

「不准走！路易斯，你給我站著！」見彼得森扶著路易斯要離去，歌蘭急忙喝住二人。這一喝，被攙扶著的路易斯頓時下意識地停下腳步。

「別理會他！彼得森，快！」羅倫斯再次催促，見歌蘭欲追上去，立刻奮力把他推開到一旁，並趁機跑走。歌蘭剛站穩，雙眼才剛找到已經跑到教堂中央的路易斯二人，正要追上時，下一秒頭頂傳來厚重的石頭磨擦聲。他驚訝地抬頭一看，發現穹頂居然開始緩緩關上。頓時明白發生甚麼事，他憤怒地望向祭壇一角，目睹羅倫斯正把手放在機關上，一臉神氣。

「你！」見喚龍儀式另外重要的一環被破壞，歌蘭怒火中燒，舉劍從上斬向羅倫斯。羅倫斯俐落地側頭避開，並快步閃到歌蘭身後，跑到法陣前，奮力用劍在陣上劃下一條長痕，把法陣從中間一分為二。失去了月光，加上陣型被破壞，法陣上的猩紅之光慢慢變得黯淡，沒了生氣。

親眼目睹法陣被劃破，歌蘭怒得說不出話來。路易斯逃掉，他可以把他抓回來；穹頂關上，他可以再打開一次；但連法陣也被破壞，那麼喚龍儀式就真的完全告吹了。他可以等待滿月再次來臨，可以修復法陣，也可以逼兒子再次獻祭，但只要羅倫斯一天尚存，以上所有事都變得不可能。

要不是因為羅倫斯中途打斷喚龍儀式，現在他可能已經在覲見神龍；要不是因為羅倫斯害路德維希死去，可能今天路德維希已經在祭典中勝出，復活了神龍；要不是因為羅倫斯的血統，他用不著找另一個女人生下另一個沒用鬼。

一切都是因為他！

「你這個！」歌蘭立刻上前從上斬下，劍被羅倫斯從下側的反斬擊打到一邊。正當羅倫斯要往前刺時，歌蘭往後側退一步，並大力往上反斬，竟把羅倫斯的劍打斷成半截。

歌蘭一擊的衝擊力令羅倫斯跌到地上，後者一瞧手上已無用處的長劍，毫不猶疑地將之拋開。見羅倫斯沒了武器，歌蘭滿意地一笑，自信地向下揮斬——

羅倫斯一個側翻往左閃避，令歌蘭的攻擊落空，只斬到地板。歌蘭沒有失落，立刻拿起劍，像是追逐獵物一樣，轉身便往羅倫斯的頭顱斬去——

「鏘」，出乎他的意料之外，劍居然被羅倫斯擋下，而眼前出現的是一道熟悉的橙黃色。他正要開口，羅倫斯立刻抓住時機，反守為攻，揮著這把外表有如火焰的橙黃長劍連環從左下、右下往上揮斬，途中不乏前刺，令歌蘭左右臉頰受傷，肩膀被割出傷痕，也逼使他後退到祭壇下。當羅倫斯再次往前斬來，歌蘭好不容易狠狠接下攻擊，兩劍相互交纏，互不相讓。

「你不配拿起它！」歌蘭怒吼。

羅倫斯低頭一看，這才發現自己手上拿著的甚麼。他頓時感到好笑，深了一口呼吸後，立刻滑劍向上，朝歌蘭的臉刺去。歌蘭急忙側踏避開，而在避開的一瞬間，他的眼角瞄到羅倫斯的劍上冒出火花——

他驚恐，立刻後退拉開距離，並握緊劍防守。其耳上方的位置留下一條深長血痕，更有些頭髮被火燒焦。

「呵，果然我是能用龍火的！」羅倫斯看著手上的劍——「神龍王焰」，驚喜地笑著。剛才躲避歌蘭的攻擊時，他的手無意中碰到地上的「神龍王焰」，下意識地拾起反擊，並嘗試依照書上所說的方法，想像龍火，沒想到真的成功了。

羅倫斯曾經多次在夢裡幻想自己拿著「神龍王焰」的模樣，也夢見過自己當上家主後，拿著「神龍王焰」與歌蘭刀刃相見。雖然家主沒當成，但他現在真的握著這把曾經夢寐以求的家傳長劍與歌蘭為敵。命運的安排實在太妙，他心裡很是舒暢。

「把『神龍王焰』交還！那不是你能用的東西！」歌蘭恨不得立刻上前強行把「神龍王焰」從羅倫斯手上拔走，但懼於龍火，才不敢貿然接近。

「誰說的？所有齊格飛家的人都能用，包括我！」羅倫斯現在的心無比舒暢。眼前人一直誣衊他的血統，污衊他的出身，怎知簡單一道龍火便道出了真相——他是確確實實的齊格飛族人。

羅倫斯在身前舉劍，往前踏步斬去，同時再次變出龍火——一條幼長火條，纏繞著劍尖。

「你……只是個污點！」歌蘭正面擋下了攻擊，他稍微伸長雙手握劍，令羅倫斯的龍火不能碰到自己。就算看到龍火，他依然不願承認羅倫斯的身分：「污衊全家的污點！」

「全家？是你而已吧？」羅倫斯汛速收劍，同時往左斜前方一踏，欲斬向歌蘭的頭顱。「一切的問題都源於你，只是你一直沒看到，不，一直不願看到而已！」

料到羅倫斯想朝自己的頭顱斬來，歌蘭在劍揮下的瞬間往左避開，同時揮劍往右壓下「神龍王焰」。但他遲了一步，如同火焰的劍身被壓下前在其右肩留下一刀，登時血流如注。歌蘭忍痛捲劍反擊，羅倫斯反應慢了一拍，右腰側被劃下一刀。他立刻掩著傷口後退，跟歌蘭拉開距離。

「所以說你一事無成！自己失敗便把問題推卸到我身上，卻不照照鏡子！」歌蘭仍然堅持羅倫斯才是家庭問題的根源，明明事實擺在眼前，仍然不願意放下身段。

「要反省的是你吧？明明自己只是個二子，卻對長子名份有偏執的奢想，有三個兒子也不知足，只執著於已離去的長子，還打算犧牲掉最有潛質的幼子。你以為自己很強，不可一世嗎？我告訴你，沒有兒子和家族，你甚麼都不是！」見歌蘭如此態度，羅倫斯決定狠狠揭開真相。他看過路易斯練習使用龍火，自己也曾經偷偷試過，但直到剛才為止都不成功，所以他知道，路易斯在這方面有著不可多得的天賦。

但歌蘭卻甚麼都看不見，只因路易斯不是長子。

「你……這是對父親的態度嗎？」被無情點中真相，歌蘭憤怒得快要失去理智，指責的同時舉劍前刺。

「現在才拋出父親的名份來嚇唬我嗎？明明甚麼都沒做過！」羅倫斯往右一揮，令歌蘭的偏離原本軌道。正當歌蘭收劍並向右捲劍之時，羅倫斯看準時機，在歌蘭前刺時把其劍身壓下，並捲劍前刺——

歌蘭急忙閃避，令羅倫斯沒法刺穿其腹腔，只能在腰側留下一刀。歌蘭彷彿感到不到痛楚似的，立刻從下往上揮斬，羅倫斯收劍不及，左腰被劃下一刀。

「你根本就不是父親，父親是不會推自己的兒子去死的！」羅倫斯掩著不停流血的傷口怒吼。鮮血不停從他的指縫中流出，且染滿襯衫，但他依然堅定地站著，狠狠地瞪著這個他一生中最恨的人，絕不倒下。

歌蘭也一樣，緊握著劍，縱使全身是傷也依然傲然屹立：「你懂甚麼，我們是神龍的後人，家族的夙願比父子親情更重要——」

「那只是你的夙願，別裝了！」又是同樣的說辭，羅倫斯看不過去，立刻打斷歌蘭的話。「你想覲見神龍，讓神龍知道是你把祂從沉睡中喚醒，那麼那個理應甚麼都不是的二子，便能在神龍的心目中獲得無上的地位，這就是你想要的結果吧？你會否也打算告訴神龍，自己大義滅親，把兒子獻上，讓神龍體會到你的忠誠？若然莎法利曼真的如傳說一樣擁有慧眼，我相信祂只會覺得你是一個冷血殺手，甚麼都不是！」

「羅倫斯！」自己的想法再次被最厭惡的人揭穿，而且長年的願望被狠狠溪落，歌蘭的吼叫亮得響徹整座教堂。他提劍往前衝，瞄準羅倫斯的腹腔刺去——

「反正你現在沒法見到祂，就不用在祂面前展露你的惡了，真幸運！」劍在刺到一半時被「神龍王焰」擋下，羅倫斯奮力把歌蘭的劍往上撥開，同時嘲笑他。

「你給我閉嘴！」歌蘭再次被激怒，他一腳大力踢中羅倫斯腰腹上的傷口，後者立刻倒在地上，掩著被踢的位置，十分痛苦。羅倫斯只能半睜著眼，看著歌蘭提劍往自己走來——

「羅倫二哥！」

正當歌蘭要斬向羅倫斯時，身後傳來一把驚訝的聲音打斷了他的動作。羅倫斯趁機站起來並擊開歌蘭的劍，迫使他後退。歌蘭憤怒地往後看去，發現理應逃走了的路易斯和彼得森居然折返。

這個沒用的失敗品居然敢再阻礙我……敢反抗我的，不要也罷！

歌蘭的心只剩下怒火，他拖住全身是血的軀體，毫不猶疑，上前刺向路易斯——

「你瘋了嗎？那可是你的親兒子！」

歌蘭快要刺中路易斯時，他被羅倫斯從背後狠狠斬下一刀。他立刻憤而轉身揮斬，沒想到羅倫斯居然滑步避開，並刺向他的心臟。

羅倫斯雙眼睜大，十分驚訝，沒有料到此景。他只是感應到殺意便下意識行動，沒想到居然刺穿了歌蘭的胸膛。他想抽劍之時，前腹傳來一陣刺痛，只見歌蘭狠狠握著手上的劍，把劍插進他的腰裡。

「啊——！」

羅倫斯忍住劇痛繼續前刺，推著歌蘭往前走，走了幾步，見他不能再反抗，才狠狠拔出「神龍王焰」，任由他無力地倒在地上。

歌蘭倒在自己的血泊裡，雖然一動也不動，但尚存一分意識。羅倫斯一手拔出並拋開插在其腰間的劍，跨站在歌蘭身上，牢牢瞪著他。

「父親！」路易斯衝了上來，想跪下關心歌蘭，但沒走兩步便被羅倫斯揮手打住腳步。

「哼，贏了我又如何，還不都是失敗品。」歌蘭氣若浮絲，但氣勢依然逼人。

「你儘管說吧。」羅倫斯嘲諷一笑，這人到最後仍然嘴硬。

「聽好了，就算喚龍儀式今天被你阻止了，他日神龍一定會再降臨，你做的一切都只是徒勞無功——！」

歌蘭狂妄地宣告，但說到一半，卻被羅倫斯用劍插穿其胸腔，瞬間沒了氣息。路易斯被羅倫斯突如其來的舉動嚇倒，他倒抽了一口涼氣，但不敢作聲。

「你就在另一邊的世界，跟夢想中的神龍團聚吧。」俯望再說不出話的歌蘭，羅倫斯輕輕一笑。

他凝視著「神龍王焰」，再望向歌蘭，心情很是複雜。

用「神龍王焰」親手殺死歌蘭，是他小時候希望成真的夢。雖然這樣說，但其實羅倫斯從沒想過真的要殺死他。他由始到終都只是想救走路易斯，阻止歌蘭的野心，但看到歌蘭失去理智想殺死路易斯時，他的身體便自己動起來了。

不論如何，這座屹立不搖，總之視自己如垃圾的大山，如今終於敗在自己劍下，真是暢……啊。

突然，腰腹傳來劇痛，羅倫斯雙腿一軟，他用「神龍王焰」勉強支撐著身體，但還是敵不過痛楚，緩緩倒在地上。

「羅倫二哥！」路易斯大感不妙，急忙上前，在羅倫斯要倒在地上前接住他的身體，小心翼翼地幫他躺好。看見兄長身上各個流血的傷口，尤其腰上幾個嚴重的，他立刻命令彼得森用力按壓著它們，自己則撕下褲管，模仿不久前羅倫斯幫自己包紮的樣子，急忙替他止血。

「小路易……你為甚麼回來了？」注視為自己而忙亂的路易斯，羅倫斯有氣無力地問道。

「我怎能拋下你自己逃走？」路易斯在嘗試綁住羅倫斯身上，那被歌蘭刺穿的腰腹傷口同時，激動地反問。

他剛才確實是被彼得森帶離了教堂，但快要跑到城堡內庭的出口時，卻停下了腳步。路易斯清楚，若是留下羅倫斯一人面對歌蘭，羅倫斯會發生甚麼事。他沒法接受兄長為了救自己而犧牲性命。事情會演變成今天的地步，是他自己的問題，他也有責任，所以不能就此逃去，一定要回去面對歌蘭，或者把羅倫斯帶走。因此無論彼得森如何阻撓，他都堅決折返。

沒想到回來時，卻看到二人相殺的瞬間。

「你還是一如以往的天真呢……」羅倫斯輕聲一笑，笑得很虛弱。「這點跟路德大哥真的很像。」

羅倫斯心想，要是今天被獻祭的是路德維希，就算自己用盡一切逼他逃走，甚至打暈他，他相信大哥一定也會想辦法私自折返的。大難當前，理應先顧及自己安危，但比起自己，路德維希和路易斯都會更擔憂救走自己的人的性命。

這兩個傻瓜笨蛋，果然是血緣相通的兄弟呢。

哼，自己不嘗也一樣。

想到自己剛才一反常態的作為，羅倫斯忍不住一笑。一笑，卻不小心觸動了腰部的傷口，登時痛苦難當。

「二哥！你不要動！」羅倫斯痛得弓起身子，但路易斯按著他，不讓他亂動。

彼得森不久前被叫去請醫生過來，留下路易斯一人繼續盡力幫羅倫斯止血。他又是包紮，又是按著傷口，想得到的都做了，但血還是不停從傷口中流出來。

「可惡，為甚麼血一直流不停啊……」看著手上早已染滿血的布，和地上越來越大的血泊，路易斯越發焦急。而羅倫斯只是緩緩把手疊在路易斯的手上，要路易斯看著他。

「小路易，你聽我說。」他虛弱地呼喚路易斯。

「不，二哥你先不要說話……」疊上來的手是冰冷的，僅餘一點溫度。路易斯更為慌張地按壓傷口，又左右張望，看看有甚麼還可以拿來用的，但羅倫斯只是輕輕微笑，並搖頭，彷彿在說：不用白忙了，趕不及的。

「不……」見羅倫斯臉色蒼白，卻一臉安穩，路易斯心裡的焦急之情頓時如火山般溢出，忍不住流下眼淚。他仍然按著傷口，自責地喃喃自語：「要不是我擅自回來……要不是我沒聽你的話逃走……要不是我不聽父親的話……不，要不是我出……」

「聽我說，你的出生並沒有錯。」正當路易斯快要說出「出生」二字時，羅倫斯用僅餘的力氣捏緊弟弟的手，打斷他的話。

「你出生，活著，在世上，在這個家，都是有意義的。」

羅倫斯雖然氣若游絲，但他說話的時候眼神堅定，一字一句，清清楚楚。

「不，我只是一個沒用的傀儡，是來搶理應屬於你的……」

「你不是任何人的代替品，也不是小偷，」羅倫斯輕輕搖頭，打斷路易斯的話。「以前待你那麼差，還想取你性命，真的對不起。」

「不，你不要跟我道歉……」路易斯不停搖頭，眼淚流得更厲害了。

那個從不向人低頭的羅倫二哥居然坦然道歉，這瞬間他期待了很久，但現在卻不想看到。路易斯恨不得現在可以有個選項，如果自己不接受二哥的道歉，他就能活過來，那麼多好。

羅倫斯一眼便看穿弟弟的想法，他很想坐起來擁抱他，給他安慰，奈何全身乏力，只能躺著把要說的都說完：「你其實大有能力，只是自己不自覺而已。要相信自己，相信自己想做的事。」

「我就連做甚麼事都不清楚，要怎樣相信……」面對兄長對自己的信心，路易斯只是更為迷惘。

「以前歌蘭在，限制了你，如今沒有枷鎖，就盡情做自己想做的事吧。」但羅倫斯只是再強調一次。他嘆了口氣，交代道：「為我和路德大哥……不，那樣太大壓力了。從今以後，為自己，為自己所希冀的，活下去。」

本來他想對路易斯說，替他和路德維希完成二人所做不到的事吧，但說到一半，又把話吞回肚去。請生者為死者活著，等同將自己的願望加諸別人身上，形同束縛。他自己是甘願為路德維希完成其願望的，但路易斯從出生起便已經乘載太多人的願望，他不想再為這個弟弟加諸更多。

回家的這兩星期間，羅倫斯看得很清楚，路易斯其實是有自己的目標，只是未確實地認知到那些是目標而已。他的最大願望，是路易斯能夠從歌蘭，甚至從家族的束縛解放，自由地活著。

他長年目睹路德維希被疾病和責任束縛，而自己也被困在家庭的異見和個人的憤怒當中，走不出來。痛苦，兩個人承受便可以了，他不想看到連路易斯也變得跟他們一樣。

所以，自由地活下去吧。

「沒有你，只有我一人不行的！」路易斯哽咽道。類似的情景已經是第二次經歷，他不想再失去至親，連平日不會說的心底話都衝口而出，只為盡力懇求，盡力挽留。

「傻瓜，你已經獨當一面了。」羅倫斯沒法伸手摸路易斯的頭，唯有握緊他的手，給他信心。他取笑道：「之前幾年沒有我，也不是活得很好嗎？」

「但……」那是因為在那些日子裡，我確信你仍在世界某個角落活著！路易斯想說，但現在整個人都亂套，好像失去了語言能力般，沒法喊出口。

「可以的，相信自己。」羅倫斯何嘗不明白弟弟的心思。他只是再拍拍路易斯的手背，鼓勵他。

路易斯仍然低頭抽泣著，而在交付完心裡話後，羅倫斯把視線轉到頭頂上。天花板的肋架券們似是在舞蹈，一條又一條旋轉著的線條彷彿在呼喚他加入。視線開始失焦，他感覺到自己的時間似是流失得差不多了，但意外地，心境居然很平靜。

口上說要想辦法在保住自己性命的同時救出小路易，但結果還是把自己的命給搭上了呢。他不禁嘲笑自己，但卻不覺得失敗，相反，心裡的感覺是滿足的。

多次目睹路德維希踏進鬼門關，也見證他離去，在羅倫斯的想像中，死亡一直是一件可怕的事。眼睜睜看著自己的生命在指縫間不受控制地流走，是他沒法接受。於他，生命裡的所有一切，連同生死，都是自己的，所以都應該要由自己掌控。而性命是一個人最基本也最珍貴的本錢，正如最好的寶物一定會留給自己一樣，傻的人才會無償為他人犧牲性命。

換著是以前，他會覺得此事無比愚蠢；但此刻，他竟然覺得開心。望見路易斯還好端端的坐在自己面前哭，他就覺得一切都是值得。

原來是這種感覺嗎，他好像終於明白了路德維希的感受。那種他人先於自己，無條件付出的精神。

路德大哥，我完成你的囑咐了。

心裡報告完，羅倫斯突然萌生起對路德維希的懷念。他很想念路德維希，想現在就衝到大哥面前，神氣地親口告知自己完成託付的事，讓大哥回他一個燦爛的微笑，拍拍其肩膀，稱讚他做得好。

手臂傳來一陣搖晃，羅倫斯反射性望去，他看不清楚，但似是路易斯不停地搖晃他的身體。路易斯的呼喚聲彷彿從遙遠傳來，十分微弱。羅倫斯聽不清路易斯在說甚麼，但在朦朧中看著弟弟的臉，他忽然有種看見路德維希的錯覺。

「看，羅倫斯，在這裡啊，我們的新弟弟。」

這時，耳邊響起路德維希溫柔的呼喚聲。羅倫斯望去，只見在模糊的遠方，路德維希正揮著手叫著自己。他循著聲音的方向走過去，發現路德維希身後有一張小床，上面躺著一個金髮嬰兒。

嬰兒長得肥潤，金黃的頭髮如同太陽的光芒。他睜眼看著路德維希和羅倫斯二人，水藍雙眼圓潤閃亮，四肢不停在空氣中撥動的樣子看起來挺可愛，但羅倫斯卻皺著眉，並不賣帳。

「怎麼了？不喜歡路易斯嗎？」路德維希側頭注視羅倫斯的苦瓜臉，疑惑地問。這時，羅倫斯看清了，那是兄長十多年前的樣子，年輕，但一樣秀麗。他記起，十多年前，路易斯出生後的某天，路德維希在某天硬是把他拉了去探望這位新弟弟，說是要讓新弟弟認識他的二哥。

「要我怎樣喜歡？」當時，羅倫斯抱著胸，氣呼呼地別過頭去，一點也不想跟這位小嬰兒有任何眼神接觸。

「為甚麼？看，他很可愛啊。」但路德維希卻截然不同。他伸出手指給路易斯，讓他抓著。看見路易斯被逗得哈哈笑，路德維希也笑得很開懷。

「哪裡可愛了？只是裝著可愛來搶位置的小偷而已！」羅倫斯仍是不願意看路易斯一眼。於他，這個所謂的弟弟是來搶走理應屬於他的家族繼承人地位，他的金髮只會令因一頭黑髮而不被待見的自己在家裡的地位更加難堪。他想不到接受這嬰兒的理由，嬰兒的天真笑容在他眼中是奸險的嘲笑。

「這孩子，是光啊。」路德維希沒有被羅倫斯的氣話影響，只是輕輕撫摸路易斯的頭，意味深長地感嘆了一句。

羅倫斯立刻轉身，忍不住反駁大哥的天真幻想：「髮色嗎？那麼你不也一樣嗎？」

「不，」但路德維希卻輕輕搖頭，認真地解釋：「你看，在他身上蘊藏著無限的可能。他才剛來到這個世界，一切對他來說都是新奇的，而他會選擇的路，也是無限的。他也許能做到我們都不能完成的事，會是我們的希冀。」

路德維希說得那麼認真，羅倫斯倒是有點好奇。他終於願意轉身，正眼看路易斯一眼。四目相投，路易斯對他哈哈笑著，那笑容似乎能夠融化人心，慢慢地，羅倫斯對他沒那麼反感了，但仍是覺得噁心。

「為甚麼你能喜歡他？我真的不明白。」他依然不明白，為甚麼大哥能夠坦然接受這個明顯是敵人的新成員？

路德維希答得理所當然：「因為，是家人啊。」

一句答案令羅倫斯愣住，沒法反應。見羅倫斯的眼神仍有不解，路德維希輕輕抱起路易斯，並走到羅倫斯面前。路易斯看著羅倫斯，興奮地伸出手，似是想跟眼前這位哥哥握手，但後者卻下意識地後退一步。羅倫斯面有難色地望向路德維希，但路德維希甚麼也沒說，只是輕輕點頭，回以一個支持的笑容，並把路易斯帶到更前。

不是說小孩對他人的反應很敏感的嗎，自己對路易斯的敵意那麼明顯，他應該會討厭我吧。羅倫斯抱著猶疑，戰戰兢兢地伸出手指，覺得路易斯應該不會理會他。但出乎他的意料，路易斯一手抓緊他的手指，不願放手，像是終於得到一件想要很久的寶物一樣，笑得很高興。

凝視那隻細小的手，感覺到那手掌傳來的溫暖，羅倫斯總算改怒為笑。看著路易斯純真的笑容，他覺得自己好像明白了些甚麼——

確實，是光啊。

在模糊中看著路易斯的金髮，隱約地感覺到他握著自己的手，羅倫斯覺得整個人彷彿被陽光照著，平靜且溫暖。回想起第一次與路易斯相見的往事，此刻羅倫斯終於理解，路德維希當天話中的含意。

因為是家人，所以能夠無條件地愛啊。

其實當時的自己已在朦朧中明白答案，只是一直不察覺真心而已。

自從那天開始，他們三人便成為一體。這些年來，三人一起胡鬧、嬉戲、學習、探險，那些過往的美好回憶一段一段在眼前浮現。它們都是羅倫斯最為珍重的寶物，重看片段，他有點不捨，也感到欣慰。

是我們三人成就了三人的人生。沒有了誰，都不會完整。

如今將要剩下路易斯一人，但羅倫斯相信，路易斯可以走得更遠。正如路德維希所希冀，他能做到他們都不能完成的事。

眼前的光芒越來越暗，但羅倫斯卻在黑暗中看到更遙遠的光明。

如果有一天三人能夠再次見面，去哪裡都行，只要再聚一起，那就好了。

第十九迴－Neunzehn－

以太－AETHER－

1

早晨時分，布倫希爾德站在睡房的窗前，凝望窗外的風景。

外面風和日麗，藍天白雲，溫煦的陽光輕輕灑在世間萬物上，微風輕輕吹拂，如畫般美麗的景色令人感到平靜。這一星期安凡琳的天氣不太穩定，一直下雪，或者刮強風，就算偶有陽光，也不過是從陰雲間的空隙短暫照射而已，而今天終於放晴，回復到那個世人熟知的世外桃源模樣。

看著如此美妙的景色，布倫希爾德的表情看起來平靜，但心裡卻是五味雜陳，心情雜亂如麻。他人看見天空放晴都會感到高興，但她現在看到的卻是死神的招手。

她全身穿著白如雪的長裙，裙上一點裝飾都沒有，彷彿只是把一塊白布穿在身上，而頭上則披著一襲白紗，半透明的布把她的長髮都遮蓋著，只是沒有蓋著臉孔。在她身邊，則放著「精靈髓液」，劍身在陽光的照耀下隱隱發出淡藍的光芒，黃金色的護手和劍柄上的寶石們都閃閃生輝，看起來比起劍，更像是一件藝術品。

無論是裝束，或是「精靈髓液」，都是特意為了即將進行的儀式而準備的。

一個星期多前從威芬娜海姆回到安凡琳後，一如預計，布倫希爾德被希格德莉法叫了去交代訂婚典禮所有事情的來龍去脈，並被要求解釋為何沒能殺害路易斯。她沒有說是自己決定收手，只是以「對方有所防備，找不到機會」矇混過去。

希格德莉法早就說過，要是布倫希爾德沒有成功殺死路易斯，那麼就有嚴重的懲罰等著她。她早就做好心理準備，可能會像平時犯錯後一樣，被希格德莉法吊起並虐打幾天，但希格德莉法沒有這樣做，反而是表示時間差不多，要求布倫希爾德再次進行「儀式」。

對布倫希爾德來說，進行「儀式」是比任何程度的虐待都更嚴重的懲罰。她清楚自己現在的身體有多虛弱，因此預計到可能會發生的結果。不知是否大地之母聽見她的祈願，又或單純的幸運，安凡琳的天氣自那天開始一直不穩定，令需要在戶外舉行的「儀式」一再進遲日子。布倫希爾德有幻想過，如果日子繼續延後，希格德莉法會否改變想法，改用另一方法懲處，但結果今天天氣放晴，希格德莉法立刻下令進行「儀式」，粉碎布倫希爾德的希望。

布倫希爾德不是沒有考慮過反抗，例如逃走，或者堅決不前往舉行地點，但長年的經驗早已告訴她，一切都是徒勞。無論她跑到哪裡，希格德莉法都能找到自己，要是她堅決不前往，那麼希格德莉法便會親自綁她上祭壇。在希格德莉法之下，她只有服從，沒有其他選擇。

想到這裡，她捏了一下裙擺，但很快又放開雙手。

「小姐，你準備好了嗎？」一直在旁收拾的莉諾蕾娅小心地問。見布倫希爾德點頭，她走到主人身邊，拉開椅子，並提議：「不如還是多休息一會吧。」

布倫希爾德沒有順著莉諾蕾娅的意思坐下休息，只是笑著搖頭：「不用了，事情終歸要來的，休息不休息沒有太大差別。」

平日工作爽快的莉諾蕾娅，今天在協助她更衣和收拾時卻一反常態地拖拖拉拉，常常忘東忘西，令準備時間被拖長了不少。布倫希爾德知道莉諾蕾娅的心思，但她知道，這是沒有用的。

「不，我去跟夫人說吧，說小姐身體不適，儀式再擇日舉行。」莉諾蕾娅還未放棄。

「不用了，騙不到的。」布倫希爾德再次拒絕。

「但如果小姐再進行『儀式』的話，很有機會……會……」見主人無意反抗，莉諾蕾婭焦急起來，卻說到一半時開始吞吐。

死——她始終說不出最後一個字，因為她怕，不想這件事發生。

「我知道，但沒有其他選擇。」布倫希爾德讀懂莉諾蕾婭的意思，卻回應得很平靜，但雙手卻又再捏著裙擺。

感覺到手的顫抖，布倫希爾德才發現，原來自己在害怕嗎？

這一天，是早就預料到的。她在很早以前就已經預見到，自己會有因為要進行「儀式」而死的一天，死亡對她來說是既定事實，但沒想到今天居然會害怕起來。

為甚麼？有甚麼改變了嗎？

這時，布倫希爾德摸到手上的戒指，登時心裡一震。

以前，她在世上沒有任何留戀；但今天，她擁有一道只屬於她的光。因為他，她在世上多了一份牽掛；因為他，她才會想反抗。

她很想再見他一面，很想再聽他那把溫暖的聲音，但恐怕不能了。

腦海浮現路易斯一個多星期前，燦爛地笑著歡送自己的模樣。當時他承諾，二人很快能夠再見面，但看來這諾言不能被兌現了。

布倫希爾德頓時感到有點沮喪，她只能緊握著戒指，在心裡對遠方的路易斯道歉。

「小姐，夫人傳話，時間不能再遲了。」這時，門外傳來敲門聲，布倫希爾德的另一位女僕卡莉雅納莎進來傳話。「現在便要前往『儀式』的舉行地點。」

「小姐……」莉諾蕾婭一聽，憂心地望向布倫希爾德。

布倫希爾德只是低頭深了一口呼吸，再次換上平靜的臉孔：「好的，我現在會出發。」

卡莉雅納莎沒有就此離去，而是開著門，靜等布倫希爾德緊隨。布倫希爾德只是輕輕脫下手上的戒指，並把它放在同樣被放在桌上的日記本旁。她轉身欲離去，卻又回頭；她想伸手取過戒指，但在最後一刻忍住了欲望。

對不起，路易斯。

她遠遠看著戒指，在心中道歉，同時感到不捨。

如果我能夠幸運捱過這一關，希望可以再見面吧。

在心裡說完後，布倫希爾德便轉身，頭也不回地離開睡房。她的眼角淌著淚珠，只是自己不察覺。

⚔

在布倫希爾德前往「儀式」舉行地點的同時，另一邊廂，路易斯剛進入精靈之森，正在前往安凡琳。

幾天前，他收到布倫希爾德的信，邀請他前往安凡琳見面。信中用詞懇切，寫盡掛念之情，並希望儘快見面。路易斯其實並不太想出門，只想留在家中靜待，但在彼得森的連連游說下，才稍微收拾行裝，第三次踏上前往安凡琳的旅途。

彼得森勸說路易斯需要外出走走，散散心，若果跟布倫希爾德見面，或者心情會變好一點。但路易斯卻不太清楚是否真的有用，他就連自己想做甚麼也不太知道。

自喚龍儀式一事過去已近一星期。那一晚，他先是目睹父親被二哥所殺，緊接二哥在自己面前嚥下最後一口氣。一夜間失去最後兩位至親，所帶來的衝擊超出了他所能承受的範圍。他不太記得之後發生了甚麼事，好像是帶著醫生趕來的彼得森看到坐在羅倫斯旁邊，滿面流淚的他，打算強行把他帶回房間休息。期間自己反抗過，表示不想離開，並要求醫生盡力搶救羅倫斯，但最後還是被夾帶回到房間。記憶很模糊，彷彿一切都發生過，也可能沒有，他連當晚有沒有睡過也不記得。

歌蘭的葬禮被安排在喚龍儀式舉行的兩天後，對外公佈的死因是他在訂婚儀式後患上急病離世。在齊格飛家對外的公佈裡，表示路易斯希望低調處理父親的身後事，因此葬禮一切從簡，只有至親好友才有被邀出席。至於羅倫斯，因為對外界來說他仍是失蹤之人，突然公佈其死訊會引起不必要的猜測和討論，所以暫時不能為他體面地下葬，只能悄悄地葬在路德維希的旁邊，一塊墓碑也沒有。

儘管這些決定都是經過路易斯的首肯，但其實一切都是彼得森安排的。

路易斯在這些日子都過得渾渾噩噩，不知道自己做過些甚麼。他整天待在睡房裡，不是呆坐在書桌前，就是躺在床上，看著天花板。在舉行葬禮，要接待前來拜訪的人時，他仍能擺出一副公爵應有的樣子，略為悲傷但仍堅強，能夠正常地與人對應；但當人們散去後，他便會回復為一副空殼，甚麼都不想做，甚麼人都不想見，只想安靜地待著。

他在這一星期都沒有睡過一場好覺，在夜裡總是失眠，好不容易睡著後又會因為作惡夢而驚醒。那些夢可能是重播羅倫斯閉上眼的一刻，或者羅倫斯捏著他的脖子，質問他為何一早沒有逃走。每次醒來，都更加重他心裡的愧疚。

他覺得很累，無論是身體上，或是心靈上。他的心裡不停有個幻想，看見自己就此倒下。若是自己暈倒了，閉上眼了，那麼便可以暫時遠離眼前的現實，遠離夢裡的指責。但他越是這樣想，身體就越是頑強地抵抗，硬是要他睜開眼。

直到收到布倫希爾德的信，離開威芬娜海姆，他才得以放鬆一點。

在前往安凡琳的途中，路易斯大部分時間都在睡覺。起初，彼得森為了讓主子睡得舒服一點，特意把馬車的其中兩個座位改裝成床鋪給他躺著，但路易斯每每都很快因惡夢而驚醒，最後彼得森發現讓路易斯坐著，維持著不那麼舒適的姿勢，他才能在顛簸的路途上勉強入睡。

低頭望向靠在自己肩膀上睡著的主子，彼得森心裡很不是滋味。路易斯自那天起，未曾向任何人傾訴過心裡的感受。他甚麼都沒說，只是一個人把所有事都扛下來。就算午夜驚醒，也只會重複說「沒事，沒事」，把所有人都拒於千里之外。就連現在，路易斯也只能在顛簸之中獲得一點安眠。彼得森知道主子並沒有真的熟睡，只是淺睡，這讓他很是痛心。

「……嗚。」這時，路易斯似乎說了些夢囈。

是甚麼？彼得森集中精神聆聽。

「……都是我的錯，對不起……」

路易斯呢喃完，彼得森感到肩膀有點濕，看來是流淚了。

唉，彼得森長長地嘆了一口氣。

他討厭這種無力感，明明主子就在眼前，卻甚麼都沒法幫忙。他唯一可以做的，只有陪伴，默默地照顧著路易斯，不讓他有甚麼行差踏錯。

現在他唯一能夠寄望，主子與布倫希爾德見面後，願意向她傾訴一兩句，在親密的人引領下願意從封閉的心走出來。

馬車一如以往，在精靈之森的密林間行駛。茂盛的森林一直陽光普照，溫煦的早晨陽光徐徐穿透層層樹葉，照到翠綠的草地上。放眼望去，彼得森看到有不同小動物在林間穿梭，也隱約感覺到有些看不見的生物在半空飛翔。他沒法看見牠們，只能憑直覺覺得好像有些東西在。

想必牠們就是仙子吧，彼得森猜測。

馬車繼續前進，快要看到森林盡頭時，馬車四周開始浮現一道薄霧。起初彼得森不太在意，但霧很快便變得濃密，四周頓時變得白茫茫一片，完全看不見前路，彷彿馬車被霧包圍了。正當他以為這不過是精靈之森有名的白霧，就像第一次來安凡琳時遇見的一樣，不足為奇之際，擔任嚮導的凱姆居然命令車伕剎停馬車，令他心感不妙。

「咦……？馬車停了？」馬車的突然停下似乎喚醒了路易斯。他有點疲勞地揉搓著雙眼，對當下的情況有點迷糊。

「凱姆先生，發生甚麼事了？」彼得森急忙拉開車廂與馬伕位置之間的小窗戶，伸出頭問凱姆。

「我也不知道！這個霧有點不尋常！」凱姆答時有點怒氣。

「如果是這樣，前進不是更安全嗎？」彼得森想了想，再問。

「就是不知道前面有甚麼才停下來啊！」凱姆不耐煩地答。

讓凱姆也緊張起來的濃霧嗎……彼得森把頭縮回車廂，正思索該如何向路易斯解釋狀況時，他一回頭，發現主子依偎在窗邊，似乎聽著甚麼。

「彼得森，你聽到嗎？」路易斯的眼神滿是疲憊，但他卻聽得很專心。

「聽到甚麼？」彼得森嘗試靜下心來，卻聽不到甚麼值得留意的聲音。

「有一段歌聲，方向很遙遠……」路易斯閉上眼靜聽，聽見遠方傳來一段柔和的歌聲，他聽不明白歌詞的內容，但那把聲音卻有點熟悉。

彼得森搖頭，他甚麼都聽不到。

「你聽不到嗎，那麼……！」思索一會後，路易斯突然想到甚麼似的，立刻打開車門，一躍跳下馬車。他回頭吩咐：「你們都留在這裡！我有一個地方要去一趟，很快會回來。」

「喂！小子，你想死嗎？」凱姆急忙叫住路易斯。

「不行！路易斯大人，在這濃霧……不，在精靈之森中行走是很危險的，請回來！」彼得森也急忙叫住他。路易斯已經在精靈之森迷失過一次，他可不想見到同樣事情再發生，而且主子現在的精神狀況不佳，令他更為焦慮。

但路易斯似乎對自己的猜想胸有成竹，他對彼得森輕輕一笑，回應道：「沒事的，總之在這裡等就好，我很快回來。」

說完，無視車上眾人和精靈的勸阻，他畢直走進濃霧。在伸手不見五指的霧中前進，路易斯毫不畏懼，很快，他看到眼前不遠的地方出現兩個熟悉的身影。

「果然是你們嗎，史卡蕾亞，諾凡蘭卡。」路易斯一笑，並停下腳步。

遠方傳來一聲笑聲，路易斯一眨眼，明明在遠處的身影瞬間出現在自己眼前。橙紅如火的長髮，在雪白斗篷遮蓋下也能隱約看見的翠綠長髮，果然，是她們二人。

「居然這麼快便聽得出是我們的呼喚，果然是火龍之子。」諾凡蘭卡湊近路易斯，滿意地感嘆道。

「當然，我可沒有忘記你的聲音，」路易斯立刻警戒地退後一步，並回答。

「以人類的時間來算，距離上次見面已相隔一段時間，想著你可能已經忘卻我們了。」史卡蕾亞沒有像諾凡蘭卡一樣湊得那麼近，而是遠遠站著，雙手抱胸，像是對路易斯心存戒備。

「也許這段時間對你們來說只是一眨眼的事，但對人類來說其實也不長，要忘記很難的。」路易斯毫不客氣地駁回去。

「哼，居然懂得反駁了，」面對路易斯的態度，史卡蕾亞沒有感到被冒犯，反而表示讚賞。「在渾然盡失的這個狀態下還能搬出這副姿態，我有點對你別眼相看了。」

史卡蕾亞的話令路易斯頓時覺得自己被看穿，他身子一震，板起臉孔，立刻轉換話題：「所以，你們找我有甚麼事？」

「還用說的？當然是答覆啊。」諾凡蘭卡瞪著路易斯回答，一副不敢相信他居然要問這種問題的樣子。「你考慮得怎麼樣？」

「哦，那個，」經諾凡蘭卡一說，路易斯立刻想起了。

「你今天再次踏進我們的領土與女王見面，所以我們必須在之前得知，你的意願如何。」史卡蕾亞重申二人前來的意思。

原來精靈的能力未強大到能夠窺探遠方人的心裡想法啊。路易斯回想起自己早在訂婚當晚在心裡回答了史卡蕾亞的事，就有點想笑。

「就算你們二人說的話都是真的，我仍然會選擇站在布倫希爾德那邊。」他深了一口呼吸，正式以言語交代自己的決定。

「哼，她真的值得你這樣做嗎？一片痴心，可能只會換來虛無啊。」諾凡蘭卡對路易斯的決定不是很滿意，一臉嫌棄，並提出質疑。

「與你們合作，盡頭也可能一樣。」大概是因為疲累，路易斯說話少了轉折，用詞直率。

「今天她待你如真愛，翌日便能對你狠下殺手，別忘了，火龍之子，這就是溫蒂娜家的性格。」史卡蕾亞不像諾凡蘭卡般直接質疑，她留意到路易斯左手上的訂婚戒指，察覺到戒指裡埋下了給他自由進出精靈之國權利的元素術式，頓時明白他受到甚麼影響，便用萊茵娜的故事來提醒他三思。「而且你們是舞者，終有一日要與對方為敵的。」

「正如你們之前所說，所謂的合作不過是互不相爭，各自達成自己的目標，那麼即使今天我們合作，難保他日你們決定與我家刀刃相向，」路易斯絲毫不被史卡蕾亞的話動搖。「至於我和布倫希爾德的舞者關係，到需要對決的那一天來臨時，我自然會下決定。」

「你絕對會後悔的，」史卡蕾亞凝重地警告。

「為自己選擇的事而行，我不後悔。」說話脫口後，路易斯有點心虛，但依然裝出一副堅定的樣子，與二位精靈族長對峙。

「哼，既然你如此堅決，我們也不好說甚麼了。」眼神對峙一會後，史卡蕾亞以輕聲一笑打破僵局。她早就預料到路易斯會拒絕合作的提議，只是沒想到他居然能夠如此堅定，不受自己的言語影響，甚至將她們說過的話反過來利用。

「史卡蕾亞，你這樣就放棄了？」諾凡蘭卡不敢相信地追問。

「睜大雙眼看清楚，諾凡蘭卡，眼前站著的是一個為了愛情而無所不畏懼的人類，在這種人類面前，任何話都難以入耳。」史卡蕾亞的語氣，彷彿她對人性洞悉得一清二楚，但她的話更像是在取笑路易斯。

「不再遊說一下嗎？」路易斯沒有被刺激到，而是用玩笑的口吻試探。

史卡蕾亞輕輕搖頭：「濃霧的維持時間有限，我們可不能被女王看見我們的行動。既然你的心意已決，我們也是時候離開了。」

路易斯望向四周，果然，白霧開始減弱，漸漸能夠看見周圍景色的輪廓，明白似的微微點頭。

「再會了，火龍之子。要是你哪天改變主意，仍然可以來找我們的。」史卡蕾亞說完後，便轉身離開。

「我真的不明白，你到底喜歡她的甚麼。」諾凡蘭卡用懷疑的眼神從下而上打量路易斯，後者只是別過頭去，甚麼都沒說。

見路易斯不搭理，諾凡蘭卡也就沒趣地後退。不過，當她要追上史卡蕾亞的腳步前，卻似乎想到甚麼似的眼眺遠方，意味深長地留下一句話：「不過，不知道你還能否見到她呢？」

「這是甚麼意思？」路易斯察覺到勢色不對，立刻追問。

「諾凡蘭卡，別多嘴。」正當諾凡蘭卡要開口之際，史卡蕾亞攔住了她。「要是你真的愛我們的女王，那就趕快起程吧，現在的話還趕得及。」

「甚麼……」正當路易斯想問更多時，白霧已全數消散，眼前景色回復為陽光充沛的森林景象，史卡蕾亞和諾凡蘭卡也不見了蹤影。

剛才真的是她們來了嗎？看著眼前的鳥語花香，對比白霧裡景色的差異之大，路易斯不禁懷疑自己看到的是否幻覺。

但應該是真人沒錯。他直覺地感覺到二人身上的氣息，跟上次在木屋相談時的氣息差不多，那麼應該沒錯。

他轉身往反方向走，不清一分鐘便回到馬車所在的位置。

「路易斯大人！」見到主子平安無事，彼得森感動得快要哭了。路易斯只是輕輕一笑，並讓彼得森伸手扶他上車廂。

「人類，你到底看到了甚麼？」凱姆少有地問向路易斯發問。他的語氣充滿警戒，生怕路易斯看到甚麼連他也不知道的精靈祕密似的。

「沒甚麼，只有白霧而已，」路易斯沒有正面回答，只是隨便用一個簡短答案敷衍。說完，他關上車廂門，向彼得森指示道：「啟程吧，時間不早了。」

馬車再次開始行駛，路易斯再次在顛簸中閉上眼睛，但這次，他的腦卻沒有靜下來。

諾凡蘭卡的話不停在他耳邊迴繞。他很累，但她的話令他心裡焦躁，沒法安靜下來。

他心裡不停祈求，諾凡蘭卡那番話只是捉弄他的。

2

離開安凡琳城堡的內庭後，布倫希爾德一行人一直從西邊方向走。沿途全都是高聳入雲的松柏，茂密的森林讓人容易丟失方向，但她們卻沒有懼怕，一直前行。在黑壓壓的松林走了半小時以上後，眾人的眼前終於出現一塊平地，被巨樹包圍的平地甚麼都沒有，只有一個用石建成的祭壇。

祭壇呈圓型，設計簡單，沒有任何裝飾或浮雕，只有一個刻滿精靈文字的法陣，以及包圍著向北半圓的矮牆。從天而來的陽光灑在壇上，猶如神光照耀，與四周寧靜又清幽的環境相匹配，整個景象散發出一股神聖典雅的氣息。

這裡就是布倫希爾德平時進行「儀式」的地方，今天也不例外。

站在祭壇下方，莉諾蕾婭憂心地望向身邊的布倫希爾德，欲言又止。布倫希爾德看見她的眼神，但沒有給予反應，只是從卡莉雅納莎手上接過「精靈髓液」，把劍拔出後把劍鞘交給卡莉雅納莎保管，並目無表情地踏上石階梯。

布倫希爾德在這些年間已經重複進行過多次全名為「祈靈之儀」的儀式，次數多得連她自己也不記得了。儀式的步驟彷彿已經隨時間刻在她的身上，就算腦袋一片空白，只要站在祭壇前，她就會自動記起儀式的所有流程，以及需要詠唱的長詞。

她走到法陣中央，半跪下來，將長至其腰部的「精靈髓液」插在法陣中央，以雙手握著劍柄。接著，她閉上雙眼，集中精神感應散落在空氣裡的元素力量，同時將自己體內的水元素力量逼出來，傳至劍上。

漸漸地，劍身開始散發出微弱的淡藍光芒。這道光芒看起來柔和，卻同時帶有一種不能抗拒的威嚴，在壇下的莉諾蕾婭和卡莉雅納莎都不敢直視它，心裡下意識地感到惶恐。這是精靈界裡絕對權力的象徵——「精靈之冠」的光芒。

一陣微風吹過，爾後祭壇四周樹木的葉片間開始冒出不同的光粒。它們顏色各異，色彩斑斕，閃耀的華光令寧靜的森林漸漸變得熱鬧，景象如同璀璨星河降落人間。光粒們的真身是靈體和仙子，他們在「精靈之冠」之光的呼喚下，乘著七彩軌跡，紛紛聚集到祭壇四周。

「又是女王的召集了嗎？」

「這女孩，又要跟我們定契約，作交換了嗎？」

「距離上次的時間相差不太遠，『那些力量』那麼快便用完了嗎？」

「她還有多少『自我』可以獻上？」

「你看，她的手正在顫抖！」

仙子們看見聚集他們前來的是布倫希爾德後，開始竊竊私語；靈體雖然沒法發出聲音，但他們擁有意識，其心思無聲地在空氣中流動。這些對話悉數傳進布倫希爾德的耳中，在七彩光輝的嘲笑中，她只能強裝鎮定，無視所有言語，靜心等待儀式下一步開始的時機。

被「精靈之冠」光芒呼召而來的仙子和靈體越來越多，眼見前來的數目與自己所需的相近，布倫希爾德深一口呼吸，開始進行下一個步驟。她維持著半跪的姿勢，像是向仙子和靈體祈求著甚麼似的，以精靈文開始詠唱：

「諸天，萬靈，皆生於大地，源起自地母之靈。

吾等為大地之子，乃大地意志之闡述者。

吾為水之意志之代言者，四大元素之領航者，布倫希爾德．溫蒂娜，以手上冠冕，召眾靈前來。」

「在冠冕之光引導下，我等前來拜見。水之女王，今日有何求取？」

仙子和靈體們的意識集合在一起，一同回應布倫希爾德。

「吾雖是領航者，但相比起全能之大地意志，仍是渺小存在，能力有限。今藉由冠冕，欲向眾靈請求，借出力量，供吾所用。」布倫希爾德一如平時，向仙子和靈體表達她進行儀式的原因——想得到他們身上的元素力量。

「女王請求，我等定必答應，只是世間一切皆天秤兩端，既有求，必有代價。敢問女王願意將何物放置於天秤彼端？」眾靈的意識爽快地答應，但同時提醒布倫希爾德交出相應代價。就算是統領精靈之國的女王，也不能隨意取去低一等的仙子和靈體的力量，必須向其請求。精靈的世界講求等價交換，誰也不能有例外。

「吾願付出自身，用以交換力量。」布倫希爾德吞了一口口水，然後才平靜地回應。

精靈對世俗之物毫無興趣，要得到他們的青睞，就只能獻上最原始，也就是源自大地的肉身和靈魂，才能進行交換。

「世間萬物皆有命數，若渴求超越本身容器所能容納之力，將招至禍患。」眾靈的意識嚴肅地警告。

同樣的警告布倫希爾德已經聽過很多遍。此刻她想起萊茵娜，她也是一個為求達成目標，而不惜渴求禁忌之力的精靈。

自己跟萊茵娜一樣嗎？布倫希爾德問自己。

不，從根本上就不同。拿卑微的自己跟偉大的萊茵娜比較，是對後者的侮辱。

無論是進行儀式，或者就算被毒打但仍對希格德莉法言聽計從，一切由始到終，都只是她為了活下去而行的事罷了，才沒有甚麼大志。

「為驅趕外敵，保護吾等之鄉，此乃手持冠冕者必行之事。」

布倫希爾德說出講過千百遍的理由後，林裡立刻傳出一些仙子的竊竊嘲笑聲。

她也想一起笑，嘲笑自己的無力。

「汝之自身已所剩無幾，仍決志立約？」縱使仙子在笑，但眾靈意識依舊鎮定，他再次確認布倫希爾德立約的意向，並提醒她自身的現況。

布倫希爾德一時怔住。這條問題她未曾聽意識提問過，有點意外，但很快便回復鎮定，回答道：

「為目標燒盡全身，乃領航者之責。」

真的，像個人類呢——布倫希爾德彷彿聽到空氣裡有把聲音說道。

為了無意義的事而獻上全身，只有人類才會做此蠢事。

她輕輕自嘲一笑，沒法反駁。

這時，感應到雙方確認了立約的意願，祭壇上有幾道像是水的液體從劍插住的位置沿著法陣的刻痕流趟開去，看起來就像是「精靈之冠」的一部分化為液體，流滿刻痕。整個法陣的刻痕都充滿液體後，整個法陣頓時發光，閃耀著猶如藍天的蒼藍光芒。

「以契約為本，我等同意獻上自身。」意識的聲音在林裡迴響。

「以契約為證，願以自身換取眾靈之力。」知道接下來會發生甚麼，布倫希爾德低著頭說，她緊握著劍柄的雙手略為顫抖，但語氣卻很鎮定。

話音一落，契約也就完成。靈體和仙子們都歡喜地笑著，他們當中某些個體化為一道又一道的光粒，在猶如稚子般天真的笑聲中刺進布倫希爾德的身體。

「啊！啊！」布倫希爾德痛苦得不停慘叫，但眾靈的笑聲卻依舊開朗，他們穿過她的身體時，都會在其身後留下一道光矛。布倫希爾德整個背部就像箭豬一樣插滿七彩尖矛，她感覺不到時間的流逝，身體的唯一感覺便是痛楚。她很想倒下，但心深處的強烈意志不許她這樣做。

過了不知多久，所有的靈體和仙子終於離開布倫希爾德的身體。法陣的光芒漸滅，布倫希爾德背上的光矛頓時軟化為液體，像融化的水一樣滴落到祭壇上。她緊握著劍柄，強忍痛楚地勉強抬頭，望向身邊包圍她的眾靈們。縱使雙眼看不清楚，但她清楚感覺到，靈體和仙子們望向她的眼神，一半是憐憫，一半是取笑。

「契約就此完成。」眾靈聚集起意識，一同宣告儀式的成功。他們開始隨風紛紛散去，有些仙子離開前回頭一望布倫希爾德，望見她搖晃的身影，不忍心地回到她身邊，叮囑道：「再這樣下去，你會化為無魂空殼，沒法抵達寧芙哈拉。」

「我對永生沒有興趣，化為塵土安息就足夠了。」寧芙哈拉是傳說中精靈死後，靈魂會被引導到達的地方，在那裡可以脫離世間煩囂，享受永生。布倫希爾德平淡地回應，於她，與其關心死後的事，不如先著眼當下的生死。

仙子見狀，輕嘆了一口氣，頭也不回地離開。

見所有靈體和仙子都離開後，布倫希爾德鬆了一口氣，神經一放鬆，她立刻全身軟倒，倒在祭壇上。

「小姐！」莉諾蕾婭大感不妙，立刻衝上祭壇扶起布倫希爾德，並不停搖晃她的身體，想要喚醒她。「你聽見我的聲音嗎，小姐！」

「我沒事……咳咳！」布倫希爾德很快便慢慢睜開眼，令莉諾蕾婭頓時放下心頭大石。她迷糊地看著莉諾蕾婭，彷彿是在認人。

「小姐……知道我是誰嗎？」莉諾蕾婭戰戰兢兢地測試。

「莉諾蕾婭，我怎會忘記。」布倫希爾德輕輕一笑，讓莉諾蕾婭安心。接著，她用虛弱的聲音吩咐道：「卡莉雅納莎……把滴體們收集起來，放進瓶子裡保存吧。」

「明白。」聽見命令後，卡莉雅納莎才動身走上祭壇，從裙袋裡取出兩個玻璃瓶，小心翼翼地利用水元素力量將那些由光矛軟化成的液體收納到瓶裡。莉諾蕾婭正緩緩扶起布倫希爾德，但卡莉雅納莎完全沒有要上前幫忙的意思。

很快地，卡莉雅納莎便把所有液體收集好，並拾起「精靈髓液」。她把盛載著液體的幾個瓶子拿到布倫希爾德跟前。布倫希爾德只是點頭確認，但沒有伸手接過瓶子，而是示意讓卡莉雅納莎把瓶子交給莉諾蕾婭保管。

莉諾蕾婭帶著布倫希爾德離開祭壇，後者卻在踏下階級前回頭一看。祭壇已經回復原狀，就像甚麼都沒發生過一樣。

居然活下來了……布倫希爾德的腦海有點茫然，但仍然記得不久前自己以為會死在壇上。

但，這次用了「甚麼」來交換？

她嘗試在腦海中搜索，但找不到答案。莉諾蕾婭的扶持令她回過神來，三人也就離開祭壇，回到溫蒂娜宮去。

三人離開後不久，祭壇附近的草叢便傳出一些聲響。那裡有兩對眼睛四處張望，確認周圍沒有精靈後，才從草叢裡站起來。

身影分別為一男一女，二人皆擁有一頭黑髮，穿著行動方便的騎馬裝。少年的上身是一件布料十分普通的午夜藍外衣和白色襯衣，而雙腳則穿上與外衣顏色一樣的皮褲，以及長至膝蓋的黑皮革長靴。少女把一頭秀麗長髮束成馬尾，外披一件灰黑格仔外衣，身穿一條跟外衣同樣款式，剛好遮蓋膝蓋的長裙，而她的長靴跟少年一樣都是長至膝蓋。

他們不是別人，正是愛德華和諾娃。

二人緊牽著手前行，從草叢小心翼翼地走到祭壇前附近。他們仔細四周查看環境，看看有沒有甚麼跟剛才布倫希爾德所進行的儀式有關的蛛絲馬跡留下，能幫助他們理解那到底是甚麼一回事，或者能順勢查找到一些關於元素術式的資料。

他們之所以會潛進安凡琳，主因是為了查探元素術式，以及與元素術式最有關係的精靈的底細。

在一個多星期前和波利亞理斯一戰過後，愛德華、諾娃、夏絲妲三人整理戰況時，不約而同地對波利亞理斯所使用的起源術式提出疑問。波利亞理斯曾經提及，起源術式跟元素術式的原理類似，只是它是屬於術式的系統，解讀世界的方式跟精靈所用的方法不相同。而他跟諾娃說過，「虛空」和「黑白」是他在研究起源術式時發現，並開始感興趣的。

他們三人都覺得，也許波利亞理斯的話暗示了起源術式和「虛空」有著密切關係。要解開「虛空」力量的祕密，可以從起源術式入手，但波利亞理斯已經不在人世，那麼最快的方法可能就是從最接近起源術式的系統，也就是元素術式入手。

諾娃生前只略為聽說過元素術式，所知道的都是一些非常片面的資料，例如屬性分類，以及懂得閱讀部分簡單的精靈文字，但對於元素術式的仔細理論卻只是一知半解，而且也聽不太懂精靈語。而愛德華和夏絲妲兩位都是術式的門外漢，就更加不用說了。三人討論過後，覺得現時最快可以得到相關情報的方法是到安凡琳一趟，觀察環境的力量流動和精靈的一舉一動。

而之所以目的地是安凡琳，而不是精靈之森，是因為他們也想查探一下布倫希爾德的底細。

現時仍然存活的舞者只剩下五人。在愛德華等人的角度來看，除了神祕的奈特，舞者當中最深不可測的莫過於布倫希爾德。考慮到之後有一定機會要與她對決，調查精靈女王的真正實力，或者最少查探她的一些資訊就變得勢所必然。

因此，冒險進入安凡琳一事就變得必須。

精靈的世界不允許人類進入，擅闖被發現的話可能會丟掉小命，但諾娃擁有無效化的能力，她能夠令精靈看不到自己，以及感知不到自己的氣息。而她也可以經由身體接觸，例如牽手，或者把手放在肩膀上，與他人共享同樣的無效化能力效果。有了這個能力，便可以把愛德華和夏絲妲都帶去安凡琳。但考慮到三人同行的話，被發現的機率會增加，而且最好有一個人留在冬鈴郡觀望情勢，以免奈特或其他舞者趁領主不在時前來襲擊，加上夏絲妲的偽裝身分「遠道而來的貴族小姐」跟舞者、「八劍之祭」等都沒太大關係，同行到安凡琳的話可能會引起休斯等家裡僕人的懷疑，因此最後只有愛德華和諾娃前往安凡琳，而夏絲妲則留在冬鈴城堡看守的同時，繼續查探關於奈特的情報。

其實只有諾娃一人潛進安凡琳也是可以的，但經過上次被擄走的事後，愛德華十分不放心她獨自行動，害怕再有甚麼類似的事在他觸及不到的範圍發生，而且要是在潛入過程中發生甚麼意外，兩個人一起的話解決方法總比一個人的多，因此他堅持要一同前往。這份堅決還被夏絲妲取笑說，只不過是因為他沒法接受與心愛的諾娃分開幾天，便胡扯出這麼冠冕堂皇的藉口來。

愛德華和諾娃於是在兩天前乘坐馬車，從冬鈴城進到安娜納蘭大道，並在馬車駛經精靈之森的南部時暗中下車，成功進入精靈之森。諾娃憑著生前到精靈之森探險時的稀疏記憶，以及利用地圖上安娜納蘭大道和安凡琳的方位作推斷，帶領愛德華一路往東方走。

森林面積巨大，而且無論走多久，四周依然是巨樹林立，景色幾乎一致，令人容易迷失在其中。愛德華有數次懷疑過他們會否正在迷路，但每一次看見走在他前方，一直堅定地牽著他的手的諾娃，便會把憂慮拋開，全心相信她。

二人一路向東，從早上一直走到晚上，他們在途中曾經差點踏中食人花的陷阱，也見識過森林濃霧的可怕之處，但每一次都能化險為夷，也未曾放開對方的手。在某個隱蔽的石洞渡過一夜後，二人在今早清晨繼續趕路，走了幾個小時，終於在茂密的樹林間看見一處亮光——是一片廣闊的平地。

平地的盡頭是一片白茫茫的濃霧，濃密得像一道白牆，令人沒法看清霧的遠方有些甚麼，但諾娃憑藉自己感應到的力量流動，以及站在湖邊的水精靈守衛，猜到在他們面前的是萊茵娜湖，而在濃霧的另一邊就是安凡琳。

距離目的地只差一點，瞞騙守衛並不困難，但問題就在二人毫不清楚渡湖的方法，要是胡亂嘗試，一不小心出意外，可能會打草驚蛇。正當他們在苦惱之時，突然有一輛馬車出現在湖邊，似是要進入安凡琳。在馬車得到守衛放行的同時，二人立刻尾隨，就這樣成功跨越萊茵娜湖，進入精靈的神聖之地。

穿過安凡琳城堡的大門後，二人沒有緊隨馬車往內庭進發，而是往另一邊的森林走去。諾娃本來打算在這個位處精靈女王居住地內的森林尋找關於元素術式的蛛絲馬跡，但在森林行走不久後，她感覺到整個森林的元素力量流動突然變得快速，而且似乎向著特定方向流動。二人決定一探究竟，跟隨力量流動的方向前進後，到達一處平地，布倫希爾德正在進行祈靈之儀的情景立刻映入眼簾。

當時二人與祭壇有一段距離，所以他們都聽不清楚布倫希爾德和眾靈意識之間的對話，但單憑雙眼所見，已經覺得可疑。

依照動作推斷，布倫希爾德似是在祈求甚麼，但她貴為精靈女王，為甚麼需要跪下，又或需要進行某種祈求的儀式？

儀式期間，有一股強大的元素力量穿過布倫希爾德的身體，化成肉眼可以的光矛，而這些光矛很快軟化為液體，並被小心收走。諾娃猜測那股元素力量是靈體，但她沒法看見。她心想，這些液體會是靈體化成的嗎？若果儀式的用意是將靈體轉化為這些液體，那麼布倫希爾德想利用它們來做甚麼？行使元素術式嗎？但她是精靈女王，是全精靈界行使元素術式最強之人，也是號令眾精靈之存在，理應不需要依靠這種方法得到元素力量的啊？

種種疑團，驅使他們在布倫希爾德離開後走到祭壇前，決心要找出答案。

在四周觀察，找不到甚麼有用的線索後，唯一剩下的希望便是祭壇。諾娃和愛德華一同小心翼翼地走上祭壇，發現上面居然有一個法陣。因為愛德華看不懂精靈文字，所以只能讓諾娃看看上面寫了些甚麼。

諾娃一直瞪著地上那些像是圖騰的文字仔細閱讀，漸漸地，她的眼神越發疑惑。

「發現了甚麼嗎？」愛德華察覺到諾娃的表情變化，立刻問道。

「很奇怪……照這組字推斷，這個儀式應該是一個契約，」諾娃指著法陣外圓的一些文字，逐一解說。「這裡的二字是『約定』、『立約』的意思，而這裡的則指『大地之子』，也就是精靈的意思。在精靈的世界裡，約定等同我們的契約，是有約束力和相應代價的，地位十分重要，所以他們從不輕易立約。」

「這個我聽說過，但精靈女王為甚麼要跟精靈立約？她不是有『精靈髓液』嗎？」愛德華很快發現不妥。

「我也覺得奇怪，」說完，諾娃指向法陣中央的一個小圓圈。「這裡，寫著『自身』，而它對面的圓則寫著『大地之力』——也就是元素力量的意思。兩者之間以一個大圓圈聯繫著，並位於圓的兩方，通常這樣繪畫是想表達兩者互換。」

「互換……自身指的是身體？」愛德華嘗試猜測。

「精靈，尤其靈體和仙子，因為沒有實體，所以對肉身沒甚麼興趣。他們喜好的是靈魂，而構成人類靈魂的一大部分，是記憶。」諾娃簡潔地解釋，但說到後半，她的語氣忍不住沉重起來。

話音一落，二人都因吃驚而沉默，這個代價實在是太大了。

為了換取元素力量而獻上人皆只有一份的記憶，這樣值得嗎？

「她……為了勝利，甚麼都豁出去，這份決心真的不容小看。」愛德華忍不住呢喃。他也是想贏的一個人，但自問沒法為了贏而不惜一切，用自己的身體去交換。

「不，不只這樣，」這時，諾娃發現了另一件更為吃驚的事。「外圓刻下的文字原來是成對的，下半圓的全句應是『我謹與大地之子立約』，而上半也是一樣，但上半圓的『大地之子』寫法稍微跟下半圓的寫法不同。」

愛德華湊近一看，果然，兩者寫法雖然相近，前兩個符號是一樣的，但後兩個符號在某些筆劃的位置上稍有不同，要很仔細看才能察覺到。

「這個不是『大地之子』，那麼是甚麼？」諾娃自問道。

她覺得這組字很面熟，卻在這時想不起意思來。

在精靈語言裡同樣以「大地」開頭，意思類近「大地之子」的字……她只想到「大地之實」——人類。

雖然記憶不完整，但她的直覺肯定，「人類」的寫法並非這樣。

難道是「大地之主」——精靈統領者之類的？不，兩者意思相差有點遠，寫法應該不會如此類近的。

那麼到底是……

「是誰！」

這時，遠方傳來一道冷冷的質問聲，劃破寧靜的空氣。

諾娃立刻從思考回到現實，她抬頭遠望，只見在不遠處的樹林裡站著一個熟悉的淡藍身影。未等她回過神來，幾道強烈的風刃便在她和愛德華身邊掠過，打中他們所站位置的周圍。他們毫髮未傷，但卻沒有感到慶幸。

二人都明白，這不是射失，而是故意射不準的。
換言之，是警告。
而警告他們的不是別人，正是「精靈女王」布倫希爾德。
愛德華立刻拉起諾娃，二人緊緊握著對方的手，站在祭壇上準備應變；而孤身一人的布倫希爾德，則一步一步往祭壇走去。她手上持有「精靈髓液」，雙眼牢牢瞪著理應空無一物的祭壇，再次質問道：「是誰在那裡？」
話音一落，她的眼前頓時憑空出現了兩個人影。女的有著血紅雙瞳，站在男的身旁，而男的手上則握著一把漆黑長劍。二人站在法陣上，一同俯視在壇下的布倫希爾德，氣勢堅定。
布倫希爾德嚇了一跳，立刻打住腳步。她剛才就已經看到祭壇上有兩道人類的氣息，雖然用了術式巧妙地隱藏，但還是瞞騙不到她的雙眼。只是她沒想到，氣息的身分居然是這二人。
女的身分她不太記得清楚，但男的卻十分肯定。
她不可以忘記他，就算忘記了，也依然明白他站在這裡意味著甚麼。
「八劍之祭」的劍者之戰，臨到她身上了。
「舞者……」布倫希爾德的語氣有點不穩。她下意識地握緊「精靈髓液」的劍柄，雙眼瞪著愛德華不放，並道出其名：
「愛德華・基斯杜化・雷文。」

3

無論是布倫希爾德，或是愛德華和諾娃，都覺得眼前的一切發生得太突然。

布倫希爾德不久前因為想獨處一陣子，以及藉助「精靈髓液」的力量調整和回復元氣，因此請莉諾蕾婭和卡莉雅納莎先行回去內庭，自己則獨自折返回森林。

她本來打算像平時一樣到林裡的湖中浸泡，讓冰冷的水刺激思考以及整理思緒，但在前往的過程中，突然萌生出想再去看看祭壇的念頭，因此改變目的地，但沒想到來到祭壇時卻看見那裡有人類的氣息，更沒想到氣息的主人居然是愛德華和諾娃。

愛德華對布倫希爾德的折返感到意外。在計畫潛入安凡琳時，他就有預計過會被其他精靈，以及布倫希爾德識穿，但不久前看見布倫希爾德完成儀式後虛弱地離開祭壇，心想她應該會前去休息，不太會回來吧。怎知她真的回來了，而且還手握著「精靈髓液」。看見布倫希爾德身上仍穿著進行儀式時所穿的白衣，數算時間後，愛德華便猜到她應該是半途折返。

愛德華不清楚她折返的原因為何，但既然被發現了，而且對方手上有劍，換言之，他預想過最差的情況看來要成真了——

要與布倫希爾德對決。

「人類，為何要擅闖精靈之地，你到底是怎樣進到安凡琳來的？」

正當愛德華在心中盤算之時，布倫希爾德打破二人的沉默對峙。她收起驚訝神色，決定先板起臉孔，搞清楚愛德華二人成功潛進來的方法。

「我有自己的方法，恕難交代。」愛德華不打算坦白告知「虛空」的能力，冷冷地表示拒絕回答詳細。

「斗膽闖進精靈的聖地，你有甚麼目的？」雖然是從祭壇下方抬頭仰望，但布倫希爾德的氣勢依然不輸愛德華，只是在冷冷的語氣之下，她的右手緊捏著裙擺，左手則緊握劍鞘，心裡對預感會發生的事情感到害怕。

「只是來尋找關於元素術式的情報而已。」愛德華回答得很鎮定，但他的手卻沒有離開過「虛空」的劍柄。

「只是查探元素術式的話，不需要進到安凡琳來吧？」布倫希爾德不相信愛德華的解釋。

「既然要調查元素術式，當然也要調查行使此術式的最強代表者，安凡琳女公爵。」愛德華把理據講述得令一切看起來都理所當然。他繼續說：「既然她在安凡琳，那麼來她的住處一探究竟，也是常理吧。」

「沒有事先過問便進來精靈國境，你知道以前那些擅闖的人類都有甚麼下場嗎？」見愛德華一直不為所動，布倫希爾德嘗試用「精靈會毫不猶疑殺死闖入的人類」的這個事實來嚇唬他，嘗試令他動搖。

「我當然知道。」但出乎她的意料，愛德華卻完全不怕。

「那麼為何——」

「我是舞者，為了勝出，會不惜一切達到目的。潛入安凡琳，只是為了達成目的而行的其中一步而已。」愛德華把自己塑造成一個為求勝利而不擇手段的狂人，打算以此令布倫希爾德打消繼續追問潛入方法和原因的想法，只是話裡有一半是他的真實想法。他補上一句：「在勝利面前，生死都不過是賭盤上的一個籌碼而已。」

「可怕的執念呢。」布倫希爾德頓了一會才回應。她不太能明白將性命當作賭注的做法，人類都是這樣瘋狂的嗎？

她對眼前人認識不深，也未曾接觸過路易斯以外的其他舞者，因此對他們的執著一無所知。

「難道安凡琳女公爵不會有同感嗎？」布倫希爾德反應如此冷淡，令愛德華有點疑惑。他認為，她明明就為了勝利，而用自己的靈魂換取力量，照道理應該比他對剛才的說話更有共感才是。

他的腦海頓時萌生了幾個猜測，決定試探一下，因此若有所指地再說了一句：「為了達成願望，而不惜付上一切，甚至是自己自身。」

願望？布倫希爾德感覺到愛德華似乎因為她身為舞者的身分，而假定自己一定有甚麼願望，並為此傾盡全力。

她心裡一笑。自己根本不在乎「八劍之祭」所提及的勝者獎勵，也沒有甚麼冠冕堂皇的願望想要達成。從以前到現在，她都只有一個目標，只有一件事要做。

活下去，就是這樣而已。

「這是當然的，每一位參加祭典的舞者一定有同樣的想法吧。」但在愛德華面前，布倫希爾德仍然要裝作認同他的話，以免他起疑。不想愛德華再問下去，她把話題轉到另一邊：「那麼，你在這裡到底看到了甚麼？」

「除了比詩人所描述更為絕美的風景以外，沒有甚麼特別的。」愛德華望了望四周，裝作再次欣賞安凡琳的美景，然後簡便地回答。

當然了，布倫希爾德心裡一笑。一般人類看不見仙子和靈體，就算進到安凡琳來，也不過會看到普通的風景。

「精心策劃成功前來聖地，卻甚麼都沒有看到，果然只是——」

她本想嘲諷一下愛德華的徒勞無功，但說到一半，卻頓住了。

她猜到愛德華前來大概是為了偵查跟精靈有關的事，而他們現在身處的是祭壇。

剛才她發現二人的氣息，並射出風刃警告的時候，他們是在祭壇上突然現身的，也就是說，在被發現之前，二人正站在祭壇上。那麼不難想像，二人當時正在祭壇上調查。

布倫希爾德猜測，愛德華看不懂精靈文字，那麼應該不會懂得這東西的意義才是。但他們會走上來看，也就是在尋找些甚麼。

二人嘴上說是來安凡琳調查自己，但潛進安凡琳後非但不是往更容易抵達，以及作為城堡中心的內庭前進，而是穿過森林來到這個位置隱蔽的祭壇，一定是有原因的。

自己在完成儀式後不久離開並折返，便已經看到二人站在祭壇上。

……慢著。

剛才愛德華說了，「不惜付上一切，甚至是自己自身」。

一回想起這句話，布倫希爾德感覺到全身彷彿有一道電流通過，頓時想明白了很多事。

他是看到了甚麼，而走到祭壇上調查的吧！

「自己自身」……難道他是目睹了我進行儀式的整個過程，所以在我離開後上前調查！

「你，是看到了吧？」布倫希爾德的呼吸開始變得急促。她低下頭，雙手更為大力地緊捏著劍柄和裙擺，但她仍然嘗試保持鎮定，質問愛德華。

「甚麼意思？」留意到布倫希爾德情緒突然變得不穩定，愛德華猜到她似乎是察覺到了。他下意識後退半步，同時確認一下。

按捺不住心中的焦慮，布倫希爾德激動地問：「你是甚麼時候進入安凡琳的！」

這個極其祕密，接近禁忌的祈靈之儀，居然被人類，而且是舞者目睹了……

希格德莉法多年來不停嚴厲叮囑她，這個儀式的事絕對不能被他人知道。布倫希爾德一直緊守，就連她心裡最記掛的，也未曾透露一句。

她抬頭望向愛德華，這時目光卻看見其身後遠方，位處內庭的西爾雲莉觀景樓。

糟糕了。布倫希爾德記起，希格德莉法前幾天出了門，正好是今早回來。

每次她進行祈靈之儀，希格德莉法都喜歡在西爾雲莉觀景樓的頂層監視著一切。那裡景觀開揚，可以清楚看到森林的每一個角落。

那不就是說，她可能看到了自己被他人目睹進行儀式？

布倫希爾德的呼吸越來越紊亂，她知道，要是被希格德莉法知道祈靈之儀被他人目睹，一定會極其憤怒，後果可能不是簡單的懲罰，而是直接取了自己性命。

不行，我不想死。

想像自己無力地倒在血泊中，在痛苦和悔恨中墮入空虛的模樣，布倫希爾德頓時覺得想吐。

我只是想活，想活下去而已！她在心中吶喊。

「我是舞者，為了勝出，會不惜一切達到目的。」

這時，愛德華不久前說過的話在她的耳邊響起。

她立刻想通了甚麼，心情穩定下來。

對，為了活下去，我會不惜一切。她對自己說。

若是讓他活著走出去，便會是我死亡。

所以，我不能留他活口。

「『Uqufas』（水牆）。」布倫希爾德默念了一句精靈語。

一道風從她身上吹往四周，環境似乎沒甚麼改變，但諾娃卻留意到不妥，立刻拉著愛德華的手臂，並緊緊盯著布倫希爾德。

「是水牆，我們被封住了。」諾娃小聲地提醒愛德華。

「既然你目睹了儀式，那我就更加不能讓你活著走出去。」布倫希爾德無論是眼神和語氣都變得無比冷酷。她深了兩口呼吸後，便用雙手握緊「精靈髓液」，架在身前，表明了要戰鬥的意思。

愛德華早就料到這一刻的發生，並不感到意外。他同樣在身前架劍，並小心地從祭壇上走下來，站到布倫希爾德的對面，與她對峙。

「愛……」

「這次，要拜託你輔助了。」在諾娃開口的同時，愛德華已經猜到她想問甚麼，心有靈犀地回答。聽畢，諾娃立刻走到不遠處的一棵樹後站著，與二人拉開距離，視線卻不離開他們。

對二人來說，當下的狀況都是壞中之壞。布倫希爾德剛進行完祈靈之儀，身體尚未完全恢復，體力也剩餘不多，要與身為劍士的愛德華對決，不知道能夠支撐多久。

至於愛德華，就算他手上擁有能夠令一切無效化的「虛空」，以及懂得行使術式的諾娃，而且體力上佔優，但對手是能夠將四大元素控制自如的精靈女王，加上這裡是精靈的地方，人家佔盡全場之利，他要安全活著走出安凡琳，機率難料。

布倫希爾德不能讓愛德華活著，而愛德華也沒有其他的選擇。

所以二人都只能硬著頭皮，迎難而上。

布倫希爾德從口袋裡取出一個透明瓶，把那些光矛軟化而成的液體倒在「精靈髓液」的劍身上。七彩的半透明液體接觸劍身後沒有引發任何反應，愛德華對她此舉的用意感到疑惑，但不敢輕易分心，全副精神繼續集中在留意她的動作上。

愛德華將握劍的右手放到左方，劍尖指向布倫希爾德，而布倫希爾德同樣用右手握劍，只是把手放在右方，指向愛德華。二人一直對峙，雙方都不敢貿然出手。

「精靈髓液」是比「虛空」稍長的雙手混用劍，特徵是劍鋒以下三分之一為雙刃，其餘部分則為單刃，根據使用者習慣，砍時可用單手，而刺時則改用雙手握劍。面對雙手混用劍，單手劍無論在攻擊範圍，或是力度上，都較為不利。在這種情況，愛德華理應要儘量採取主動才對，跟他面對路易斯的雙手劍時一樣，但他猜不到布倫希爾德會如何利用劍、元素術式以及環境反擊，因此不敢輕舉妄動。

愛德華留意到，「精靈髓液」在護手中央和柄頭都鑲有寶石，而護手為華麗的圈狀護手，整把劍看起來裝飾性比實用性較高，但同樣有著眾多華麗裝飾的「神龍王焰」卻擁有高攻擊力，所以不肯定「精靈髓液」是否也一樣。

他沒有改變步法，只是將右手從左下移到右下。果不其然，布倫希爾德看準愛德華改變架式的瞬間，上前從上斬向他——

早就料到布倫希爾德會如此攻擊一樣，愛德華立刻快速轉手，先從下一揮，把「精靈髓液」擊離攻擊線，在左腳往右踏的同時捲劍回頭橫斬。

「『Jaf』（風牆）。」

在他快要斬中布倫希爾德的頸項之時，一堵無形的空氣牆硬生生擋住其劍路。雖然「虛空」一碰便令風牆消失，但布倫希爾德已經抓準那停頓的一瞬間時機收劍，並上前一舉刺向愛德華的左肩——

「『Lufa』（凝定）！」

就在這時，「精靈髓液」劍尖突然被諾娃的術式定住。布倫希爾德立刻用她的精靈之眼將術式解除，但愛德華已經趁這個空檔把「虛空」收回來。他先是反手把藍劍擊走，再一步踏前並揮下一斬。布倫希爾德急忙向側避開，但遲了一步，左手手臂還是捱了一刀。

血瞬間從她的傷口擴散開去，將雪白的袖子染滿鮮紅。布倫希爾德痛苦地掩著傷口後退，但過了不一會，血便已經被止住了。

切，居然還有這麼快速的回復能力！

愛德華在心裡抱怨的同時，趁布倫希爾德未及重整姿態，立刻上前快速斬向她的左右兩方，想看看她的反應速度如何。布倫希爾德先是後退一步避開從左上而來的側斬，取得適當時機，正要架劍反擊時，劍卻被從右上而來的另一側斬擊開。愛德華立刻收劍，上前瞄準她的胸口就是一刺——

「『Ulav』（水藤）。」

突然，一條水鞭突然從「虛空」的劍尖冒出，纏住其劍身。愛德華往右一揮弄走水鞭，但這時「精靈髓液」從下方飛快斬上來。愛德華立刻握緊劍防守，不讓布倫希爾德輕易壓下「虛空」。怎知她見力氣鬥不過，立刻改以雙手握劍，並一舉刺向愛德華的臉——

愛德華立刻收劍並避開，但還是慢了一步，左邊臉頰被「精靈髓液」的刀鋒劃下一條長痕。他頓時後退，在諾娃的治癒術式生效的同時舉劍防守。

布倫希爾德的力氣不大，愛德華從剛才的交手確認了這件事。

剛才如果她堅持要跟他在雙劍交纏時比拼力氣，愛德華肯定他可以很快就將「精靈髓液」壓下，然後進攻，但她的攻擊和防守速度挺快，加上能夠在攻守的同時運用元素術式，這一方面實在棘手。

但關於利用元素術式協助攻守一事，他心裡有一個疑問。

剛才在水鞭出現的一瞬間，愛德華留意到水鞭是以「虛空」劍上的七彩液體為首開始出現的。他突然想到，如果要阻礙自己進攻，像夏絲妲那樣讓藤鞭突然從地上冒出割傷他，或者索性用土元素術式在地上做出一個洞讓他掉下去，不是比擋劍更為有效嗎？

他疑惑地望向布倫希爾德的劍，突然發覺：咦，怎麼劍上的液體好像少了些？

他再仔細一瞄，看見原本被七彩液體完全覆蓋的「精靈髓液」劍身，有一半露出淡藍之色，再沒有被彩色遮蓋。

是我看錯了吧？還是只不過是液體被蒸發掉而已？

他不敢貿然猜測，只是立刻想出一個測試計畫。

至於布倫希爾德，她開始感到體力有所下滑。她開始微微喘氣，但因為不想示弱，所以儘量抑制喘氣幅度。

眼前的人劍速很快，她有幾次覺得自己快要跟不上。另外，「精靈髓液」對她來說有點重，她要利用風元素術式稍微減輕重量才能輕鬆拿起來並揮舞，但劍每次與「虛空」交纏時都會令術式暫時失效，所以她都要盡快用術式或反擊解除交纏，不然手會開始疼痛。但此舉要求她同時兼顧控制術式和攻擊速度，她覺得有點吃力。

她留意到「虛空」能夠將劍所接觸到的術式變得無效，也看到躲在樹後的少女會利用人類的術式輔助這個舞者攻擊。但二人之間就算有多合拍，劍的攻擊和術式輔助之間還是會有些少的空隙，她還是有機可乘。

她看了看劍身，再摸一下口袋，心裡數算：還有三瓶。

還有機會。

布倫希爾德深了一口呼吸，便衝上前攻擊，但不同的是，她這次把劍橫架在身前，向空無一物的空氣揮斬——

「『Fev』（炎）！」

一聲令下，「精靈髓液」劍身上的大部分七彩液體瞬間化為熊熊烈火。

「『Julap』（狂風）！」

她立刻再疊加一個風元素術式，烈火在狂風的帶領下將愛德華重重包圍，諾娃立刻用消散術式嘗試抵抗，但只能輕微減弱威力，沒法完全消除火焰。

用意志讓風火牆縮窄的同時，布倫希爾德後退，並從口袋取出另一個瓶子，再次把液體倒滿劍身，並留下四分一份量的液體倒在手心上，凝視前方。

「『Tulap』（草藤）……」

一部分的液體從她手上散去，但四周不見動靜。這時風火牆開始有異樣，布倫希爾德看到烈火中的人影越來越清晰。在下一瞬間，火牆被一劍斬開，那個理應被烈火包圍的少年，舉著劍畢直衝向她——

「『Ulyra』（冰矛）！」

她身前立刻出現幾條冰錐，在同一時間射向愛德華。愛德華欲揮劍反擊，怎知反手斬開其中一條冰錐時，左右身旁的樹突然冒出兩條綠藤，從兩個方向綁著他的劍和右腳。他只能眼睜睜看著其餘幾條冰錐朝他的頭和手刺來——

「『Eurik』（碎裂）、『Wupris』（蠕動）！」

諾娃急忙用術式令冰錐在半空碎開，再用屬於「流動」的術式幫愛德華鬆綁。綠藤一鬆開，愛德華的身子便往下墜，正當他在重整姿態時，左側卻迎來布倫希爾德的前刺。整個「精靈髓液」劍身都被火焰覆蓋，愛德華一驚，他的身子已經盡快往後一側，但左臂還是中了一刀。

被刺中時愛德華感到傷口異常疼痛，比剛才在火牆裡手腳受到的燒傷更痛，但他不能放走布倫希爾德中門大開的大好機會。他忍著疼痛，立刻往右側轉身並向她的右前胸斬去。布倫希爾德收劍不及，尖銳的劍尖快速割開其雪白的肌膚，令她的胸口染滿鮮紅。

「嗚！」未及反應，布倫希爾德的左右兩腰都被「虛空」劃下血痕。她強忍痛楚，側退避開改從右上斬下來的「虛空」後，再立刻從下而上連續反手追斬兩下，以此虛攻跟愛德華拉開距離。
「精靈髓液」劍身上的火焰已在剛才和「虛空」相碰時消失，劍身一滴液體都沒有了，只剩光滑的劍身。布倫希爾德大口喘著氣，同時盡力催谷體內的自癒能力治療傷口，只是此舉也會消耗她的體力。她焦急地把另一瓶的液體倒到劍上，但倒到一半時卻不小心鬆手，令瓶子掉到地上，液體撒滿一地。
「啊……算了！『Ulral』（水霧）、『Ulwyn』（冰宮）！」
布倫希爾德用劍尖一觸地上的液體，話音一落，地上的液體瞬間化為濃烈的白霧飄滿水牆內的空間，類同精靈之森的濃霧，令人方向迷失，看不見四周。愛德華和諾娃頓時警戒起來，前者架劍環視，這時他感覺到周圍的氣溫開始驟降。
會從哪裡來　這邊嗎！
一道寒氣突然從他身後出現，他立刻轉身並毫不猶疑地往上揮斬，竟真擋下了從霧中衝出來，布倫希爾德的刺擊。愛德華正想把劍推開，怎知「虛空」卻從交纏點滑落，眼見「精靈髓液」快要刺中自己，他急忙後側並奮力打飛藍劍，但刀尖仍成功在他的側額劃下俐落的一刀。正要退後之時，他的後腳居然滑倒，還未來得及站穩和看清形勢，眼前便迎來從上而來的揮斬——
「切！」
愛德華以左手托著劍身，雙手吃力橫擋下布倫希爾德的斬擊，並立刻把劍推開。布倫希爾德剛才巧妙地將水覆蓋整個劍身，就算「虛空」能消除加諸在劍身上的元素術式，但仍是沒法改變因水而變得濕潤的劍刃，因此令其用力點不易固定。同時她將二人困在冰宮之中，地面凝結成冰，就連劍身上的水也一樣，令他難以站穩的同時又無法輕易擊開自己的劍。

這時諾娃使出一記術式，冰面頓時變得粗糙，讓愛德華不用費力便能站穩。他立刻一個箭步衝前，連續追斬幾劍，令「精靈髓液」劍身上的冰因承受不住而碎裂，更在布倫希爾德驚訝的那一瞬間，一刀插中她的腰側。

「啊……！」

痛楚令布倫希爾德無法集中，精神一鬆懈，她一直維持著的「冰宮」和「水牆」便同時消失了。不給她休息自癒的時機，愛德華再次飛快斬去。布倫希爾德勉強擋下，怎知兩劍在交纏的瞬間，他居然捲劍改往右刺——

「U……」糟糕！

布倫希爾德本想用元素術式反擊，但這時才發現劍上的液體都已用光。她急忙閃避，但左耳側仍捱下一刀。疼痛驅使她立刻反手揮出一劍，雖然撲了個空，卻成功逼愛德華後退。心知時間無多，她沒有停下來，上前準備追攻的同時，左手從口袋取出最後一瓶液體，打算再次將它倒到劍身——

「不會讓你再使出元素術式！」

發現布倫希爾德的動機，愛德華立刻一個滑步閃到右邊，不顧橫斬會否砍到自己，一心奮力刺往瓶子。「精靈髓液」在他的左前胸劃下一刀，但同時的，「虛空」也成功刺穿玻璃瓶，令七彩液體灑滿一地。

「啊！」布倫希爾德忍不住叫了一聲。最後一個液體瓶就這樣沒了，才剛回過神來，愛德華已上前乘勝追擊，逼使她節節敗退，只能被動地防禦，四肢因此多了不少劍傷，雪白長裙滿是大小血跡。

沒了液體，就再沒法使用元素術式……該怎麼辦？

愛德華往前斬來，她雖然及時擋下，但沒法把黑劍壓下再反攻，只能抽劍並側踏前刺，但力度不足，被他俐落避開。

要敗在這裡了嗎？被這個人？我不要！

再次取得主攻權，愛德華繼續以左右高速斬擊和刺擊步步進逼。沒有元素術式的輔助，「精靈髓液」對布倫希爾德來說如同石頭般沉重，每一下防禦，每一下揮舞，都彷彿都要用盡身體最後一絲力氣，但她仍然堅持著，依然緊握著劍抵抗。

我不要再受責罰，我不想死！

愛德華對她的耐力感到驚訝。他看得出布倫希爾德在勉強地揮劍——她已經改用雙手握劍，但厲害的是她仍然頑強地防守，不願停下來。不想糾纏更久，他用力擊開布倫希爾德的劍，衝擊力令她的背撞到身後的大樹，跌坐到地上。

布倫希爾德想爬起來，但全身乏力，動彈不得。她只能眼睜睜看著俯視她的愛德華，提著劍一步一步接近。

為了活下去，我會不惜一切。力量，為甚麼我沒有！

她不停在心中焦急地質問。

黑劍的耀光如同死神的預兆，她嘗試提劍的同時在心中默念幾句元素術式，但甚麼反應都沒有。

身體、靈魂、記憶，甚麼都可以，只要能夠活下去，我甚麼都願意交換！

她不停地在心中與眾靈對話，苦苦懇求他們能再次與自己定立契約。

不，我不需要尋覓。

這時，她的思緒深處突然冒出一把熟悉又陌生的聲音。

我本來就有力量。

話音一落，布倫希爾德頓時感到全身有一道電流通過，一大堆從未見過的資訊湧進她的腦海中，打開她的雙眼，充滿其空殼般的身體，令她全身充滿力量。與此同時，來到布倫希爾德面前，愛德華單手轉劍一回後，便從上揮斬下去——

「『Iaq』。」

4

「『Iaq』（隔絕）。」

冷酷的咒語被詠唱。

愛德華搞不清發生了甚麼事，前一刻他站在布倫希爾德面前，準備取她性命，劍刃已經砍進其肩膀，但下一刻他卻被撞飛到遠處的一棵大樹下。一切都來得太快，快得好像是他失去了一段時間的記憶似的。

他的胸和腹部都疼痛欲裂，猶如被巨石狠狠擊中一般，肋骨也像是斷了一兩條。劇烈的痛楚令他差點失去意識，但一個不停在心裡盤繞的疑惑拉住了他，不致昏倒。

到、到底是甚麼？

剛才明明甚麼都沒有看到，但我確實是被「某種東西」擊中並彈飛。「那個東西」是甚麼？

諾娃已經來到他的身邊專注治療。抱著懷疑，愛德華勉強睜開眼睛往前看，驚覺剛才為止仍倒在地上的布倫希爾德，居然像沒事一樣站了起來。她單手拿著「精靈髓液」，滿是乾涸紅血又滿佈刀痕的白裙任意隨風飄逸，散發出嚇人的恐怖氣場，跟她剛才為止的高貴女王形象大相逕庭。

「事到如今居然還留有一手嗎……」愛德華自言自語到一半，突然有甚麼湧上喉嚨打斷他的話。他一吐，是血。「可惡！」

「不，我想事情不是那麼簡單。」諾娃在治療的同時定睛看著布倫希爾德——正確來說是注視從她身上散發出來的「某種力量」，語氣不穩地感嘆。

「剛才的『那個』到底是甚麼？」愛德華焦急地問，希望熟悉術式的諾娃能立刻解惑，那麼他便可以計畫應對方法。

「我也不清楚，只看見你被一股無形的力量擊飛，但我對這股力量的真身毫無頭緒。」可惜的是，就連諾娃也沒法解開愛德華的疑惑。

「連你也不知道？它不是元素術式嗎？」愛德華驚訝地反問。

諾娃搖頭：「恐怕不是。」

正當愛德華想問下去時，布倫希爾德朝二人的方向舉起手來。他們一驚，才剛各自往左右閃開，二人本來停留的地方便突然爆炸，炸出一個大坑。

又是毫無徵兆，肉眼看不見「東西」的攻擊。在治療後傷口康復了大半的愛德華忍不住「切」了一聲，接著便咬緊牙關，提著「虛空」衝上前，嘗試接近布倫希爾德。

沒有實體的「某種東西」一直嘗試轟飛他，但愛德華每次都靠直覺和速度勉強躲開。每次有爆炸聲從身後或身側傳來，他心裡都會一嚇，但這份驚恐同時促使令他跑得更快。他看到布倫希爾德正絲毫不動地瞪著自己，但眼見自己開始能夠準確地藉助她雙眼目視的方向猜測爆炸的位置，便慢慢抓到些自信。

就算不知道力量的真身，只要劍攻夠快，也一樣有……啊！

當愛德華終於奔到布倫希爾德身前，準備往前一踏向她使出斬擊之際，突然他的前方綻放出一道白光，令其眼前變得一片空白。愛德華急忙用左手遮擋被照得刺痛的眼睛，但此時布倫希爾德居然從白光中現身，雙手提著「精靈髓液」，要刺向鬆懈的愛德華——

「切！」依靠僅餘的視線和對殺氣的直覺，愛德華在刀尖要刺中其頸項前先是往左側後退，黑劍旋轉一圈後再以斬擊從上方壓開藍劍。正當愛德華要乘勝往前一刺時，布倫希爾德只是輕盈地往後一跳避開，並展開雙翼飛到半空，頓時拉開與他的距離，令他不能接近。

居然還能飛，直到現在才露這一手！

在愛德華抬頭仰望那雙閃耀著元素四色的絕美蝶翼的同時，布倫希爾德默念了一個元素術式，沒有實體的攻擊畢直往他所在的地方打去——

「『Elens』（消散）！」諾娃的話音剛落，愛德華便被她強行拉到一旁。二人腳旁的一棵樹幹底部頓時憑空消失了大半，只剩下三分之一，上方很快因為支撐不住而斷裂掉落。

「你為甚麼……」

「『Alequs』（翠藤）！」沒理會愛德華，諾娃立刻用術式從地上變出幾條粗綠藤，打算用此將在半空的布倫希爾德拉到地面。綠藤奮力往上爬升，但在快要成功圍攻她時突然被彈開，像是被甚麼隔開一樣，只能改為在距離布倫希爾德一米的範圍包圍，圍成一個圓球狀，卻不得前進一步。

「『Iwn』（封絕）……」諾娃清楚聽到綠藤被突然彈開時，布倫希爾德默念了一個字。

「I」音部的字並不存在於四大元素術式裡，在精靈文裡——最少是諾娃知道的部分裡都不存在。而且照綠藤包圍的模樣看來，那個像是以術者為中心做出的一個隔絕空間，而不是單純的空氣凝結，諾娃在心裡分析。

「凝結」術式，或者相應的元素術式，應該都不能做到這個程度才是。

結合剛才「消散」術式只能減弱而不能完全抵消那無形的「攻擊」，以及樹幹突然失去的大半來看，諾娃心裡肯定，看來自己心裡想的那個可能性是真的。

「『Waqesia』（冰劍）、『Eqessa』（煙散）！」諾娃向布倫希爾德擲出一把大冰劍後，趁冰劍在半空因為布倫希爾德的元素術式攻擊化成煙霧，遮擋其視線時，她跟愛德華一同逃到不遠處的某棵巨大樹幹後，暫時躲避。

「你為甚麼要上前？那麼危險！」甫坐下，愛德華立刻把剛才被打斷的話說完，原來他是想質問諾娃不久前為何冒險走上來把無形攻擊擋開。

「現在是說這個的時候嗎？」諾娃難得沒好氣地反駁。她指著身後，語氣焦急：「面對『那個』，就算我們二人一起上也未必能夠全身而退啊！」

被罵的愛德華察覺到諾娃的話裡隱含別的意思，立刻換上一副認真的口吻問：「你知道是甚麼了嗎？」

「我不完全知道，只肯定它不是四大元素術式，可能是跟『虛無』力量相似的東西。」諾娃探頭一望，看見煙霧已經被悉數消去，頓時把語速加快。

「那不就是跟『虛空』」愛德華略為吃驚。

諾娃有點遲疑地點頭：「四大元素裡沒有光元素，但她剛才對你使出來了。操縱光在術式裡是屬於禁忌，因為此力量被認為是神的領域。如果假設『虛無』是神的力量，那麼光就是『虛無』的一部分；因為術式與元素術式相對應，那麼光元素在元素術式裡也應該屬於類似的範疇。剛才嘗試消除攻擊時我隱約感應到，她所用術式所散發的力量跟『虛空』有相似的元素。綜合推斷，她有機會是在行使類似『虛無』，未知的元素術式。」

「怪不得……」愛德華在這刻總算明白為何剛才的攻擊都沒有實體，原來是因為它們是「虛無」。愛德華不加思索便果斷地問：「別的事暫時不管，那麼現在我們可以做甚麼？『虛空』用得著嗎？」

「萬物遇上虛無會被中和，但虛無之間沒法互相無效化，但如果是抵消，或許可以，前提是兩邊的力量大小相等。」諾娃簡潔地分析。「單憑『虛空』沒可能取得勝機，但她照道理不能無限且無負擔地使出攻擊的。」

對啊！就算布倫希爾德在這時才露出底牌，但消耗了的體力是不會很快回復的。愛德華想通了甚麼似的，自信地握緊「虛空」並站起來，這時一把白光尖錐插進距離他不遠的地上，二人立刻拔腿就跑，知道布倫希爾德找到他們的位置了。

「說到底，還是以速度決勝負，看誰先被擊中！」二人在樹林穿梭，嘗試混淆布倫希爾德。在支幹間窺見布倫希爾德的蝶翼，愛德華這才想起一個問題：「但難題是要怎樣把她打下來——」

「我也許有一個辦法，你可以引她飛下來攻擊你嗎？」諾娃這時提議。

愛德華很少聽見諾娃主動提出建議，登時一怔，回頭望向她，雙眼睜大，樣子有點驚訝。他看到諾娃的眼神十分堅定，似是對自己的計畫胸有成竹。

「好！」二話不說，愛德華立刻提著劍跑出樹林。他才剛離開樹幹的遮掩，便被布倫希爾德發現。二人眼神一對上，布倫希爾德便低聲默念，愛德華急忙往前衝，下一秒，他身後的幾棵樹瞬間消失得無影無蹤。

數發無形彈再次追著愛德華的位置擊打，他都悉數俐落地避開。正當他為了再次躲避而閃到右邊時，一把白光尖劍在這時對準他畢直射下。愛德華急忙跳走，但遲了一步，右小腿的一部分被熾熱的白光燙傷，血流淋漓。他沒有停下來，立刻站起，一拐一拐的躲進樹林裡，再次不見蹤影。

原來自由地操縱一切是這種感覺……

自從體內某道知識的大門打開後，雖然感覺有點模糊，布倫希爾德卻感到無比舒爽，猶如生平第一次不受任何外在限制，隨心地行動。

她沒有餘力思考到底這些「知識」從何而來，只是依照本能念出一句又一句未知的文字。這一切既陌生又熟悉，但她都無暇理會。

殺死他，活下去——她的心裡只迴響著這一句說話。

他在哪裡？見愛德華一直不現身，布倫希爾德睜眼望向四周，用能夠看透一切的精靈之眼尋找他的蹤影。

他的腿傷得那麼重，應該逃不遠的……！

突然，一道冷風從她身後冒現。她只聽到身後傳出一磨擦聲，才剛回頭，眼尾只瞄見一個黑壓的身影，右肩便傳來一陣冰涼，緊接腹部被狠狠一踢，整個人立刻從高空墜落到地上，背部撞上大樹，疼痛非常。

他為了把我打下來，而特意爬到樹上嗎？哼，那又怎樣！

「諾娃！趁現在！」就在這時，才剛著地的愛德華大喊。

「不知道行不行，但試一試吧！」諾娃深一口呼吸，在腦海逼出自己被波利亞理斯關禁時的一些記憶片段，嘗試模仿他的術式：「『Leq』（空間凝結）！」

正當布倫希爾德掩著被砍的傷口吃痛地爬起，打算再次飛到半空時，一段術式詠唱在林間響起。林間一切如常，但她卻在飛到離地十公尺時撞到無形的牆，再一次狠狠地墜落。

「空間隔絕」……他們竟然會用這種術式！布倫希爾德心裡驚訝不已。

諾娃也對自己居然能夠成功使出起源術式感到驚訝。她剛才想出用這個辦法阻止布倫希爾德時，是預計過會失敗的。她只是藉助看見波利亞理斯使用同一術式，以及目睹布倫希爾德使出未知空間元素術式時所感覺到的力量流動作基礎，嘗試模擬一樣的控制，沒想到這就成功了。

但她知道這只是一時取巧，對於起源術式，她仍是一頭霧水。

眼見布倫希爾德沒法再飛起，愛德華滿意一笑，立刻提劍上前揮斬。布倫希爾德沒有時間重整姿勢，只能被逼得節節後退，臉頰和兩臂在期間多了幾條刀痕。

布倫希爾德好不容易用微型的「空間隔絕」將愛德華撞到樹下，後者卻像感受不到痛似的很快站起來，舉劍指著她。他全身的衣服都沾滿泥巴，破爛不堪，但他的眼神卻如有火在燃燒，嘴角輕微上揚，與其說是自信，更像是在期待接下來會發生的事。

為甚麼到如此地步還能笑？布倫希爾德心裡恐懼，見愛德華準備上前，她急忙唸出：「『I……Ina』（常闇）！」

隔絕的空間頓時被伸不見指的黑暗填滿。用精靈之眼看到愛德華仍然留在原地後，布倫希爾德頓時安心。正要再次詠唱時，她的頭卻突然感到天旋地轉，身體不受控制地跌倒——

不，我還不能倒下！

「『Elens Stressa Edenliyka』（高級強力消散）！」

就在布倫希爾德奮力站起來時，彷彿特意抓緊她意志鬆懈的一刻，諾娃在這時使出另一個術式驅散黑暗。原本應該沒法消除的原始黑暗居然在布倫希爾德面前慢慢化成煙消失，她未趕得上驚訝，正面便迎來一道漆黑劍光。

布倫希爾德立刻用「精靈髓液」反手往上擋，但揮舞的瞬間右肩卻傳來劇痛，整隻手頓時麻掉。藍劍就此輕易被黑劍壓下，在她忍痛往右閃避的同時，其左肩被插進一刀，正中身體與手臂之間的關節位。

「嗚！『Iuaq』（光矛）！」全身傳來如同快要撕裂身體一般的痛楚，見愛德華抽劍欲再補一刀，布倫希爾德下意識地喚出白光尖錐，從地面直插中愛德華的左側腹，並把他狠狠打飛。

「『Stapika Stres』……不！」諾娃急忙跑到愛德華身邊，正要用高級治癒術式替他止血時，全身卻突然乏力，無法集中。

同時維持兩個強大的術式果然吃力……但要撐住！

她立刻咬緊牙關打起精神，繼續維持「空間凝結」，不讓布倫希爾德有機可乘的同時，將剩下的精神力都集中在治療上。但這時，醒來的愛德華卻撥開她的手，輕輕搖頭，並站起來。

「你只要專心令她沒法飛起便可以了。」諾娃欲開口阻攔，但愛德華只是淡淡地留下一句，踉蹌站起，再次對布倫希爾德舉劍。

「為甚麼你還能站起來？」掩著左肩那流血不止的傷口，藉助「精靈髓液」作支撐勉強站起來，布倫希爾德冷酷地問。

在她眼中，眼前的少年猶如風中殘燭，彷彿輕輕推一下便會就此消失。他身上的傷已經接近致命，但就算把他打倒多少次，他仍然會爬起來，再次站在自己面前，彷彿不會感到痛。

她不明白，他為甚麼要如此堅持？

「為甚麼？這很簡單吧。」愛德華一聽，立刻回以幾聲嘲笑。「我還未贏，當然不會倒下！」

說完，他再次一個箭步上前，把劍旋轉一圈後，便俐落地往布倫希爾德的前胸斬去。

我只是想活而已……

布倫希爾德在心中呢喃。

布倫希爾德往上刺，中途攔截下「虛空」，並繼續向上刺，以劍長的優勢推走「虛空」。但正當她想向下刺時，肩膀又傳來痛楚，打亂了動作，「精靈髓液」瞬間便被「虛空」推開。

為甚麼想達成一件事，一件事而已，也會那麼困難？

她的心開始在吶喊。

「『Iuaq』（光矛）！」

「虛空」再次要斬來，情急之下，布倫希爾德急忙射出一連串的白光錐，逼愛德華後退。沒想到他後退避開幾枝光錐後，竟改為衝上前，把光錐逐一斬碎，移動速度有增無減，慢慢收窄和布倫希爾德之間的距離。

別阻礙我……

愛德華終於來到布倫希爾德的面前，他一個踏步，從上而下揮斬。布倫希爾德急忙用「精靈髓液」擋開，怎知他在壓下劍的同時上前握緊她的手腕，奪走「精靈髓液」，將之拋到一邊後再捲劍刺向其心臟——

我就只是想活下去而已！

「『Ioas』（混沌侵蝕）！」

在危急之間，伴隨著內心深處的呼叫，布倫希爾德不顧一切，詠唱出能將周圍一切人與物侵蝕消失的元素術式，卻在下一瞬間發現自己身處黑暗。

我、成功了嗎？

她感覺不到自己的身體，只感到自己正不停地往下墜，要沉進無盡的黑暗。

救、救我……光……

她不想就此歸入黑暗，但身體不聽使喚。模糊的意識裡閃過一道溫暖的光，她下意識向其求救。

對了，光……是誰？

她沒法記起光的身分，但一想起它，便立刻想抓住之。她不停地呼喚，其身體也在下意識間開始往上游。前方一片黑暗，但她聽到好像有人在呼喚她。

布倫希爾德……

聲音既陌生，卻又熟悉。她嘗試伸手，卻只能抓住虛無，再次墮落。

請回應我……

聲音再次呼喚，從語氣間聽得出焦急之情。布倫希爾德再次伸手，抓住了某種形體，但她也抵擋不住突然來襲的睡意，徐徐垂下眼簾——

聽到我的聲音嗎，布倫希爾德！

一股強大的力量在這時把她拉起，布倫希爾德驚醒，發現自己不再身處黑暗，眼前有一道模糊的金黃身影正看著自己。

「布倫希爾德！你聽得到我的聲音嗎？看得見我嗎？」身影見她睜開眼睛，立刻迫切地呼喚她。布倫希爾德的視線徐徐變得清晰，總算能看清金髮少年的模樣。

「……是誰？」她的聲音沙啞，全身使不上力；記憶一片空白，完全想不起眼前人的身分。

「我是路易斯啊！你……看得見嗎？」路易斯誤以為布倫希爾德是因為雙眼看不清而認不清他的身分，急忙追問。

「路……」布倫希爾德嘗試在腦海中搜索這個名字的相關記憶，雖然仍是一片空白，但不知怎的，聽到這個名字時，她全身感到一股暖流流過。

果然來了，光……

她輕輕一笑，像是安心了似的，閉上了眼睛。

「布倫希爾德！」路易斯一驚，立刻把手放在她的頸項上，見仍能感覺到脈動，才放下心來。他小心翼翼地把布倫希爾德從懷抱中放到地上，再拾起「精靈髓液」，指著站在不遠處的愛德華，憤怒地問：「為甚麼你會在這裡？」

路易斯不久前到達安凡琳城堡的內庭時，便遇上回來的莉諾蕾婭和卡莉雅納莎，從二人口中得知布倫希爾德正獨自在森林後，便打算去湖邊找她。但他走到一半時，卻聽見另一邊傳來戰鬥的聲響，心感不妙的他跑過去一看，便驚見「虛空」刺穿布倫希爾德左胸的一幕。他頓時怒火中燒，拾起腳旁的「精靈髓液」，在愛德華打算補刀時趕上去把「虛空」狠狠擊開，拉開距離，並嘗試喚醒已經陷入昏迷的布倫希爾德。

「這個問題應該是由我來問吧？」愛德華看到的是，剛才他要刺往布倫希爾德時，她怒喊出一句詠唱，但人卻在詠唱的同時突然倒下，術式沒有成功發動。本來該刺向心臟的劍因她往前倒下而刺中心臟對上的位置。他正要拔劍再補刀時，路易斯卻突然出現在自己面前，將他擊走。

愛德華對路易斯的出現感到意外，但卻沒有在看到他的瞬間感到憤怒。

「你這個人……敢對我的未婚妻出手，看我就在這裡打敗你！」路易斯憤怒得臉頰都變紅了。他緊握「精靈髓液」，力道大得像是能把劍柄握斷，彷彿下一刻便想衝上去狠狠斬向愛德華，以洩心中之憤。

「對決嗎？我沒關係，但不如你先顧慮一下安凡琳女公爵吧。」明明全身是傷，愛德華卻回應得悠然，完全不怕似的。路易斯一聽，原本堅定的眼神突然游離了一下，顯然是在擔心。

愛德華一見路易斯的動搖，輕輕一笑，正要上前，但雙腿卻突然一軟，幸好諾娃立刻上前扶著他，才不至於倒下。她憂心地看著愛德華，不停搖頭，勸他不要勉強。

愛德華改變了主意。他在諾娃的攙扶下慢慢後退，但仍然握緊「虛空」。

「哼，覺得打不過所以逃走嗎？」路易斯嘲笑道。

「我們擇日再戰吧，祭典還未完結，總有機會的。」愛德華沒有令路易斯的挑釁得逞，且不忘回以取笑：「而且，反正結果都是一樣的。」

「你！慢著！」路易斯正要反駁，二人便突然憑空消失了蹤影。

「布倫希爾德小姐！」正當路易斯眼望四周，搜索二人身影時，身後忽然傳來莉諾蕾婭的驚呼。她看見全身是血的布倫希爾德，以及四周一片狼藉的樹林，驚訝地呢喃：「這、到底發生了甚麼事……」

「莉諾蕾婭小姐，請立刻幫布倫希爾德治療！」路易斯一見莉諾蕾婭到來，立刻想起現時的最優先事項。他毫不猶疑地抛下「精靈髓液」，雙手抱起布倫希爾德，焦急地請求：「快告訴我，要帶她到哪裡去！」

「現在回去的話，後果只會更糟糕……」莉諾蕾婭托著下巴，用精靈語自言自語道，正在思考一些事。

「莉諾蕾婭小姐？」聽不明白的路易斯疑惑地追問。

莉諾蕾婭似乎在心中決定了甚麼似的，她突然轉身，向路易斯低頭，並請求道：「齊格飛公爵，雖然突兀，但我有一個不情之請。」

「是甚麼？」路易斯被她突如其來的凝重嚇了一跳，但時間緊急，不容他再想別的事：「只要是能救布倫希爾德的，我都能做。」

「請問公爵能否祕密地把布倫希爾德小姐帶離安凡琳？」

5

在另一邊廂，在西爾雲莉觀景樓裡，希格德莉法正經由樓梯緩緩登上頂層，準備從上監視外庭的狀況。

她前幾天因一些私事而離開安凡琳，不久前才回來。在僕人的侍候下沐浴更衣後，她才來到平時布倫希爾德進行祈靈之儀時監視她的地方，觀察情況。

觀景樓的頂層位於一座尖塔樓裡，雖然地方不算大，但因為四面牆壁都裝有整個人那麼高的玻璃窗，所以景觀十分開揚。正如布倫希爾德所說，在這裡能夠輕易並清楚看到外庭的每一個角落，就連內庭所有人的一舉一動也能看得清清楚楚。

本來這個房間只是普通的石牆塔樓房間，但希格德莉法看中它的位置，因此特意將牆壁換成玻璃窗，才成就這個只有她有權限進入的觀景室——監視房。

「祈靈之儀進行得怎麼樣了？」身穿一條以荷葉邊作裝飾的華麗天藍長裙，希格德莉法走到面向外庭的窗邊同時，要求她的兩位僕人匯報。

「稟告小姐，儀式過程一切順利。」站在希格德莉法身後，以馬尾束起碧藍長髮的帕諾佩恭敬地回應道。

「布倫希爾德乖乖地去了嗎？沒有反抗嗎？」希格德莉法繼續問。

「稟告小姐，布倫希爾德小姐沒有任何反抗，她完全依照小姐的話，依程序執行儀式。」正當帕諾佩身旁的亞娜莎要開口之際，樓梯傳來一把逐漸接近的女聲，代替亞娜莎回答希格德莉法。

「啊，你來了。」希格德莉法一聽，立刻回頭，面露滿意之色。來者不是別人，正是卡莉雅納莎，她除了是布倫希爾德的貼身女僕，也負責定時將布倫希爾德的一切行動上報給希格德莉法。

卡莉雅納莎一進到房間，便立刻低頭，有禮地向希格德莉法敬禮。

「你來到這裡，也就是說儀式完成了？」希格德莉法猜測。

卡莉雅納莎點頭，並報告：「儀式很順利，成功從眾靈手上得到不少元素之液。只是……」

「只是甚麼，卡莉雅納莎？」見卡莉雅納莎說到一半卻有點遲疑，希格德莉法追問。

卡莉雅納莎想了一會，才組織到該如何回答：「只是儀式過後似乎遇到一些阻礙，莉諾蕾婭正前往調查當中。」

不久前她和莉諾蕾婭回到內庭，指引路易斯前往外庭尋找布倫希爾德後，便感應到外庭有異常的元素流動。二人都猜不透是甚麼事情，莉諾蕾婭立刻自告奮勇前去調查，而她則在等候片刻後來到西爾雲莉觀景樓，向希格德莉法報告。

她知道莉諾蕾婭這麼快衝出去是因為擔心布倫希爾德，但她卻不怎在意。於她，布倫希爾德只是一枚棋子，而她聽令於希格德莉法，自然不會投放太多感情在這個監視的對象上。

況且，會願意把一個水族和風族混血的帶罪精靈留在身邊服侍自己的精靈，本身也不是甚麼好東西吧。

希格德莉法走到窗前，瞧見祭壇附近一部分的樹都已倒塌，在茂盛的墨林間空了一個缺口，格外明顯。她也看到那邊的地面有很多不明坑洞，依照痕跡推斷，可能是進行過一場戰鬥，這個並不肯定，但最少一定進行過一場大破壞。

是布倫希爾德做的嗎？還是其他精靈？她思索著。

「另外，剛才齊格飛公爵來訪，說是布倫希爾德小姐請求他來見面。」這時，卡莉雅納莎再加上一句報告。

「甚麼？那個火龍小子？我可不記得有讓布倫希爾德請他來這裡。」希格德莉法聽後皺起眉頭，似乎不太滿意。

一直以來，都是她命令布倫希爾德寫信請求路易斯前來見面，她才會落筆書寫，沒想到她現在居然敢違背自己的命令，擅自行動？

「你肯定是布倫希爾德請那個火龍小子來的？」希格德莉法問道。

察覺到希格德莉法的不爽，卡莉雅納莎頓時變得吞吐：「呃……我看到幾天前莉諾蕾婭曾經派信差把一封信寄給齊格飛公爵，所以猜測應該是布倫希爾德小姐所決定的。」

「是嗎……之後該給她一點教導了，」希格德莉法奸險一笑，看似已經決定好要怎樣給布倫希爾德一點臉色看。她再問：「那麼火龍小子仍在外庭裡嗎？」

「是的，」卡莉雅納莎點頭。

「但他的馬車卻正朝著大門行駛啊。」希格德莉法走到另一邊的窗邊，指著窗外說道。

「沒可能的……咦？」卡莉雅納莎湊近一看，看見屬於路易斯的鮮紅馬車確實正在連接內外城門的石磚路飛快地奔馳著。「但沒可能的，剛才他的確是去了外庭……」

「看來你的監察略有不足呢，卡莉雅納莎，」未等卡莉雅納莎解釋完，帕諾佩便冷冷打斷了她。

「居然連外人的行蹤也搞不清楚。」

「不，但的確……」

「罷了，現在不是爭論責任的時候，」卡莉雅納莎欲焦急地解釋，卻被希格德莉法打斷。她托著下巴，在房間裡踱步，以一副似是想引別人說出真相的口吻自言自語道：「突然前來，本來應該在園林的火龍小子竟然急忙離去，然後祭壇附近有破壞的痕跡，總感覺有些可疑呢……」

「小姐，我猜測可能火龍之子是在園林裡看見了甚麼，而這麼快不辭而別，」亞娜莎有禮地說出自己的見解，出口幫卡莉雅納莎解圍。她詢問：「請問應該立刻請湖邊的守衛阻止他們嗎？」

「不，就任由他走吧。」希格德莉法下達決定。

聽畢，在場三位水精靈都嚇了一跳，亞娜莎立刻擔憂地問：「小姐，這樣真的行嗎？」

「現在我們對現況都是一知半解，那麼便任由事情發展一陣子吧。」希格德莉法解釋。

帕諾佩也對此決定有所懷疑：「但他可能目睹了儀式的某些祕密，因此才急忙逃去……」

「放心，那個小子才沒有那麼大的膽量，」希格德莉法忍不住用鼻子「哼」了一聲，一半是笑僕人們將路易斯想像得太厲害，另一半是笑他們捉錯用神。但她再想了想僕人們的話，便覺得有趣地露出期待的笑容：「但如果他真的有，事情的發展才會變得更有趣啊。」

說完，她依偎在窗邊，注視著馬車穿過城牆，絕塵而去，輕輕一笑。

希格德莉法知道，路易斯的突然離去，一定跟布倫希爾德有關係。儘管她不知道確實的情況如何，但一想到事情正朝著意料之外又意料之內的方向發展，心裡便不禁開始興奮起來。

哼，無論你打算做甚麼，一切都仍在我的掌握之中。

我可愛的小仙子，你永遠也逃不掉的。

人物故事－Charaktergeschichte－

路德維希－LUDWIG－

1

路德維希的一生，在不同人眼中有著截然不同的看法。

在很多人眼中，那是天妒英才，短暫而可惜的一生；在歌蘭眼中，那是明明身懷家族祝福，卻因病和他人詛咒而無處發揮的遺憾一生；在羅倫斯和路易斯眼中，那是努力與病痛抵抗，英勇而輝煌的一生。

那麼路德維希自己是怎樣看的呢？的確，他的大半人生都活在病痛之中，而他的人生確實有很多遺憾。他一直想到外地見識世界，但總是只能留在病榻上遙視窗外的世界；一直夾在歌蘭和自己兩位弟弟的矛盾之間，想化解他們長年來的誤解，卻無能為力。縱使如此，他卻不覺得自己的生命裡只有遺憾和不甘。

對於病痛，路德維希氣憤過，沮喪過，但他很早便已經接納了這樣的命運，帶著笑與之共存。他在家裡堆積如山上的書裡找到無盡的樂趣，就算離不開家，靈魂也能夠隨著書中文字到世界任何一處去。他感恩自己長在一個家境豐厚的家庭，不愁衣著，有愛他的父親，而最令他欣慰的，就是他有兩個可愛又貼心的弟弟常常陪伴著他，為他本來黯淡的生命帶來陣陣溫暖的光。

歌蘭一直希冀路德維希能長命百歲，路德維希想正如他在其他事上一直所做的，努力回應父親的期待，但長年被病痛折磨，路德維希心裡其實並不希望自己能夠活得長。畢竟活得越久，就等同要承受更長的苦難。有許多次，當身體虛弱得只剩下一口氣的時候，路德維希都想過放棄強撐，讓自己回歸到舒適的溫柔鄉，完結長年的痛與累，但每一次，都是身邊的兩位弟弟把他那要活的理智給喚回來。弟弟們都說，路德維希很堅強，但只有路德維希知道，他其實很軟弱。

路德維希有常人沒有的恩賜，也有常人沒有的病痛；縱使他的人生有許多失落和遺憾，但他依然能夠從中找到喜樂。

甘苦與共。若要路德維希總結自己的人生，他會用此四字。

有苦，也有甜。縱使並非完美，但過程卻完滿。

2

年幼的路德維希，每一個見過他的人都說，是各種意義上的天選之子。

未過一歲便懂得步行和說話，三歲懂得寫詩，四歲習得簡單劍術，五歲時已經可以在觸碰「神龍王焰」時變出一條完整的火焰，這些事別說是一般人家，就連在人才輩出的齊格飛家裡，能夠做到的人也是少之又少。

路德維希就是光，這句話不只是指他那把淡金短髮給人的感覺，也是指他的才能耀眼得如同天上陽光。他就像上天賜給齊格飛家的恩賜，也有人說是沉睡中的神龍莎法利曼所託付的預示。眾人都說，路德維希的到來是要讓繼承了神龍血液的一家藉著此人得到祝福，再次回到豐盛之時。

歌蘭對得此一子感到十分欣慰。把家族夙願當作人生最大目標，一直深信齊格飛家的人必須是最強的他，能夠得到這麼一個天才兒子，不只感到面上沾光，他覺得這是自己擁有最純正齊格飛家血統的最佳證明，感覺自己的人生都被照亮了。他對路德維希滿是疼愛，總會給他最好的，但也會嚴格地對待他的學習，不停要求路德維希達成更高的目標。路德維希很喜歡父親，每當父親稱讚他，他便會更努力用功，只要是父親要求的，他都會盡力做到。路德維希確實擁有凡人所沒有的天分，但那份眾人所見到的光輝，除了天分，也包含他在背後負出的辛酸努力。

在歌蘭的耳濡目染下，路德維希也深信自己是被期待的齊格飛家繼承人。他要努力變得更好，要成為比任何人都要更強的人；他要再一次壯大齊格飛家，也要在長大後參加每八十年舉辦一次的全國祭典「八劍之祭」，為齊格飛家取得勝利，完成喚醒神龍的家族任務。歌蘭督促他，他也督促自己，他要成為完美的齊格飛家後人，要成為父親所希冀，前後古人後無來者的那個人。這是他要達成的目標，也是一定要成事的任務。

路德維希相信自己，歌蘭對他寄予厚望，其他人都深信他能成大事。眾人的希冀和期待都集中在他身上，但這些耀目光芒都在路德維希六歲的時候，一瞬間殞落。

路德維希一輩子都沒法忘記殞落那一刻的所見所感。他當時正跟劍術老師練習防守還擊，擋下老師的劍後要往前刺的時候，突然胸口悶痛，雙手軟掉，全身用不上力。他不受控制地倒在地上，不論自己如何努力呼吸，就仍是覺得喘不過氣。他害怕、驚恐，不知道自己發生了甚麼事，餘光最後看到的是劍術老師一臉驚慌，不停地呼喚自己，到他再次醒來，自己已經在床上，眼前是滿臉愁容的歌蘭，以及對著歌蘭不知在說些甚麼，一直搖頭的醫生。

那是心臟病發，醫生事後這樣對路德維希解釋。醫生說，路德維希差點便整個人踏進鬼門關，回不來的了。

年紀這麼小便心臟病發，那麼恐怕是先天的缺憾，醫生如此推測。路德維希沒法理解，他一直都好好的，怎麼突然被說有身體缺憾，得了心臟病的呢？他不停追問醫生，要得到一個他能接受的答案，醫生每次都只是不厭其煩地重複，說這種病不一定能在出生後立刻發現的，它一直隱藏在路德維希的身體裡，就像是一個隨時都會爆炸的炸彈，沒有人知道引爆的時機和契機是甚麼，當他們知道炸彈存在的時候，就是它爆炸的時候。

就這樣，因為一個病，令路德維希的人生完全翻轉。

他不再是那個備受期待的天才，而是一個隨時將死的病人；集中在他身上的耀眼期望全都變成充滿憐憫的關懷，家裡所有僕人，以至那些跟家庭有關係的貴族都覺得他很可憐，覺得他活不長，快要死了。突如其來的轉變令路德維希無所適從，他覺得世界突然崩坍，自己不再是自己。

起初，路德維希仍然如常生活、照常練劍，但在某次練劍期間胸口突然疼痛，差點昏倒後，醫生診斷他不能再進行劇烈運動，從此便被歌蘭禁止碰劍。不知是否第一次的心臟病發傷了身體，或是正如醫生所說，名為「心臟病」的炸彈爆發時把身體的潛藏問題都給炸了出來，路德維希自此變得多病，只是普通的著涼，換著以前休息幾天便能康復，但現在卻可以很快演變成肺炎；臥床兩週，好不容易痊癒了，過幾天又會被別的小事弄得再次病倒。本來整天在外面蹦蹦跳跳的他，變成終日與床為伴。他哪裡都沒法去，只能留在家中，像童話書裡的公主般被鎖在城堡裡，重複著生與死，病倒與痊癒的循環。

心臟病一事，除了路德維希接受不到，歌蘭也不能接受這個事實。歌蘭不明白，齊格飛家多年來都沒有人曾經患上這個病，他自己也沒有，怎麼到路德維希時便病發，且說是天生呢？他誓要查出愛子患上心臟病的原因，並且要找出能治好路德維希的方法。他遍尋名醫，試盡各種方法和偏方，路德維希的身體還是沒有好轉。到最後，歌蘭只能說服自己相信一個術士的解釋，也許是路德維希血內的那份神龍力量太旺盛、強勁，超越人類身體所能承受的程度，因此才會發病。

每次路德維希病倒，歌蘭都會在床前以這解釋安慰他——不是他弱，只是他太強，他是被祝福的，只是祝福太強，超越小孩身體所能承受的程度。不用太在意，無論如何他仍然是父親最愛的孩子，是出色的齊格飛家繼承人，只要長大了，身體變得能夠承受龍血的力量，那麼自然會康復。也許真的是這樣吧，年紀尚輕的路德維希沒有太在意自己生病的原因，對康復一事也沒有太大期盼，他最在意的是自己辜負了所有人的期望。他讓父親經常為自己擔心，讓身邊的人為他而奔波，這樣一個要依賴他人才能活著的人不是一個合格的齊格飛家人。他不再是那顆在天上高掛的明星，而是一個躺在床上，終日無所事事的廢物；既然沒法再發出光芒，那麼就不會有活在齊格飛家的資格。

路德維希的心滿是沮喪，除此之外，纏繞他心的，還有恐懼。

病發時那股離死亡只有一線的感覺深深烙印在他的記憶裡。死亡來得太突然了，完全沒有先兆，路德維希在那一刻才認知到原來世事充滿變數，他在這股力量面前渺小如沙，毫無搏雞之力，衝擊了他一向以來的認知。他害怕，害怕這未知的力量，預計不到死亡何時要帶走他。每晚閉上眼睛，路德維希都很害怕自己再也不能睜開眼，眼前的光景就是他人生看到的最後一幕。在病痛之中時，他更是常常覺得，他的人生是否到這裡要完了。

路德維希確切感到自己活著，但他覺得自己彷彿跟死了一樣。周圍的人都待他如臨終者，他們口中明明祝願自己健康，但那些憐憫的眼神清楚傳來了他們心中的死亡判決。他每天都在痛苦中渡過，身體已經忘了健康時會有的感覺，病痛深深刻在他的骨子裡，每分每秒的呼吸都是折磨，。

他很迷惘，不知道自己可以做些甚麼，也找不到自己存在的價值。

也許，死了會更暢快吧。

漸漸地，一個負面的念頭在他心中萌生。路德維希起初對這念頭視而不見，但隨著痛苦的積累，這念頭越發顯得甜美吸引。路德維希沒有再抗拒它，任由它存在，它就在他的心中，慢慢植根。

死了，那就可以從一切痛苦中脫離。

3

除了路德維希自身的痛苦，歌蘭和羅倫斯之間的不和，也是路德維希生病後一直感到內疚，為他帶來壓力的事之一。

歌蘭自羅倫斯出生起就一直不喜歡他，原因是因為羅倫斯的髮色不符合齊格飛家族人「金髮碧眼」的標準，因此覺得這次子是妻子與他人私通後所誕下的私生子，就算找不到證據證明，也一直堅持自己的看法。他本來已經視羅倫斯為污物，當他不存在，甚麼都不給他，在路德維希病發後，甚至把病發的原因怪罪到羅倫斯頭上，說是因為家裡出現了羅倫斯這個血統不純正的人，所以令理應受到祝福的路德維希蒙上詛咒，才會發生這樣的事。

不只是羅倫斯，路德維希的母親伊奇維娜也是路德維希病發一事的受害者之一。歌蘭和伊奇維娜的婚姻本來就是政治聯姻，比起愛，他對妻子有的更多是義務。誕下天之驕子路德維希後，歌蘭有一段時間待她不錯，但誕下羅倫斯後，便開始無中生有地誣衊伊奇維娜與人私通。伊奇維娜當然有反抗，但歌蘭就是那種「自己所說的就是絕對」的人，對伊奇維娜提出的反證一概不接納，一直堅持己見。他和她一直冷戰，在路德維希病發後更加覺得伊奇維娜不能留，便以伊奇維娜沒有盡到母親的責任，對路德維希照顧不周而令他生病為由，和她離婚。

以前看到父親和母親因為羅倫斯的事而心生隔閡，以及父親對羅倫斯的種種怪責，路德維希經已感到憂心，當他見到自己的病令歌蘭對羅倫斯的態度轉差，甚至成為雙親離異的導火線，他十分內疚，覺得一切的事都是因他而起的。

要不是他病了，要不是他存在，家裡就不會發生那麼多的事，弟弟不用活在父親的憤怒下，父親也不用對弟弟抱有仇恨，母親也不用離開這個家。一切都是他的錯，如果他能夠健健康康，能夠擔當父親心目中完美的家族繼承人，那麼身邊的人就不用承受這些無謂的怒火，這些摩擦也不會出現。

一切的起因明明都在於歌蘭的頑固，但路德維希就是把所有事都怪罪在自己身上。他愛父親，知曉他為自己付出了多少，因此就算多少知道歌蘭的態度是問題的癥結之一，也不忍道明，把所有問題都往自己身上攬。

有錯的是自己，都是自己。

在人前，路德維希常常掛著一副笑容，好像甚麼事都沒有，區區普通病痛不足以動搖他的堅強意志，但這些不過是逞強而已。他不想讓父親擔心，不想家人憂心，不想別人再為自己操心，覺得作為合格的齊格飛家人，不可以隨便露出自己軟弱的一面。在眾人眼中，他依然光芒四射，但在光芒的背後，笑容之下，無人知道隱藏了多少淚水。

我真是沒用，沒法繼承家族、完成夙願也就算了，還要為家庭的所有人帶來煩惱和不和。一個沒有價值的人有甚麼資格掀起這麼多的風浪，正如歌蘭常常責怪羅倫斯時所說的，簡直是障礙。

病痛使我痛苦，我的事使家人痛苦，家人的痛苦也使我難受。不停在生與死之間徘徊，每一秒的等待都彷彿是折磨。反正我也活不長，那麼不如放開一切，這樣對所有人都是最好的選擇吧。

第二次心臟病發後，在意識不清的迷糊之中，路德維希不停思考著這些纏繞自己和身邊人的苦痛。他感覺到死神就在床邊，祂那冰冷的手正疊在自己的左手上，想要拉走他。他嚥下一口氣，心想：也許是時候了吧。

活著很累，我不想再繼續了。請溫柔地帶我走，帶我離開這一切——

「路德大哥，請不要有事……」

就在這時，路德維希感覺到有一雙溫暖的手緊緊抓住自己的右手，是羅倫斯。

五歲的羅倫斯坐在路德維希的床前，小聲呢喃，向著不知名的神祈求。

「要是你走了，我該怎麼辦……」

路德維希有些驚訝。一直以來，他都以為羅倫斯會恨他，畢竟他就是令羅倫斯受苦的最大元兇。

路德維希有時會想，縱使羅倫斯平時很黏他，但背後其實可能對他充滿怨言，一直期待大哥哪一天能夠消失不見，那麼自己就可以從父親的惡言中獲得解脫。他沒想到，原來羅倫斯對自己有如此牽掛。

「每次被父親惡罵，我都覺得自己要捱不過去了，但看著你，看見你戰勝一次又一次病痛的堅強背影，我就覺得自己也能做到一樣的事。你可以跨越那麼大的難關，我這些小事算甚麼呢？」說到一半，羅倫斯開始啜泣，握著路德維希的手加重了力道。

不、不是的，我才沒有你說的那麼厲害，那些都是裝出來而已！路德維希急忙在心中反駁。

「你常常對我說，我其實很厲害的，只是自己不知道而已，但我其實一直都想說，沒有你，我甚麼都不是。」羅倫斯的話彷彿是聽到路德維希心聲後的回應，正中他的心深處。「就是因為有你，我才覺得自己就算有多辛苦，那些所謂的痛苦都微不足道。我不過是在痛苦中的其中一人而已，連你都未曾抱怨，哪輪到我呢？」

不過是其中一人——路德維希頓時感到當頭棒喝。

對，我一直只著眼在自己的事上。自己的不甘，自己的不幸，但放眼世界，只有我在受苦嗎？不，羅倫斯呢，他不是更慘嗎？我不是覺得他更可憐嗎？但他沒有只看到自己，有看到周圍。

他一直堅持著，但我呢？只是因為覺得難受，便想放棄，這樣像話嗎？

「所以路德大哥，請你醒過來吧。」路德維希感覺到有幾顆水珠滴到他的手背上，水珠流走時在他的皮膚上留下一道暖流，那溫暖令他的心一震。「請求神龍，請求天神，或所有能夠聽見這禱告的神明啊，別帶走我最愛的兄長，把他還給我們吧。」

在這一瞬間，路德維希第一次察覺原來自己在他人心目中會有舉足輕重的地位，這種被需要的感覺震懾了他。他一直看到自己，自己擁有甚麼，沒有甚麼，辜負了他人甚麼，但從未有思考自己給予了他人甚麼，以及能夠給予甚麼。

沒錯，我的人生的確不像以前那樣一帆風順，但這並不代表我一無所有，甚麼都不能做。路德維希心裡對自己說。

也許我不再完美，但我還是有價值的。我依然是羅倫可靠的哥哥，依然是父親的兒子，依然是齊格飛家的人。也許我的路是屬於自己的，但我不是只有一人。

每人出生、死亡，在世上的時間都有限，我的時間不過是比一般人的要短一些而已。既然如此，那麼與其把時間都用在自怨自艾和抱怨上，不如嘗試珍惜，不管是人或事，又或時間。

我病，我痛，但我仍然活著。只要我一天還能堅持下去，不如就用這份微弱的力量，做所能做的事吧。

一道暖流從路德維希的心臟緩緩流出，他感覺到死神的手漸漸遠離。他緩緩張開眼，看著哭得一塌糊塗的羅倫斯，只是微弱一笑，並伸手輕輕抹過他的眼淚。見路德維希真的如自己所願醒過來，羅倫斯立刻上前緊緊擁抱著他，在大哥的懷中哭得稀里嘩啦。

路德維希側頭望去，發現床頭櫃上不知何時多了一束花。在五顏六色的花卉中，豎立著一枝向日葵，平時他對向日葵沒甚麼感覺的，但此刻看著它挺拔的身軀，心裡登時冒出一股動容。

房內漆黑一片，所有花朵都像在睡覺，唯獨那株向日葵正朝向東方，似是在等待明早的晨曦。在黑暗中依然對光明心存希盼，相信光芒必定到來，這一象徵深深擊中路德維希的心扉。他在這株向日葵身上看到自己，也看見自己能夠成為的模樣。

「謝謝你。」路德維希在羅倫斯的耳邊輕聲感謝，他的聲音虛弱如絲，但心意卻是堅實如石。

謝謝你需要我，給予我活下去的勇氣。

我在黑暗中站著，但會朝向光明，不輕易向黑暗低頭。

我並不完美，但在有限的時間裡，會用這份微弱的力量，堅持到最後。

4

路德維希十歲時，家裡迎來第三位男丁，這個跟路德維希一樣擁有金髮碧眼的嬰孩，為齊格飛家帶來久違的新生氣，同時也帶來新的衝突。

這個名為路易斯的嬰孩，是歌蘭與第二任妻子伊凡琳所生，任誰都猜到他是為了代替路德維希擔當齊格飛家繼承人而出生的，是倘若路德維希去世便會上位的候補。羅倫斯十分討厭這位新成員，因為路易斯的到來意味著自己在這個家更加沒有地位。他覺得路德維希應該有一樣的想法，畢竟路易斯就是來代替路德維希的，就連名字也看得出滿滿的替代意思，但令羅倫斯，以至齊格飛家上下都意外的是，路德維希十分疼愛路易斯，一絲不滿也沒有。路德維希全然接受這位新的弟弟，常常到嬰兒房看他，會陪他玩上一整天，又會讀故事書給他聽，照顧之舉比親生母親伊凡琳更為殷勤。

自伊凡琳在路易斯出生一年後因病去世後，路德維希便更加愛惜這位二弟。只要身體許可，他都會教路易斯識字，自己不被允許耍劍，那就把羅倫斯拉來充當路易斯的老師，自己從旁給予意見。路德維希常常對羅倫斯說，路易斯剛出生不久便沒了母親，歌蘭又常常不在家，要是作為兄長的他們都不愛他，那麼這孩子就真的甚麼都沒有，十分可憐。羅倫斯總是覺得，路德維希是把自己的經歷和憂傷都投射在路易斯身上，路德維希不否定，也許他對路易斯的同情，是因為他也渴望被同情，但他確實喜歡這個小弟弟，這是毋庸置疑的。

這些年間，路德維希依然經常生病，但他對待自身病患的態度樂觀了許多。他不再強裝樂觀，掛在臉上的笑容是真誠的；他嘗試讓自己接受這份命運，讓自己明白他不過是世間眾多受苦之人的其中一個。他想通了，與其自怨自艾，不如善用有限的時間，善待身邊的人和事。

他整天幾乎只能臥床，又或留在房間裡，既然不能出外，他便決定把這些時間都用在讀書上。知識使他的靈魂飽滿，書中那些穿越古今的的文字帶給他無盡的有趣探險。沒法到外面的世界遊歷是他的遺憾，但有文字的陪伴，以及兩位可愛又貼心的弟弟帶給他歡樂，路德維希經已滿足。

雖然羅倫斯和路易斯能帶給他歡樂，但兩位弟弟之間的衝突不時令路德維希感到頭疼。

衝突的原因不外乎繼承權的問題。羅倫斯越是長大，他的脾氣，以及對家裡事的看法便更難改變。他總是看路易斯不順眼，常常都會找機會取笑他、捉弄他，而這些行動有時候是帶惡意的。路德維希理解羅倫斯的憤怒，但也想他明白路易斯是無辜的。每次看到羅倫斯欺負路易斯，路德維希都會予以斥責，但他不會偏心，如果事實是路易斯先對羅倫斯不敬，然後羅倫斯報復，他會兩邊一起訓斥，一直保持公正不阿的心處理兩兄弟之間的矛盾。

路德維希明白，羅倫斯對這個家的怒氣不是一朝一夕能夠化解的，自己的幾句勸說和訓斥也不能輕易令他有所轉變，但他還是不會放棄。他沒有甚麼力量，但不是甚麼都沒有，既然如此，那麼就盡用這份微小的力量，做所能及的事吧。

就這樣，三兄弟互相成為大家最好的陪伴。歌蘭不在的時候，整個城堡就是他們三人的天下。就這樣，齊格飛兄弟的打鬧日常，每天上演。

某天早上，路德維希起床後，見天氣清涼，自己大病初癒，身體難得沒甚麼大礙，便打算到庭園散步。他披著自己平時愛用，以防著涼的淡黃絨毛斗篷，安靜地在庭園裡走著，打算到向日葵花園探望一下那些心愛的可愛向日葵們。就在途中，他聽到不遠處傳來一些聲音。

「……請問羅倫斯大人的房間該怎樣去？」

是有事要找羅倫斯的僕人嗎？真奇怪呢，大家應該都已經熟記我們三兄弟的房間位置，為甚麼會問路的？難道那人是新來的僕人，未記熟城堡地圖嗎？

路德維希沒想太多，便循著聲音的方向走，打算幫助這位新來的人。期間他聽到有一些交談聲，但風聲太大，他聽不清楚內容，只聽到交談語氣有些激動。

「羅倫斯的房間嗎？穿過這個花園，通過三道石門，再轉左，便會看到皇家宮殿。進去之後到二樓去，便會找到他的房間了……」走到聲音傳出的位置後，路德維希沒想太多，熱心地指出方向，說到一半，他才看到面前站著的是誰。

「咦，是你們兩個嗎？」

站在他面前的不是甚麼新來的僕人，而是路易斯和羅倫斯。

「路德大哥！」路易斯和羅倫斯登時嚇了一跳，異口同聲地叫。

「你沒事了嗎？我很掛念你！」路易斯立刻跑到路德維希身邊，緊緊抱著他的大腿撒嬌。剛剛的兩星期，路德維希因為養病一直留在房間，醫生吩咐他必須靜養，所以路易斯和羅倫斯有一段時間沒法見到他。

「你怎麼在這裡的？」羅倫斯也走上前來。他心底裡其實想跟路易斯一樣抱著路德維希撒嬌，但畢竟自己十二歲了，不是可以撒嬌的年齡，而且這樣做的話，一定會被路易斯拿來取笑，所以便作罷。他擔憂地問：「身體不要緊嗎？」

「嗯，已經全好了，所以便出來走走，」路德維希的說話聲微弱，幾乎要被風聲蓋過。「要你們擔心了。」

「小心又再著涼啊，聽說天氣又要變冷了。」路德維希臉色不錯，但看著他那瘦弱的身體，羅倫斯就仍是擔心。

「羅倫總是過份擔心，像母親一樣囉唆。」路德維希笑著挖苦道。

羅倫斯一聽，眉頭立刻皺起來：「那我就是擔心你會病倒啊？」

「我知道的，但疾病這種事，該來時便會來，整天留在房間裡也不是辦法。」路德維希沒被羅倫斯的不滿影響，依然笑著。於他，疾病是總是會找上門的存在，不論他如何避免都沒有用，那麼與其把時間和心機都花在避免上，不如享受當下，讓自己多一分快樂。

「也是呢，隨你喜歡吧。」羅倫斯沒法駁斥。他總是擔心路德維希，同時也希望路德維希能夠快樂活著，既然這是大哥決定了的事，他也不會強行阻撓。

「說起來，羅倫，你忘了回房間的路嗎？」這時，路德維希想起自己走過來的本來目的，疑惑地問道。

「呃，這個……」羅倫斯頓時語塞，有點不知所措。他剛才故意裝作路人向路易斯問路，用來捉弄他，要是被路德維希知道自己捉弄路易斯，可是會被責罵的。

「對啊，羅倫大哥他竟然忘記了！剛才還跟我問路來著呢。」正當他猶疑之際，路易斯立刻搶著回答。

你這小鬼！剛才不是叫我「這傢伙」的嗎？現在大哥在旁，便稱呼我為「羅倫大哥」了？在大哥面前就變得乖巧，這傢伙有你的！

羅倫斯登時瞪住路易斯，後者也不甘示弱，回以神氣的笑容。

「羅倫你也難得犯糊塗呢，來，讓我帶路吧。」就在二人對峙之時，好像甚麼都留意不到的路德維希以一句話終結他們的無聲對決。路德維希笑著說完，便開始走，似乎真的打算帶羅倫斯回他的房間。

「路德大哥！這……」

羅倫斯頓時說不出話來。路德維希一向有著人說甚麼便會相信的天然性格，他早就知道了。但他那麼聰明，應該不會相信有人忘記了回自己房間的路，這種破爛的謊話吧？

呃，不，他的話應該真的有可能。

「路德維希是一個知識上的天才，生活上的蠢才」——羅倫斯記起，這是他以前說過的話。回想起這些年間路德維希做過的不少蠢事，羅倫斯心感無奈。

「羅倫？我們得走了啊？」見羅倫斯一直不動發呆，路德維希便回頭叫他。

算了，就當作我真的是忘了回房間的路吧。看著路德維希難得的笑容，羅倫斯笑著呼了一口氣。

他立刻快步跟上，繼續陪大哥玩這個問路遊戲。

某個夏天的晚上，窗外風雨交加，風雨令城堡內部添上一層微薄的涼氣。

路德維希剛完成恆常的晚讀時間，他看了看窗外，見時間不早，天氣又有點冷，自己近幾天有些咳嗽，似是快要患上感冒，便決定要早點休息。正當他要關掉書桌旁的火燈，上床就寢時，一陣微弱的敲門聲引起了他的注意。

「是誰？……小路易，你怎麼來了？」

平時在這個時間點都不會有人來的，路德維希疑惑地披上斗篷，並上前打開木門，卻不見任何身影。這時他感到有人正拉扯著自己的斗篷，他低頭一看，這時才看見身穿睡衣，抱著枕頭的路易斯站在自己腳邊，抬頭看著他。

「路德大哥……」見路德維希看到自己，路易斯緩緩放開手。他揉著眼睛，嗓音帶著滿滿倦意。

「這麼晚，怎麼了？睡不著嗎？」由三樓的睡房一路走來五樓，走廊那麼昏暗，路程那麼遙遠也要過來，定是有要事了。路德維希輕撫路易斯的頭髮，跪下關切問道。

「嗯，我……啊！」路易斯說到一半，突然窗外傳來一道響亮的雷聲，他嚇得立刻掩耳，雙眼緊閉，樣子很是驚恐。

「啊，是怕雷聲對吧，今天的雷聲特別響呢。」路德維希頓時恍然大悟。路易斯從小便害怕雷聲，每次聽見都會嚇得差點哭出來。他像往常一樣輕撫路易斯的背部，溫柔地安慰道：「沒事的，它們不會傷害你的。」

經路德維希安撫，路易斯慢慢睜開眼，心情平靜了些，但這時外面閃過一道閃電，他又嚇得立刻閉上眼。

「沒事的，相信我。」路德維希把路易斯擁入懷中，輕聲安撫。過了一會，感覺到路易斯的呼吸平順了，路德維希才慢慢放手。

「好了，沒事了，回去睡吧。」路德維希拍拍路易斯肩膀，心裡盤算好目送他離去後便轉頭回房睡覺。

「我還是有點怕，一個人睡不著……」但路易斯還是不願走。他看了看路德維希後，移開視線，然後又回望，有點閃縮地問：「我……可以跟大哥一起睡嗎？」

「啊？」路德維希有些驚訝，這種要求他是第一次收到。他有些心動，但考量到自己的身體狀況，害怕有機會傳染路易斯，便打算婉拒。正當他要開口時，路易斯那副誠懇的渴求眼神映入其眼簾，令路德維希左右為難。

「嗯，可以啊，進來吧。」思索數秒後，路德維希改變了心意，讓路易斯進他的房間。

要說路德維希一生的軟肋，除了病痛，大概就是弟弟們的請求。

可以跟路德維希一起睡，路易斯高興得不得了。他歡呼過後，一個飛躍跳到床上，並爽快翻過身來。正當他要開口說些甚麼事，突然想到甚麼似的，立刻把要說的話都吞到肚裡去，笑容也不復見。

「我這樣會打擾到你嗎？」路易斯把頭半埋在枕頭裡，語氣歉意，戰戰兢兢地問。他想起羅倫斯經常告誡他，大哥身體不好，絕對不可以打擾他休息，自己現在正是在做這種事，頓時心虛。

「不會啊，我也差不多要睡了，」路德維希笑著搖頭。他轉身走到書櫃前，回頭問：「你想聽故事嗎？」

路易斯輕輕搖頭：「一起睡就好。」

路易斯自小就很喜歡聽路德維希講床前故事，就算長大了，還是會不時纏著路德維希，要求路德維希講一些有趣的故事給他聽。

難得不想聽故事呢，是因為長大了嗎，路德維希心裡一笑。

他回到床邊，掀起被鋪，緩緩躺在路易斯旁邊。這張睡床頗大，就算躺了兩個人仍剩下不少空間，但路德維希躺下後，路易斯卻立刻擠到他身邊，緊緊抱著他不放。這一抱刺激到路德維希脆弱的喉嚨，他忍不住咳了兩聲。

「路德大哥，身體不舒服嗎？」聽見路德維希的咳聲有點痛苦，路易斯頓時抬頭問，一臉擔憂。

「沒事，小事而已，不用擔心。」路德維希正要開口回應時又咳了兩聲，調順呼吸後才能回答，但他沒當作一回事，笑著要路易斯放心。

「真的沒事？不會又要生病嗎？」路易斯不信，擔心地追問。

「沒事的。」路德維希保持著微笑回應。

「……不會離開我們吧？」這時，路易斯把頭垂下，小聲呢喃。

「甚麼？」路德維希聽不清楚，把頭靠近，但他心裡有不好的預感。

「路德大哥，你不會離開我們對吧？」路易斯提高音量重複一次，但不敢抬頭看著路德維希。

「啊？」路德維希沒料到路易斯會這麼直接，有點驚訝，一時間反應不來。「傻瓜，我不會拋下你們的。」

「但……」路易斯欲言又止，路德維希感到胸襟有些濕潤，頓時猜到發生甚麼事。

「人總有一天需要離開，你長大後便會明白。但我承諾你，在那天來到之前，我都不會離開你們的。」路德維希輕輕掃路易斯的背，靜心安慰他。

他當然知道最好的安慰說話是承諾永不離開，但任誰都知道那是謊言。路易斯年紀雖小，但並非無知，用這個笨拙的謊言瞞騙他只會有反效果。虛假的諾言只能換來一時的安慰，但會留下長期的傷害，既然如此，那麼不如以真誠相待，讓他明白死亡其實並不只有傷感。

「真的嗎？」路易斯聽見最後半句，立刻驚喜地抬頭，眼眶滿是淚水。

路德維希只是笑著拍拍路易斯的頭，給予肯定：「真的。別擔心太多，快點睡吧。」

得到了路德維希的承諾，路易斯總算放下心頭大石。一放鬆，疲意迅速襲來，他打了個哈欠後，便聽話閉上眼睛，進入睡鄉。注視在懷中漸漸入睡的路易斯，路德維希心裡百味雜陳。

他當然知道家裡的人都擔心他，但沒想到路易斯會這麼直接地請求自己不要離去。路德維希早就視生死如外物，抱著一副隨遇而安的心態面對，但當剛才路易斯提出請求的時候，他沒想到自己的心居然閃過一道不捨。

看來我並沒有如同自己想像般的放得開呢，路德維希抬頭看了眼放在書櫃附近的向日葵，嘆了口氣。

在床上待著發呆，倦意悄然來訪。就在路德維希快要睡著之時，一道微弱但急促的敲門聲吵醒了他。

怎麼今天那麼熱鬧的？大家都不喜歡雷雨嗎？敲門聲不停催促著，路德維希伸了個懶腰，有點懶洋洋地走到門前開門，一開門便見到一臉焦急的羅倫斯。

「羅倫？有甚麼事？」路德維希嚇了一跳，羅倫斯從未試過在這麼晚的時間找他。

「路德大哥，抱歉這麼晚打擾你，那個笨……路易斯不知道到哪裡去了，你會有甚麼頭緒嗎？」羅倫斯說話時喘著氣，額頭也冒著汗，看起來像是剛剛跑完似的。

路德維希只是淡定地轉過頭去，指向睡床：「小路易的話，他不久前來找我，剛剛在那邊睡著了。」

「甚……」循著路德維希指著的方向，羅倫斯不消兩秒便看到那個在被窩中冒出頂端的金腦袋。他正要叫出聲，卻被路德維希以手勢叫住，著他降低音量。

遠眺路易斯熟睡的身影，羅倫斯忍不住低聲嘲諷：「哼，這傢伙還挺聰明的，懂得趁機跑來討抱。」

「他是因為雷聲太響睡不著，而來找我的。」路德維希搖頭，不認同羅倫斯的話。

「快十歲了，還怕甚麼雷聲啊？要找藉口也找一個更好的吧？」會信他的就只有你一個吧，這傢伙就是看準了你很好騙的這一點才會來找你啊，羅倫斯在心裡挖苦道。這些話他當然不會當面對路德維希說，反正說了也沒用。「你最近不太舒服，他還敢來打擾你，我把他帶回房間好了。」

路德維希再次輕輕搖頭：「不要緊，讓他在這裡睡吧，難得終於睡著了。」

「在你身邊，他總是最安心的。」羅倫斯忍不住輕笑。他剛才就是聽到打雷聲，想起路易斯害怕打雷，想去看他時發覺人不見了，才急忙四處找人的。他猜想，要是自己哄睡，相信路易斯到現在仍未能睡著，甚至已經開始吵起來了吧。

「剛才小路易問我了，我是否會離去。」路德維希說的時候臉上仍掛著笑容，但嘴角垂下了些。

「甚麼？」羅倫斯登時嚇了一跳，沒料到路易斯會問這樣的問題。

路德維希微微點頭。他依偎著門邊，回頭遠望路易斯，心裡有些內疚：「別看他總是奔奔跳跳的，其實心裡有很多想法都沒有說出來。」

「你不也一樣嗎？總是把想法收到心底裡去，不告訴我們。」羅倫斯認真地反問。

路德維希本以為是挖苦，但當他把視線轉到羅倫斯身上時，看見後者有點受傷的表情，這才發現他是認真的。

「每個人都會有自己的心事，不一定要甚麼都說出來吧。」路德維希笑著回應，他想以嘻笑避開這個話題。

「但既然是家人，把心事說出來的話可以互相分擔啊。」羅倫斯卻不打算讓路德維希逃。這番說話，他在很久之前就已經想對路德維希說的了。路德維希在人面前總是笑著，一副天然純真的樣子，但羅倫斯一直感覺到，大哥在那些笑容底下藏著多少憂傷與淚水。

時常的病痛、隨時到來的死亡、身為長子的壓力，一直被這些事纏繞著，就算是多麼樂觀的人也應該會有感到難受的時候。羅倫斯不奢望自己能完全共感，但他常常希望可以為路德維希分憂一下，聆聽他心裡最真實的話語，那怕只是一丁點也好。

「也是，羅倫的話總是很有道理。」路德維希這時記起，他好像聽過羅倫斯把同樣的話重複十次以上了。他每次都想坦白，自己不是不想說，只是有時不知道該從何說起而已，但每次都覺得要解釋這句話也很麻煩。

他常常覺得，自己已經為家人帶來足夠的麻煩，要是讓仰慕自己的弟弟們得知自己心裡那些鬱抑的部分，只會為他們徒添傷感，壓力倍添，這不是他想看見的結果。而且既然自己能夠捱得住，那麼就更加沒有意思要說出口。

「如果真的覺得有道理，那麼請你聽至少一次吧，」羅倫斯嘆了一口氣，語重心長地剖白：「你是我仰慕的大哥，但我也想成為你可靠的弟弟啊。不只是我，小路易也有一樣的想法。」

咦，對啊，前陣子看的書上也有寫，關係是相向的。羅倫斯的一番話令路德維希突然醒悟。只有他們依靠我是不足夠的，我也要依靠他們，這樣才是合格的兄長，理想的關係——應該是這樣吧。既然羅倫斯這麼誠懇地重複了那麼多遍，或許以後真的可以嘗試多表達一些內心心聲？

「好的，我會考慮看看。」路德維希想了想，微微點頭。

要他一下子敞開心房是沒可能的，但他想，一步一步的話也許不困難吧。

「咳咳！」正當羅倫斯想說甚麼，路德維希的喉嚨突然痕癢起來，他忍不住掩嘴咳嗽了兩聲。

「沒事吧？」羅倫斯立刻上前關心。「我就說了小心又冷著……」

「沒事，你太擔心了，」路德維希笑著搖頭，著羅倫斯放心。他看了看窗外，想起時候不早：「晚了，我想我真的該睡了。」

「路德大哥！」路德維希轉身就要進房間，正當他要準備關門時，羅倫斯叫住了他。

「怎麼了？」

「別離開我們，」羅倫斯思考片刻，把從剛才為止一直積壓著的話說出了口。生怕路德維希會違約似的，他補上一句：「你承諾過的。」

「嗯，我會努力的。」路德維希笑著點頭，隨後慢慢關上門。

路德維希總是覺得，他的路是孤獨的，他的人生是自己一個人的，但他十分感激在生命裡遇上兩位弟弟。

因為有他們存在，他才有動力一直活下去。

因為他們，他才能明白何謂愛，何謂施與受。

5

就這樣，路德維希的生活一直平穩地進行著。他依然常常生病，患的多數是重病，但每一次都能奇蹟般從病魔手上逃脫，健康地回到家人身邊。

隨著年紀增長，路德維希心臟病發的次數少了許多。對上一次的心臟病發已經是他十六歲時的事，之後就再沒有發生，連胸口痛的次數也少了許多。路德維希依然不被允許出遠門，但在醫生的指示下，他開始可以做一些輕度運動，例如慢跑、栽植、簡單的肌肉伸展等，增強身體的力氣，讓自己稍微強壯一些。偶然身體狀況好的時候，他也會練劍，但只會輕鬆練十分鐘左右，當開始喘氣的時候便會停下來。

當初，醫生斷定路德維希沒法活過成年，但他奇蹟般地跨過這關，長大成人。路德維希二十歲生日時，歌蘭特意辦了一個盛大的慶祝會，邀請國內大小貴族出席。慶祝會的意義除了是慶祝，也是向眾人正式宣告路德維希的家族繼承人地位。

成年過後的路德維希依然大小病頻生，經常需要臥床休養，但他還是活得好好的。他的日程始終如一：起床，散步，讀書，陪弟弟們玩或聊天，打理向日葵花園，休息，多年來都沒甚麼變改。唯一的改變，是最近歌蘭開始會把一些他平時處理的公務交給路德維希，讓他協助處理一些簡單的公文，從中學習，為交棒作準備。

路德維希對這些事的感情是複雜的。他從沒想過自己會活那麼久，畢竟一直以來都以為自己是將死之人。心臟病的陰霾始終濃罩在他心頭，是他終究要面對的死亡。他清楚，跨得過一次難關，兩次，三次，不等於每一次都可以平安渡過。但事實是，這些年來的難關，他都一一跨過了。

也許他真的可以像一般人那樣活得長久吧，路德維希心裡開始萌生希望。

既然如此，那麼他或許可以嘗試放開心胸，抬頭向前看吧。

二十五歲的某天早上，路德維希一如往常在花園散步，期間看見路易斯正在不遠處，一臉心事重重的樣子。他上前，拍了拍路易斯的肩膀，把他拉到一旁的鐵椅坐下，聽聽他的傾訴。

「今天歷史老師問我以後想做甚麼，我說想當劍士，他笑我別胡鬧。」路易斯沉默了一陣子後終於願意開口。他說的時候垂下頭，一臉沮喪，鼻子紅紅的，似是哭過。

「亨德里老師說的？為甚麼是胡鬧呢？」路德維希心裡大概猜到原因，但他還是想聽路易斯親口說出。

「他說，我以後一定要繼承家族，哪有機會可以外出遊歷，而且是當劍士這種不穩定的職業。有時間作白日夢，不如乖乖記好書上的知識，下次小測拿高一點的分數吧。」路易斯覆述亨德里老師對他說過的話，說著說著，亨德里老師那副嘲諷的嘴臉和咄咄逼人的責罵聲再次浮現在他的眼前。他好不容易平伏了心情，這樣一來卻又開始低落，鼻子感到酸酸的，但他努力忍住，不想在路德維希面前哭出來。

「這樣很不要得呢，怎可以這樣說話的。」路德維希聽畢不禁搖頭，為弟弟感到不值。的確，路易斯的學術成績不算出色，但也不差，亨德里怎麼可以因為他在課堂上的表面仍有進步，而以潑冷水的方式斥責他呢？

但路德維希在表面上沒有說很多話，因為繼承家族那一句扎痛了他的心靈。

因為他，路易斯才需要受這些苦。

「別把亨德里老師的話太放在心上，他只是想鼓勵你努力，只是用錯方法而已，」把心頭常有的鬱悶掃到一旁，路德維希換上微笑，安慰路易斯。

他不想把接下來的對話都變成對亨德里的數落，也不想路易斯因為自己的一言而對亨德里心存惡意。亨德里的話不是全錯，只是說法糟糕，路德維希覺得既然如此，那麼不如改變觀點角度，把難聽的說話變成前進的動力吧。

「真的會是這樣嗎？他平時那麼不喜歡我。」換著是以前，路易斯應該會立刻相信路德維希的話，但現在他是十四歲的少年，正處於對世間一切都有著批判的年紀，自然會想反駁路德維希想要加諸的看法。

「就算不是，你也可以嘗試從他的話語裡抽出對自己有所得著的部分。」路德維希繼續勸說，盡可能令路易斯明白他想表達的意思。

「嗯……我嘗試一下吧。」路易斯半信半疑地勉強接受。

該勸的都勸完了，路德維希一轉話題，好奇問道：「所以，小路易想當劍士嗎？」

「也不是很肯定，只是感覺挺有趣，稍微想過而已。」路易斯答時有些心虛，沒想到路德維希會認真問自己，頓時有點難為情。他自嘲地嘆了口氣：「但以我的姿質，應該不可能吧。」

路德維希雙眼睜大，一臉驚訝：「為甚麼？想做的話便去嘗試吧。」

「不是這麼簡單的吧？」路易斯不明白路德維希為甚麼那麼驚訝。「我的劍術雖然不差，但跟你和羅倫二哥比還差得遠了，而且亨德里老師也說了，我不是能離家遠走的人……啊！我不是說大哥你……」

「不要緊，我明白你的意思，」路德維希以笑容著路易斯別介意。「既然有想做的事，那就去試試看吧。先不要想結果，堅持下去，就總會有得著的。」

「那麼路德大哥呢？你有想做的事嗎？」路易斯靈機一動，這時忽然想起，自己未曾得知路德維希的目標。

他一直覺得路德維希無所不能，甚麼都難不倒他，今天才第一次想到，如此強大的人也許也有名為「目標」的事物。

「嗯……到外地旅遊見識吧。」路德維希歪頭思索片刻，輕鬆地說出。

「居然是這個？我還以為是別的。」這次輪到路易斯驚訝了，他沒想到路德維希一直想做的居然只是這麼簡單的事。

「總是困在家中，有點悶呢，」路德維希有點難為情地笑了笑。「如果可以，有時真的想到外面世界去，看看那些書中所寫的奇景奇事都長甚麼樣。」

「但大哥以前不是到過外面旅遊嗎？」路易斯一臉疑惑。路德維希雖然深居簡出，但也不是從未出過家門，曾經跟父親一起到首都覲見皇帝，也曾經跟他和羅倫斯一起外出渡假，在這些機會期間不是看過外面世界了？

「嗯，但我想去更遠的地方。威芬娜山脈的東面，普加利珍海的西面，亞美尼美斯的南邊，白鳥山脈的北面，我都想親身欣賞那裡的風景，感受那裡的生活，把這一切都記在骨子裡。」路德維希解釋。

這些年間，他只能從書上認識世界的不同地方，一直希望能夠離開家，增進見聞。他有時覺得，與其說是想吸收更多知識，他想得到的是自由，那種不受一切拘束，單純追求知識的感覺。

腦海中的想像是那麼美好，但他很清楚，那些都是觸不及的幻想，忍不住嘆了一口氣：「只是這副身體不聽話，所以只能把這想法留在夢中了……」

「路德大哥也可以的！」出乎路德維希意料之外，路易斯激動地反駁。「你可以到那些地方去的！」

面對路易斯直率的熱情，路德維希有點不知如何反應：「你的好意我收到了，但……」

「大哥剛才不是說了嗎，想做的話便去嘗試。只要你相信，就一定有機會能夠成真！」不等路德維希推卻，路易斯立刻反駁。

路德維希沒想到出了口的話居然會以這樣的形式回到自己身上，他驚訝地望向路易斯，只見後者那雙跟自己幾乎一樣的碧藍雙瞳閃爍著耀眼的光芒，那光芒純粹至極，散發出的溫暖能融化人心，令人難以抵抗，引導人慢慢接受之。

也許，我真的可以相信吧，路德維希心裡猶疑。

「到時候我們一起去看！好嗎？」見路德維希愣住沒反應，依然熱情的路易斯提議道。

「嗯，好啊，」在路易斯的熱情驅使下，路德維希也被影響到，忍不住點頭答應。「我就期待可以一同起行的一天吧。」

「嗯！到時我當你的嚮導！」見路德維希和應，路易斯開心得不得了。他開心地站起來，滿臉春風地回去繼續上課，連離去的腳步都是奔奔跳跳的。目送弟弟離去，路德維希嘴角不禁上揚，心裡難得地有種被填滿的感覺，是名為幸福的感覺。

對呢，也許真的有機會也不定，路德維希心想。

他的腦海想起向日葵的身影們。他這些年悉心栽種它們，不就是喜歡它們總是朝陽光抬頭仰望的身影，心裡某處把自己投射在它們身上嗎？

我總是被說活不過成年，但現在都捱過來了，今天仍然健康地站著這裡。既然如此，我嘗試相信也是可以的吧。

一陣涼風吹過，路德維希感到身子輕輕的，他學著路易斯，口裡哼著歌調，輕快地跳著步。他要到向日葵花園去，站在向日葵的中間，與它們一同仰望太陽。

然後便回去吃……啊。

就在路德維希滿心歡喜地盤算接下來的日程時，胸口傳來的一陣悶痛把他拉回現實，給予他的幻想一記狠狠的鐵鎚。

不，不要是現在……

路德維希瞬間知道發生了甚麼事，他努力深呼吸，嘗試讓身體放鬆，但心臟就是越跳越快，快得像是要爆出來似的，完全停不下來。胸口猶如被大石壓住般絞痛，每一口呼吸都疼痛非常，他想走到不遠處的長椅坐下，但這時感到天旋地轉，四肢無力，整個人不受控制地倒在地上。

為甚麼偏偏要是現在？

我不想倒在這裡……

我還有想要完成的事，還有未完成的約定……

眼前的景象漸漸黯淡下來，路德維希下意識伸出手，想要抓住僅餘的光。

求求祢，不要是這一次，拜託祢……

之後的一切都很模糊。他好像聽見有一把聲音在急促地呼喚自己，有一道力量讓自己浮起來，有很多嘈雜的聲音圍繞著自己，當中夾雜著一些抽泣聲。時間彷彿過了很久，又好像未曾流逝，到他的意識完全回復，他覺得自己好像睡了十年一樣，恍如隔世。

「羅……倫……」睜開雙眼，第一眼看見的是伏在床邊的漆黑腦袋。路德維希想像平時一樣呼喚他，但沒想到自己的聲音如此沙啞，說一個音節也要用盡全身的力氣。

「……路德大哥！你醒來了？你覺得怎樣？」本來伏在床邊小睡的羅倫斯聽見微弱的聲音，立刻醒來，緊握著路德維希的手，焦急地要確認他的身體情形。

「有點累，我……是怎樣了？」路德維希感到腦袋有點迷糊，跟不上狀況。

「你昨天倒在花園裡了，一直昏迷不醒，醫生說你要是再不醒來，大概就沒有……」羅倫斯重述事件，說到後半，他握著路德維希的手開始顫動，沒法說下去。

「是嗎，」原來只過了一天啊。相比起羅倫斯的激動，路德維希倒是顯得很平靜。他嘗試回想發生了甚麼事，記憶在他的呼喚下漸漸浮現，慨嘆道：「祂又來找我了呢。」

第四次了，路德維希在心裡數算。

本來以為死神已經忘記了我，沒想到祂一直仍在我身邊呢。

那道吹過身邊的涼風，看來不是普通的涼風，而是死神在我身邊擦過所帶來的冷風。

「路德大哥，你不會有事的，以前你都跨過難關了，這次也一定可……」

未等羅倫斯說完，路德維希把手輕輕抽走，再微弱地輕拍羅倫斯的手背，打斷了他的話：「我想，這次或許沒那麼幸運了。」

不論是身體的疼痛，精神的疲累，都跟以往病發時差不多，但心臟病發時的悶痛卻比以往的都來得更劇烈。路德維希冥冥中感覺到，這次是最後了，死神不再打算放過他。

接下來的事，路德維希記得很模糊。他看見醫生走到他面前，把他仔細檢查一遍，之後向羅倫斯交代了些事，期間一直搖頭，表情十分沉重。他聽見羅倫斯發了很大的脾氣，說甚麼「怎麼可能沒辦法，不然要醫生是用來幹甚麼的」、「甚麼兩天，應該還有一百天、一千天」、「一定要把他治好，不然小心人頭不保」之類的，平時不會有機會聽見的罵話都跑出來了。路德維希想出言勸止羅倫斯，不可以對幫了自己那麼多的醫生無禮，但無奈腦袋昏沉，意識不斷被漆黑拉走，到他再醒來時，已是第二天的清晨。

窗外傳來鳥兒的叫聲，路德維希坐起來，出乎他意料之外，身體居然靈活得很，跟昨天如石頭般的沉重截然不同；胸口再沒有悶痛，整個人精神抖擻。

好轉了嗎？路德維希看著自己轉動手腕，仔細感受那從未有過的輕飄飄感覺，頓時明白了一二。這只是離去前的美好幻覺，他的知識確切地告知自己真相。路德維希沒有特別傷感，他只是感到唏噓，慨嘆擁有知識令他無法輕易被善意的謊言騙倒。

他低頭一看，羅倫斯正伏在床沿熟睡著。路德維希不忍吵醒他，小心翼翼地轉到另一邊下床，走到窗戶前，輕輕打開，依偎在窗邊眺望遠方。

在遠方的地平線上，橙紅的太陽正要從山巒身後現身，溫煦的白光所到之亢要驅走冰冷的黑暗，讓大地重回光的懷抱之中。路德維希轉頭一看，那朵放在房內的向日葵正朝著陽光的方向望去，那身姿是多麼的純樸、專注，路德維希靜靜地凝視著它，沒留意淚珠正從自己的眼角流下。

那份淚水，夾雜著感動和感傷。感動，來自向日葵那弱小但堅強不屈，始終如一的身姿；感傷，源自那份無法擁有一樣身姿的傷感。

路德維希一聲不發，只是坐在窗邊，放空意識。他表層的心平靜如水，但水下卻有萬千感情互相衝撞，他故意無視之，只是安靜地享受涼風吹拂的感覺，以及凝視著遠方的太陽。

看著太陽緩緩升到天上，路德維希回想起，他曾經有多少個病癒的早上也像今天那樣，打開窗觀望日出。連綿的山脈，廣闊的平原，那是他所歸屬的威芬娜海姆，是他心所屬，也是他最珍愛的地方。這大概是最後一次在這所房間看見晨曦了，路德維希想把這份景色烙印在腦海裡，讓靈魂永遠記住，生命裡曾經看過這麼美麗的景色。

他一直凝視，思緒在不知覺間漸漸飄到遠方，到再有意識之時，已是下午。路德維希迷迷糊糊地睜開眼，他發覺自己全身乏力，每一口呼吸都很緩慢，身體不再輕巧，頭腦也很沉重。

「有甚麼要說的，就趁現在吧。」他向聲音的方向緩緩望去，只見站在床邊的醫生輕輕搖頭，對自己拋下了一句話，便一臉落寞地離開了房間。

果然，差不多了吧。

就算不用醫生點出，路德維希也感覺到自己時間已到。他轉頭一看，那個熟悉的死神白影就在其床邊。祂的手疊在他的左手上，他想掙脫，但身體再也擠不出力氣。他確切地感覺到自己的力氣正一點一滴地流失，沒法再像以前般緊緊抓住。

「你們……都出去吧，小路易，到我這邊來。」站在床尾的，是負責服侍路德維希的僕人們。路德維希語氣虛弱地吩咐他們都出去，也打了個眼色讓羅倫斯離開，只留下路易斯一人。

路易斯一直站在房間一角，樣子遲疑，不敢上前。路德維希用力向路易斯打了個眼色，再次喚他的名字，他才緩緩走向床邊，兩天以來第一次仔細端視路德維希那臉色蒼白，失去光芒的容顏。

「小路易，還記得兩天前我們談過些甚麼嗎？」路德維希把手疊在路易斯的右手上，問。

「……嗯。」路易斯遲疑地點頭。兩天前還在談論夢想的二人，今天卻是在生死面前交代最後說話。他強忍著眼眶裡的淚水，不想哭出來，令路德維希憂心。

「抱歉，我不能當你的團員，讓你帶我遊覽了。」縱使身體虛弱，路德維希仍然努力擠出微笑，輕輕地道歉。

這句令路易斯頓時崩潰。他握緊路德維希的手，淚如雨下：「這些都不要緊，路德大哥，只要你在我身邊，那就行了。」

「對不起呢……」路德維希很想像以往一樣答應路易斯的請求，但他如今無法做到了。他想舉手幫路易斯抹去眼淚，但雙手完全不聽使喚，只能眼睜睜看著他流淚，甚麼都不能做。

「小路易。」一陣子後，路德維希呼喚路易斯。

「甚麼事？」路易斯急忙用手抹去眼淚，鼻子酸酸地問。

「你要記住，無論發生甚麼事，都一定要相信自己。只要你相信是對的，就一定要堅持下去，絕對不能失去自我。」說時，路德維希緊握路易斯的手，用盡全身的力氣吐出一字一句。他氣若游絲，說話有氣無力，所謂的緊握也不過是稍微用力，輕輕一撥便能撥開，但路易斯感覺到，那份力量所傳遞過來的認真和期待。

「我……哪知道甚麼是對的？」路易斯不解地反問。在路德維希的囑咐和期望面前，他害怕，害怕會辜負大哥的期望。

路德維希只是虛弱一笑：「只要你持續尋找，自然會找到答案。你大有能力，只是不自知而已。」

說完，他輕輕一拍路易斯的手背，一如他平時安慰這位三弟時一樣。

「答應我，小路易，一定要堅持下去，直到最後。」路德維希再說。

「……嗯，我會的。」路易斯心裡雖然仍有疑惑，但還是點了點頭。

交代完心裡話後，路德維希呼了一口氣，總算放下心頭一件牽掛著的事。感覺到時間無多，他請路易斯到外面去，叫羅倫斯進來。時間不知過去了多久，到他再睜開眼時，已經看見羅倫斯坐在床沿，一如兩天前的模樣。

「羅倫……」路德維希猶疑要不要開心，但知道再不說便沒有機會了。「我很抱歉。」

「為甚麼你要道歉？錯的不是你！」沒想到路德維希劈頭第一句便是道歉，本來心情已經不穩的羅倫斯立刻氣得責備。

「不，要不是因為我，你不會受那麼多的苦。」路德維希感覺羅倫斯似乎會錯意，他道歉的，不是自己病倒的事，而是這麼多年來那些因為自己而積累在羅倫斯身上的惡意。

「我、我根本沒有介意！」羅倫斯聽畢，這才明白路德維希的意思。他頓了一會，張著口要說些甚麼卻出不了聲，良久才好不容易擠出話來。「你這個笨蛋大哥，就只有你會一直把這件事放在心上！」

「哼，那麼精神，這才是我認識的羅倫。」路德維希一笑，還有心情會罵他笨蛋的，那即是沒問題了。

「羅倫，我可以拜託你幫我完成一件事嗎？」呼吸越來越辛苦，意識也越漸模糊，路德維希用力睜開雙眼，誠懇地看著羅倫斯。

「……是甚麼事？」很少會聽見路德維希這麼認真的請求，羅倫斯一刻恍神，很快回過神來焦急詢問。「我甚麼都能做！」

「替我看看外面的世界，不要困在這裡，去看更多。」路德維希託付道。

「甚麼？」羅倫斯一驚。

「我一直都很想到外面去，但現在沒有辦法了，可以拜託你，替我看那些未曾見過的事物嗎？」路德維希問。

他的夢想，一直都是想到外面的世界闖蕩，拋開身體的病痛，家族的束縛，一次就好，自由地做自己。他曾經相信自己能夠完成這件事，如今無法了，唯有將願望託付他人，讓在生之人彌補這份遺憾。

羅倫斯驚呆了。他以為路德維希的要交託的事是跟家族有關，例如照顧好歌蘭甚麼的，沒想到居然是一個一直未曾告知，收在心中深處的願望。他望向路德維希，那蒼白如紙的臉上流露著的是無奈與遺憾。路德維希是一個任何時都想親力親為的人，如今要把重要祕密交託，就是因為確信自己無法完成。

「……可以的，我會去！到威芬娜山脈的東面，普加利珍海的西面，亞美尼美斯的南邊，白鳥山脈的北面，那些你告訴我的地方，還有那些你不曾知曉的地方，我都會去！會代替你見識世界的一切！」羅倫斯不停地點頭，一向感情內歛的他此時終於忍不住動容，流下熱淚。他越說越激動，把那些路德維希告訴過他的地方都一一說出來，承諾一定會代路德維希前往。

「謝謝你，」路德維希微笑回應，他知道羅倫斯從不食言。但說完，他收起了笑容，認真地問：「羅倫，還有一件事，可以拜託你嗎？」

「甚麼都可以，請說。」羅倫斯心裡已經準備好，不論是甚麼都會答應。

「你可以看顧路易斯嗎？」路德維希問。

「甚麼？」羅倫斯一驚，沒想到路易斯的名字會在這時跑出來。

「我離去後，小路易便會在未來當上公爵，但想必父親一定會對他有諸多不滿吧。我知道，父親一直想在其生涯裡見證神龍的復活，過幾年便是『八劍之祭』，他一定會想盡辦法令自己的願望實現的。我害怕，如果那時候小路易沒法滿足父親的要求，他也許會把念頭轉到喚龍儀式上，讓小路易去執行。」路德維希明明呼吸困難，一副隨時都會斷氣的樣子，但還是勉強自己，清清楚楚地吐出每一隻字。「我希望你可以保護小路易，不讓父親傷到他分毫。」

「這……」羅倫斯遲疑，要協助路德維希，當然沒有問題，但路易斯？他始終未能放下對這位小弟弟的糾結情感。

「我知道對你來說很難，但請你，一定要答應我。」路德維希當然明白羅倫斯的疑慮，但他能拜託的，就只有羅倫斯一人，所以勉為其難也沒有辦法。他用盡全力睜開雙眼，看著羅倫斯，懇求後者的答覆。

「……嗯，我會努力的。」羅倫斯思索片刻，遲疑地點了點頭。

「真的，可以拜託你嗎？」路德維希追問，仍是擔心。

「放心吧，」羅倫斯嘗試擠出笑容，讓路德維希安心。「你拜託過我的事，我有哪一件做不到的？」

「那就好，我便安心了。」得到羅倫斯重複肯定的回答，路德維希總算露出安心的微笑。

放下心頭最後一塊大石後，他鬆了一口氣，支撐著身體的最後一分力氣頓時被抽走。在意識朦朧之間，路德維希看到很多模糊的片段，有自己年幼時無憂無慮地練劍玩耍時的身影，有自己躺在病床上，在痛苦中掙扎的模樣，有目送生母離開城堡的背影，也有目睹歌蘭責罵羅倫斯但沒法出言相助的記憶，以及和羅倫斯、路易斯二人一起在城鎮裡逛街的回憶。這些片段，他在當下時會感到痛苦、快樂、悲傷，但現在回看，都能一笑置之。

「你後悔嗎？悔恨嗎？」

路德維希看見那個熟悉的死神身影正站在他面前，牽著他的手，指著那些回憶問。

「不，我從不後悔，」他以笑容斬釘截鐵地回絕。「我反而要感謝祢，給了我二十五年的時間。」

本來，我的人生應該在六歲便結束，但最後得到了二十五年的時間。二十五年雖然不算長，但對我來說，已經很足夠了。

這些年間，我也許怨恨過，傷心過，但從不後悔。

我的人生有過失落，有沒法完成的遺憾，但我也有他人沒有的珍重寶物，曾經渡過美好的時光。沒有人的人生是完滿的，我也一樣，只要走過來的路無怨無悔，那就滿足了。就像那株曾經看過的，在黑暗中挺拔站著的向日葵一樣，它心中相信著光明，自然會朝著光明的方向望去。

我就是那朵向日葵，不論眼前的黑暗多麼濃烈，心中的光明卻從未被侵蝕。那道光芒會一直刻在靈魂當中，皆在、今在、永在，從不止息。

6

在路德維希第四次心臟病發後的第二日黃昏，他永遠地閉上眼睛，離開了世界。

當時，只有羅倫斯一人在房間看著路德維希嚥下最後一口氣。他的哀慟引來眾人注意，路易斯和眾僕人衝進房間時，看見的是再沒有呼吸的路德維希，以及站在一旁，雙眼哭得紅腫，但硬是收起表情，裝作甚麼事都感覺不到的羅倫斯。

歌蘭是在路德維希斷氣後的五分鐘才趕到房間的。當時他看見羅倫斯那副木訥表情，絲毫不顧情面，立刻怒不可遏地指責羅倫斯故意害死路德維希。羅倫斯當時甚麼都沒有反駁，只是硬接下歌蘭的憤怒，除了是不忍在路德維希剛離去便跟歌蘭開戰，也是因為他沒法處理當下的感情。

他的心裡，有的是深不見底的悲傷，以及很多沒法言喻的感情。之所以表面木訥，是因為衝擊太大，腦袋一下子沒法處理這麼多的事。

他最愛的兄長，人生的明燈，就這樣眨眼間撒手人寰了。

同樣的感情，路易斯也一樣感受到。他當時沒法接受路德維希離去的事實，呆若木雞地站在房間裡，對外界發生的事沒有反應，要僕人喚醒才唯唯諾諾地回到自己的房間休息。雖然他對路德維希的仰慕和依賴遠遠沒有羅倫斯的深，但畢竟是從出生起便貼心照顧自己，地位猶如母親的兄長，這麼一個溫柔的人赫然離世，定必會感受到衝擊。

路德維希的葬禮在他死後的兩週舉行，當時歌蘭故意把葬禮辦得盛大，邀請了全國上下的貴族出席，就連亞洛西斯也有列席。他的遺體葬在齊格飛家的家族墳墓裡，墓碑有整個人那麼高，上面刻有一個龍頭裝飾，以及許多華麗的浮雕，彰顯歌蘭對路德維希的重視。墓碑上除了寫上路德維希名字，也刻有一句墓誌銘。墓誌銘用多加貢尼曼王國的古代文字寫成，全句是「路德維希，歌蘭・齊格飛之愛子，神龍託付之智者，萬人對他讚頌，其意志長存。」想當然的，墓誌銘的內容是由歌蘭決定，羅倫斯和路易斯沒有參與的權利。

在路德維希下葬的翌日，羅倫斯便悄悄離開了這個家，遵從路德維希的遺言，到那些他沒法踏足的地方見識。他一直在外，未曾回家，直到五年後得知路易斯當上了舞者，才終於回家，履行與路德維希的第二個約定。

羅倫斯死後，因為要下葬在路德維希墳墓的旁邊，需要挖開土地，所以順便要清理路德維希墓前的雜草。就因為這樣，路易斯這才發現，原來路德維希的墓碑最下方一直刻著另一句墓誌銘，它因為被草和泥土遮蓋著，所以一直不被人發現。

那句墓誌銘十分簡短，只有一句說話。單憑這句說話，不看雕刻者的手筆，路易斯便已經猜到是誰留下的——

「永遠的光，恆久之愛，生生不息。」

寫的人一定是羅倫斯，路易斯猜想，應該是他五年前離家前悄悄在墓碑上刻下的吧。他忍不住流下眼淚，除了因為共感到羅倫斯對路德維希的愛，也因為他覺得兩位兄長都值得擁有這句說話。

抓住光，成為光，不論是自己的，還是他人的。

兄長們把光傳到他手上，接下來的就要看他自己了。

他要活下去，相信自己，這才可以履行與兄長們的約定。

後記－Nachwort－　變動－ALTERATION－

連續第三年的出版，《劍舞輪迴》終於來到第四本實體書了。

Vol. 4的衝突和轉變，有不少是Vol. 3，以至前幾卷的延續。愛德華和夏絲妲的重逢及和解，諾娃和「八劍之祭」的關係，還有布倫希爾德的記憶祕密，這些事件都在以前的卷數有埋下伏筆或有相關事件發生，到這一卷終於有所解釋。而所有事件當中最重要的，要數由Vol. 1就一直不時提及的路易斯和布倫希爾德的訂婚，以及黑狼與奈特身分之謎。

在Vol. 3，路易斯和布倫希爾德雖然在心底裡互相愛慕，但他們都因為外在的因素而互相懷疑對方，而在Vol. 4，他們經歷一番掙扎後，最後決定依從本心，選擇自己所愛的人。這樣的行為並非沒有後果，二人都被家族懲處，都差點在家人準備的儀式上丟掉性命。路易斯孑然一身，布倫希爾德則在瀕死時被路易斯所救。到底她能否成功離開安凡琳，遠離希格德莉法的控制呢？Vol. 5將會有所解答。

至於黑狼，牠們在Vol. 1的開頭出現過後，便再沒有蹤影，不知道牠們在Vol. 4出現並襲擊諾娃的時候，大家會有「黑狼是誰呢」的感覺嗎？我本來想給波利亞理斯多一點出場機會，但頭腦派的他相比其他專精武技的舞者來說比較弱，而且目的直接得過分，所以思索過後，覺得還是快來快去比較適合。雖然說波利亞理斯的劍技比較弱，但個人覺得「烏霧」依靠黑煙的靈活打法其實挺有趣的，要不是奈特可以使用「虛空」，不然真的有機會落敗。不知道大家怎樣想呢？

這次的實體書跟Vol. 3一樣，有實體書限定的人物故事。這次人物故事的主角我想了很久，最後選擇了在故事本篇給人完美印象的路德維希。之所以選擇路德維希，除了因為他外表帥，主要是因為我想讓大家看看，這位齊格飛三兄弟中的大哥在那些光芒背後到底隱藏著甚麼樣的身影。

羅倫斯和路易斯都看到路德維希樂觀、樂天的一面，但沒有人知道路德維希其實也走過一段自我厭惡、對世界有所不滿的日子。我認為，真正的樂觀，是在理解喜與悲兩邊的真實後，選擇站在「喜」一面的結果。羅倫斯和路易斯一直覺得路德維希是光，但在路德維希眼中，兩位弟弟才是給予他生存動力的光芒。生命因互相影響才會更為光亮，你以為自己所做的事微不足道，但其實一句話，一個動作，便足以成為他人生命裡的一顆亮燈。

就結論而言，路德維希的故事是一個生命鬥士的故事，但我其實故意不太聚焦在路德維希與病痛糾纏的部分上。他的一生確實與病痛共存，但其人生不只有病痛，有更多美好的事物。這是路德維希，一個在祝福與詛咒的束縛中，盡力活出自己的人，僅此而已。

本書的代表色，是水精靈的藍色，封面的蝴蝶翼和「精靈髓液」正正直指溫蒂娜家「精靈女王」的形象。至於書背的圖畫，是統治精靈國境，位居四大元素之上的精靈女王形象。這是我第一次在《劍舞輪迴》的書封上作畫，希望大家喜歡吧。

Vol. 4完結後，《劍舞輪迴》的劇情差不多走完三分之二了。剩下來的劇情只會越來越緊張，一些埋了很久的伏筆也會逐一開解。

布倫希爾德能夠成功離開安凡琳嗎？就算能夠離開，她可以脫離希格德莉法的控制嗎？

波利亞理斯指奈特與神的奧秘有關，那到底是甚麼意思？

「八劍之祭」的真相，以及隱藏在背後，神的目的到底是甚麼？

以上問題，在Vol. 5都會得到解答。

一如以往的設定後話，這次也不會缺席。

1. 千鶴的死，請一定要記住，那是一項伏筆。
2. 亞洛西斯對夏絲妲並不反感，相反，他對她的事相當有興趣。
3. 齊格飛三兄弟的名字都是以L字開頭：大哥路德維希（Ludwig），二哥羅倫斯（Lawrence），以及路易斯（Lewis）。路德維希和路易斯兩個名字在意思上是有關連的，而羅倫斯則被排在外面，彰顯了三兄弟的關係。
4. 路德維希的全名是「路德維希・歌蘭・馬太・齊格飛」。歌蘭把自己的名字放進去路德維希的名字裡當中間名，但他沒有對羅倫斯和路易斯做一樣的事，可以看出他對三位兒子的不同取態。
5. 第十六迴的訂婚典禮，誓詞是參考基督教的結婚誓詞而寫的。
6. 第十六迴裡的馬卡祖，參考自現實的馬祖卡舞。馬祖卡舞在以前的波蘭和俄羅斯上流社會是很受歡迎的舞蹈，著名作曲家蕭邦就有寫過不少馬祖卡組曲。

7.愛德華和路易斯的家庭，以及基斯杜化和歌蘭兩位父親，我是特意設定成一個對照組來寫的。不記得有沒有說過，在《劍舞輪迴》裡，我很想寫家庭對一個角色成長有多大的影響。若果愛德華是在擁有慈愛（但也軟弱）的父親下長大的兒子，那麼路易斯就是在嚴父的不受待見長大的孩子。

8.承上，路易斯能夠長成今天那樣樂觀，很大程度是因為有兩位大哥，尤其大哥的悉心照顧。

9.作為特典送出的兩張明信片，其中一張描繪了第十六迴（03）訂婚典禮慶祝舞會的場面，而第二張則是描繪年輕時的齊格飛三兄弟共處一室的場面。

到後記的最後，我想一如前幾卷那樣，對《劍舞輪迴》Vol. 4成書過程協助過的人們說聲感謝。首先，十分感謝負責編輯校稿的筆言，感謝你再一次出手協助，真的幫了很大忙！另外，感謝經手的秀威出版社聖翔編輯，感謝你協助本書的設計、排版和發行等一切事宜。我也想感謝插畫明信片繪師Deme和羊尾柑香茶，再一次感謝你們所繪畫的精美插圖，它們為故事的情節增光不少！最後，我想感謝每一位支持此故事的讀者們，不單是在Penana訂閱了我的讀者們，也包括每一位在網上閱讀過《劍舞輪迴》，以及握著這本書的讀者們。是你們的支持，令我有一直走下去的動力。

Vol. 5的實體書預定在二〇二三年末推出，而網上版已經開始連載Vol. 6。網上版主要在Penana更新，偶然也會在原創星球、角角者平台上更新。如果想追看最新進度，可以到這些平台閱讀網上版，再收藏實體書版本。故事的最新資訊，以及新的插畫和設定，都會在《劍舞輪迴》的臉書專頁「劍舞輪迴Sword Chronicle」以及我的個人Instagram上更新，有興趣的話可以追蹤看看。還有，我在Penana開展了訂閱計畫，如果大家有興趣每個月用一個下午茶的價錢支持我繼續創作，不如來我的Penana作者頁面訂閱我吧。

附上Penana的《劍舞輪迴》連結二維碼：

我開設了讀者專用的Telegram群組。如果各位讀完此書，希望跟我或者其他讀者交流一下內容，不妨加入群組，一起聊天，互相交流心得吧。

以下是Telegram群組的連結二維碼：

Telegram：Setsuna的茉莉茶室

近幾年幾乎每天持之以恆的寫作，令我慢慢明白到寫作果然是自己很喜歡做的一件事。有些人喜歡寫作，是因為喜歡文字，有些是喜歡「書」這個載體，而我之所以喜歡寫作，大概是因為「故事」這個媒介。我喜歡聽故事、喜歡說故事、喜歡詮釋故事，也喜歡把一些想要表達的訊息經故事傳遞出去。

寫故事的過程有辛酸、有苦痛，但也有歡喜、快樂的時刻，就正如在〈路德維希-LUDWIG-〉裡路德維希形容自己人生一樣，甘苦與共。這大概就是寫作，或是創作路的寫照。

我會一直寫下去，不斷地寫，不斷地說，直到再沒法走下去為止。

Setsuna，寫於二〇二二年十一月二十日

國家圖書館出版品預行編目

劍舞輪迴 = Sword Chronicle / Setsuna作. --
臺北市：獵海人, 2022.12-
冊；　公分
ISBN 978-626-96408-4-3(第4冊：平裝)

857.7　　　　111019965

劍舞輪迴 Sword Chronicle Vol.4

作　　者／Setsuna
封面設計／Setsuna
編　　輯／筆言
出版策劃／獵海人
製作銷售／秀威資訊科技股份有限公司
114 台北市內湖區瑞光路76巷69號2樓
電話：+886-2-2796-3638
傳真：+886-2-2796-1377
網路訂購／秀威書店：https://store.showwe.tw
博客來網路書店：https://www.books.com.tw
三民網路書店：https://www.m.sanmin.com.tw
讀冊生活：https://www.taaze.tw

出版日期／2022年12月
定　　價／450元